第一季

空袭

——鹰击云霄

阿离◎著

中国致公出版社

图书在版编目（CIP）数据

空天女将 . 第一季，鹰击云霄 / 阿离著 . -- 北京：
中国致公出版社，2023
ISBN 978-7-5145-2040-8

Ⅰ . ①空… Ⅱ . ①阿… Ⅲ . ①长篇小说－中国－当代
Ⅳ . ① I247.5

中国版本图书馆 CIP 数据核字（2022）第 202328 号

空天女将（第一季）：鹰击云霄 / 阿离　著
KONG TIAN NÜ JIANG:YING JI YUNXIAO

出　　版	中国致公出版社	
	（北京市朝阳区八里庄西里 100 号住邦 2000 大厦 1 号楼西区 21 层）	
发　　行	中国致公出版社（010-66121708）	
责任编辑	万旭进	
责任校对	吕冬钰	
特约监制	苏启文	
封面设计	胡椒书衣	
责任印制	孙文超	
印　　刷	北京市兆成印刷有限责任公司	
版　　次	2023 年 2 月第 1 版	
印　　次	2023 年 2 月第 1 次印刷	
开　　本	710mm×1000mm　　1/16	
印　　张	16.75	
字　　数	214 千字	
书　　号	ISBN 978-7-5145-2040-8	
定　　价	58.00 元	

目 录

1. 英雄之后

031 飞行大队训练场。

一个个靓丽的身影整齐挺立，在阳光的炙烤下，美丽面容上的滴滴汗水亮晶晶的。

其中一个高挑的身影尤为引人注目，也自然而然地吸引了众人的眼睛。

"她是谁？好高啊！"

"她就是林靓，那个战斗英雄林总的女儿！"

"真的假的？林总可是我偶像啊！当年我林总被三架 F-22 包围还游刃有余，真是神一样的飞行员啊！"

窃窃私语渐渐在队伍中传开，林靓不为所动，倒是她身边稍矮些的女飞行员刘旭脸上表情愈发冷淡。同为军人家庭出身的她微微侧头，不由得冷哼一声。

这时，远处走来一个人，窃窃私语渐渐平息。

那是一个精干的女人，未经修饰的面庞如出水芙蓉。她神情冰冷地审视着一切，似乎要将周遭的空气都冻结一般。与飞行大队比，她虽身高略逊一筹，但周身带着一股无形的压迫感，令人窒息。

"完了完了，怎么是她？"丹凤眼的陆雪梅看到女人往这边看，赶忙收回了目光。

一旁的袁影一脸疑惑："她是谁？"

陆雪梅眉头微皱："她你都不知道？咱们空军基地的**魔鬼霸王花张雨**！我的天啊，怎么落她手里了！今后可有的受了。"

"魔鬼霸王花？"袁影不自觉地打量着张雨，没承想，竟被张雨捕捉到了。

短暂对视间，张雨猎鹰般锐利的目光惊得袁影立时不敢再看。

张雨打量着这群刚刚来到飞行大队的菜鸟，目光停留在了个头最高的林靓身上。她对学员资料上林靓这个名字印象很深。此刻林靓恍若雕塑一般挺立，并未如袁影一般因她的到来有丝毫分神。

就是她啊。

张雨眼神渐渐变得犀利："全体都有！稍息！立正！"

话音未落，众人纷纷挺直身子，动作整齐划一。唯独林靓收腿时的动作慢了半拍，引起了张雨的注意。

张雨径直走到林靓面前："林靓出列！"

"是。"林靓出列，所有人的目光都集中在了她的身上。

"战斗英雄的女儿，连稍息立正都做不好吗？"张雨冷笑一声，随即暴喝，"稍息！立正！"

林靓没有回话，只是在张雨尖锐的指令声中重复着稍息立正的动作。注意到众人诧异的目光，她微微皱起眉头。

"她刚刚是分神了吧？"陆雪梅一脸不解。

刘旭冷笑一声："英雄之后，看来也不过如此啊！"

袁影没有回应，心里却并不赞同，她总觉得那坚毅的目光背后隐藏着什么。

"立正！"

随着张雨一声令下，林靓挺立如松。

"下次再这样，就不是稍息立正这么简单了。"张雨眼中闪过一道寒光，"五十个俯卧撑，做完回列！"

"是！"林靓伏身贴地做起了俯卧撑，眼神却依旧冷硬如铁。

"所有人给我听好了！我不管你是谁，只要你达不到我的要求，处罚只会比她更严重！对了，刚刚忘了自我介绍，我姓张，嚣张的张！现在，全员五公里，最后三名军姿一小时！"

"是！"

话音未落，其他学员快步奔向操场，只剩林靓还在做俯卧撑。张雨蹲下，脸上浮起一抹讥刺的笑容："做完了再去跑！你爸爸那么厉害，你应该不至于要去练军姿吧？"

林靓顾不得回话，刚一做完便起身向操场飞奔而去，但此刻她已经被其他人落下了大半圈。

"她追得上来吗？"袁影扭头看了一眼身后的林靓，心中隐隐有些担心。

"现在可不是担心别人的时候！"不知何时，陆雪梅出现在了袁影身旁，"算上那个林靓，还得再超过两个人才行！加油！"

言语间，陆雪梅加快了速度，在弯道处超越了袁影。

"嗳？"袁影一脸吃惊地看着周围人远去的背影，也加快了速度。

进入后半程，刘旭一马当先处于领跑位置。此时所有人的体力消耗都已过半，只是依靠毅力坚持着，不出意外的话，她必然是第一。想到此处，她回头看了眼被队伍远远甩在后面的林靓，心情竟格外舒畅。

就在刘旭放松警惕的时候，张雨鬼魅般出现在她的面前，下一秒，砰砰几声枪响吸引了所有人的注意。

"所有人从操场变道障碍场地，完成一轮障碍训练再回来继续跑！"

张雨的话恍如惊雷，整个赛场都炸了。

"不是吧？这什么情况？五公里变障碍赛了？"陆雪梅一脸吃惊。

刘旭眉头一皱，这突然的改变打乱了她的计划。可眼下她也只能硬着头皮调整速度进了障碍场地。殊不知在队伍最后，目光坚毅的林靓嘴角已微微扬起。

穿过匍匐区，走过平衡木，袁影喘着粗气来到拦路墙面前，平日不起眼的拦路墙此刻显得格外高大。

"看来得一口气冲过去。"袁影后退几步，正要向前冲，却见一道绿色的身影如闪电般掠过她的身旁。

"林靓？"袁影目瞪口呆，"她不是还落后半圈吗？什么时候追上来的？"

林靓在袁影的惊叹声中，借着快速奔跑带来的惯性一跃而起，双手抓住墙头，一记翻转越过拦路墙继续向前。

惊叹的不止袁影，所有人的目光都渐渐被这道"绿色闪电"吸引。整个障碍场地在她眼中形同无物，刚刚还在奋力追赶的吊车尾，此时竟直逼遥遥领先的刘旭。

"想追上我？做梦！"刘旭不禁加快了速度，率先冲出障碍场地，进入操场继续五公里赛程。但是翻越障碍消耗了她大量的体力，此时已经筋疲力尽了。

不能慌，冷静，调整呼吸！

刘旭调整呼吸，想要尽快进入长跑适应期。可不知怎的，林靓的身影恍若利剑一般刺在她的心头，打乱了她的节奏。

她应该不会追上来吧？现在大家体力都所剩无几，只要我维持住速度，她就追不上我！

可就在刘旭思索之际，一阵疾风掠过，林靓高挑的背形赫然出现在她的面前。

"全力加速，她疯了吗？"刘旭简直不敢相信自己的眼睛。

眼下距离五公里结束还有三圈，现在就全力冲刺势必跑不完剩下的路程，难不成这林靓体力超凡？不对，且不说刚刚的障碍跑，她可是比我们多做了五十个俯卧撑啊！

刘旭的大脑飞速运转，可眼下林靓的加速彻底击碎了她的理智。对胜利的渴求促使她也开始不顾一切地加速。

三圈，两圈，一圈……就在二人进入决胜圈之际，袁影被套了圈，震惊之余没站稳，控制不住地倒向二人的方向。

"闪开！"刘旭一把推开袁影，笔直向前。

眼见袁影向另一侧倒去，林靓一个转身，顺势搂住了袁影，可她的支撑脚在一阵剧烈的颤抖之后彻底失去控制，两人一并倒在了跑道上。

"林靓，你……"袁影一脸吃惊地看着林靓，刚要开口，却见林靓眉头深锁，紧紧抱着小腿。

"张教官，林靓出事了！"袁影大喊。

其他人赶忙围了过来。刘旭见状，不禁冷笑一声："愚蠢！谁让她刚刚提前加速，这才腿抽筋，真是自作孽！看来我真是高估她了！"

张雨心知情况不对，赶忙撸起林靓的裤管，眼前的一幕令在场的所有人都倒抽一口凉气。只见林靓的小腿已是一片青紫肿胀，几条狭长的红印清晰可见。

"这伤是刚刚撞的吗？"陆雪梅一脸惊异。

"带旧伤来的吗？快！把她送去医务室！"张雨的目光依旧冷峻，脸上却漾起一抹意味深长的笑，"有点意思。"

刘旭看着被送走的林靓，仔细回想着整个训练期间林靓的举动，突然明白过来，刚刚林靓一反常态地加速，应该是因为这腿上的旧伤。林靓不仅多做了五十个俯卧撑，腿上还有旧伤，这种情况下她竟然还能和自己并驾齐驱。一种莫名的屈辱感在她心中扩散开来，她咬了咬牙，扔下一句话便转身离去。

"这次是我输了！"

2. 伤痕累累

伤口的痛感已经麻痹了林靓的神经，被人架着也没什么感觉。她整个人仿佛飘在云端，被放在床上之后林靓不自觉地放松，于是越来越困，似乎很快就能睡过去。

医生看着床上昏昏欲睡、明显是新兵的林靓，一脸惊讶地问道："她怎么了？"

一同搀扶林靓来到医务室的袁影和马玲对视一眼，其实她们也不知道林靓受了什么伤，便向医生说明了事情的经过。

医生一边听她们的描述，一边解开林靓的裤子，却看到上衣下也隐藏着绷带，只能将上衣一起脱掉。

看到眼前的情景，袁影惊讶地捂住了嘴，马玲更是被吓得一句话都说不出来。

只见林靓身上满是瘀青。背后是被抽打后留下的伤痕，腹部是撞击留下的瘀青。最严重的是她的双腿，布满了青紫色的瘀痕。

跌打药的味道充斥着鼻腔，医生气得说不出话，只能冷冷地说了句："你还知道给自己上药！"

林靓紧抿着嘴，也不答话。

医生见她不回答，火气更大："起来上药！你还以为你在家吗？入了伍就是军人，少给我耍脾气！"说完就去推林靓的肩膀让她起来。

袁影见状急忙上前扶着林靓，马玲也拿起桌上的药递给医生，嘴里劝着："医生，我们都是刚高中毕业，有很多事不明白，总之都是我们不对，您消消气。"

"刚高中毕业就有理了？"医生虽然还在生气，但上药的速度却不慢。

上到一半，医生向林靓开口道："你是新兵，我不管你这个伤是怎么受的，但你必须给我休息一周时间，不然你还是痛快回家去吧。"

当空军，身体不好是不行的，像林靓这样糟糕的身体，连飞机都别想碰！

听到这话，林靓突然扭头瞪视着医生，可似乎想到了什么，又把头转了回去。

"哎？！你这是什么表情？"医生故意拍了拍林靓受伤的地方，却发现眼前女孩一点反应都没有，不由得气闷，"我是医生，我说了算！你给我好好躺着，你教官那里我去给你说！"

她一边说着，一边转身出门找张雨去了。

袁影和马玲站在那里，面面相觑。见林靓不说话，袁影只好开口道："你好好休息，我们先回去了。"说完就拽着马玲离开了病房。

背后上了药，不能压着，林靓怎么躺都不舒服，正想起来的时候，手腕上的手表一震。

低头一看，原来是母亲打来的电话。

林靓木着一张脸接通电话，心中却疑惑母亲这时怎么会打电话来。

"喂？靓靓吗？入伍第一天怎么样啊，有没有跟同届的兵好好相处？"于丽莲也知道自己女儿的性格，一棍子下去都打不出个响，要不是江宏，她都担心她能不能嫁出去。

"没事。"

张雨的这些举动，她不确定是不是父亲安排的，只能之后慢慢观察了。

"没事？"于丽莲太了解她女儿了，要是真没事，连电话都不会接。

想到这，她扫了眼坐在沙发上的林毅。

被妻子扫了一眼，林毅就知道林靓那边出了事，不由得冷哼一声："废物就是废物，到哪儿都是废物！"

本来就不爱说话的林靓听到此言更是半天没声音，最后才抿嘴回了句："嗯。"

就是不知道是回复于丽莲的，还是回复林毅的。

这下于丽莲也不知说些什么好了，只能劝慰两句后挂断了电话。

林靓捏了捏眉心，将手表摘下来随手扔在一边。

林靓睡惯了硬板床，此时的软床让她觉得很不舒服。

药效开始发挥作用，刺骨的痛感倒是没了，只是现在她不能参加之后的训练课程了。

想到父亲那句话，林靓皱起眉，看着窗外湛蓝的天空，眼神有些涣散。

林靓咬咬牙，坐直身体，站起来时大腿一抖，差点摔倒在地。

林靓一瘸一拐地来到医生办公室敲响了大门。

"你现在的身体不能出院！"医生皱眉看着小腿还肿胀着的林靓，只把她的行为理解为小孩子闹别扭。

林靓已经没心情和医生废话了，硬是要来了出院证明，火速回到了宿舍。

此时的张雨正在传授新兵理论知识，看到林靓回来颇有些意外。

没办法，林靓是带着出院证明回来的，她也不能找借口让林靓回去休息，只能让她坐在最后的位置，继续上课。

空军的理论知识非常繁杂，目前张雨主讲的是空气动力学，空中领航学和空中射击学之类的在之后的半年中逐步学习，甚至要配合实际飞行才能学会。

正是如此，林靓才不愿意浪费任何一点时间，抓紧投入到学习中去。

张雨看了她一眼，眼神闪烁。

课堂上，张雨点了几个人回答问题，其中便有林靓。

可就算林靓面色苍白，依旧完美地回答了她提出的问题，让她挑不出错来。

整节课下来，不论是张雨还是其他人，都对林靓刮目相看。

袁影两人回来时，已经将林靓所受的伤告诉了大家，在那么严重的伤势下，林靓还能保持清醒学完了整节课，不得不令人钦佩！

晚饭后，林靓难得休息一会儿，却接到了江宏的电话。

电话刚接通，江宏急切的声音就传了过来："靓靓，你受伤了？发生了什么事？我刚训练完，这就过去。"电话中能听见明显的喘息声，应该是刚训练完回来。

面对江宏，林靓难得地多说了句话："一点小伤，没有大碍。"

　　江宏比她先进入飞行大队，已经是031的王牌飞行员了，训练任务之重更是在林靓之上。

　　"我只是关心你啊，刚来部队，你一定有不适应的地方，有什么学习上的事我也可以帮到你。你从来就不会关心你自己，总是让人这么操心！"江宏喘息声渐缓，林靓听到宿舍门开关的声音。

　　她翻开空气动力学的书，沉默了好半天才憋出来一句："不用。"

　　那边江宏却着急地说："靓靓，你是不是受了很重的伤？你是不是行动不方便？我们是男女……"

　　林靓直接挂断了电话，没给江宏絮叨的机会。

　　"哎！我还没说完呢！"虽然这么长时间他也习惯了林靓的个性，但江宏心里还是莫名有些委屈。

　　"都过去这么久了，江宏絮叨的毛病还是没改，他战友是怎么忍受他的。"

　　林靓摇摇头，将杂念摒除，又拿起书本，复习起课上讲解的内容。

　　天色还早，她还能把白天学的东西复习一遍。

　　而窗外，张雨正和袁影站在一起。

　　袁影出门不久便遇到了巡视宿舍的张雨，两人并排走着，不知道在说些什么。

　　"你怎么出来了？"

　　已经是晚上九点了，按道理，她们应该在宿舍休息才对。毕竟明天还要早起训练。

　　"我白天有些内容没弄懂，想去借林靓的笔记看看。"面对教官的询问，袁影撒了谎。白天林靓帮了她，她理应过去道谢。

　　张雨听出那是她的借口，也不生气，只说："有什么不懂的可以来问我，林靓和你一样，也是刚入伍的，你们掌握的程度是一样的。"

　　"嗯，我知道。"听到张雨轻易拆穿了自己的谎言，袁影头低了些，不好意思地脸红了。

　　下午吃饭的时候，她并没有去打扰林靓，却从刘旭口中了解到林靓优秀的过去。

林靓虽不善言辞，行动却直截了当，目标明确，内心坚定。

面对这样优秀的人，袁影并不像刘旭那样充满嫉妒和攀比心，她只是想着，如果能和她做朋友就好了。

想到这，袁影更想去见林靓了。

张雨没说话，在她的印象里，这些孩子都很"娇贵"，从她们今天上课时的状态就能看出来。更何况林靓受了那么重的伤，应该早早就休息了才对。

于是就变成了现在的情况，两人站在窗外，看着这么晚依旧在灯光下学习的林靓，默默无言。

"教官，没事我就进去了。"袁影受不了这种气氛，率先开口，敲门走了进去。

看着林靓灯光下学习的模样，张雨冷哼一声，转头离去。

3. 试飞意外

经过一段时间的理论学习和模拟机演练后，林靓等人终于等来了她们梦寐以求的实飞训练。

女兵们三三两两聚在一起，看着面前的 J-10 战斗机窃窃私语。

"我们要开这个？！"袁影抬头看着巨大的战斗机，手都有些抖，一步步挪到林靓身后说道。

"嗯。"

林靓点点头，稍微让开一点。袁影太过热情，让她有些吃不消。

"这对我们来说太'新'了吧，这么贵重的东西，万一我开坏了怎么办啊？"袁影忐忑不安地绕着林靓来回走，这个举动让林靓想起了江宏。

"小问题。"看了袁影一眼，林靓又仰头看着战斗机，眼中闪着兴奋的光。

"小问题？林靓，你不会以为理论和模拟过了，实机飞行就能成功吧？"刘旭的声音在两人身后响起，袁影转身，看到刘旭和莫莉几人走了过来。

林靓没有反应，倒是袁影气愤地开口反驳道："还是注意注意你自己吧，这句话对你同样适用！"

沉默的林靓让刘旭怒火更盛，从入伍那天起，不论是什么课程，她都被林靓压着一头，无论怎么努力都是第二！

同样是军人之后，林靓凭什么处处比她强！

"你就只会这样乖乖地躲在你的狗腿子背后吗？林靓，你敢不敢跟我比比！"刘旭上前一步，愤怒的样子吓得袁影愣在原地不敢动弹。

林靓忽地转身，向左一步，刚好将袁影挡在身后。两个身高相仿的女孩儿就这么对视着，互不相让！

不远处和王璐璐一起眼馋地看着 J-20 的马玲一看不对，急忙上前拉住刘旭，劝慰道："好了，别吵了，一会儿教官来了又没好果子吃！"

果然，下一秒，张雨的声音从门口传了过来。

"你们凑在一起做什么？！最好给我个理由，不然你们谁都别想飞！"

听到这话，刘旭几人的脸色瞬间变得奇差无比。

"哼！"刘旭一把甩开马玲的手，退后几步，不再说话。

依张雨的性格，罚她们整节课待在地上看着别人飞，不是没有可能的！

"教官，一会儿我们就要开这个'漂亮机'吗？"王璐璐笑嘻嘻地凑过来，一点也不害怕张雨的样子。

它实在太好看了！

"哼，你们开？模拟过了牛了是吗？少给战斗机起奇怪的外号！"张雨拍了拍王璐璐的肩膀，神色依旧严肃。

她冷冷地看了林靓一眼，又扫视了全场一遍，眼神冰冷，而被看的人无不胆战心惊！

"全体集合！"

所有人迅速站成一排，双目直视前方。

"今天你们实机试飞，第一次我会带你们飞行。"张雨特意在林靓面前停了停，又转到众人面前说道，"你们注意看我的操作，如果有纰漏，就给我滚回家去，听到了吗！"

"是！教官！"

对声音和态度还算满意，张雨一指马玲，说道："你跟我来！"

J-10 战斗机的训练机是双人座，张雨带领她们飞一遍后就换成她们单飞。

全部女兵的模拟飞行考试都及格了，所以每个人都非常自信。

除了袁影。

其他人都对马玲投以羡慕的目光，马玲也激动不已，和张雨一同飞上了天空。

还留在地面上的人都充满了对飞天的期待，没有继续吵嘴。就连刘旭也难得地安静下来，站在门旁看着头顶的天空。

轮到袁影上机时还闹了个笑话，她腿一抖，直接在战斗机上做了个劈叉，人群轰的一下就笑开了。

袁影脸红得像个猴屁股，恨不得找个地洞钻进去。

"笑什么笑！"袁影转头瞪了一眼众人，忽然对上林靓那面无表情看着她的脸，心跳漏了半拍。

想着不能在偶像面前丢脸，袁影手脚并用地爬了上去。

张雨全程没说一句话，却在带袁影飞回来后，破天荒地夸了她几句，也算是缓解了她的尴尬。

现在只剩林靓一个还没试飞了。

坐上战斗机后方，林靓仔细看着张雨的操作，两人一同飞出基地。

"仔细看清楚，别丢你父亲的脸。"这么说着，张雨操控飞机的速度更快了些。

风速变了。

林靓这样想着，更专注地观察起张雨的操作以及仪表盘上的数值。

一圈飞下来，倒没出什么问题，只不过林靓被张雨时快时慢的速度搞得有些头晕。

接下来就是今天的重点——单飞。

张雨站在飞机前，严肃地看着女兵们，大声道："飞行的时候给我集中精神，少给我想那些有的没的，我可不想我的兵连那些男人都不如！听到没！"

"是！教官！"

众人的心都提了起来，不光因为张雨的话，还因为接下来的单飞。

林靓依旧被安排在最后一个，刘旭似乎看出些什么，申请排到了第一个。

刘旭的整次飞行非常顺利，无论是动作还是操作都非常娴熟，并在规定时间内回到了基地上。

从战斗机上下来的刘旭看了眼站在最后的林靓，向她露出了明媚的笑脸。

没有理会刘旭的阴阳怪气，林靓目光锁定在战斗机身上，默默计算着每个队员归来的时间。

终于轮到林靓，她跨上飞机，摒除杂念，飞了出去。

随着战斗机与地面的距离越拉越远，林靓不一会儿便穿过云层，身处万丈高空之上。耀眼的太阳光透过玻璃照射在林靓脸上，让她不得不眯起双眼。

林靓控制着飞机开始转向，在这片留给她们的训练场地上，按照规定航道前进着。

她操纵着飞机加速爬升，不时看一眼仪表盘上的数值，如同在模拟飞行室内一般，冷静而熟稔地开始做翻滚动作。

呼啸的风从机身旁刮过，瞬间天地倒转，只见云层如海浪般层层叠叠，在头顶汹涌着。那耀眼的太阳却被机身掩盖，转到了脚下。

林靓耳中蜂鸣声渐起。

翻滚速度均匀，当机身再次摆正时，蜂鸣声又逐渐消失了。

这样的感觉让林靓原本波澜不惊的心不由得兴奋起来。待机身平稳飞向前方后，她便准备转向飞回。

战斗机在天空中划出一道完美的弧线，在气流的包裹下向基地方向飞去。

飞回的这段依旧需要做一段爬升和翻滚，有了之前的经验，林靓做得非常完美。

只要做完最后的俯冲，她就可以返回基地了。

就在这时，异变突生！

战斗机俯冲速度极快，霎时间，林靓感到全身血液向下涌去，眼前一片漆黑！

恐惧瞬间笼罩心头，耳中出现庞杂的对话声，夹杂着女人的哭喊声，令她无法冷静下来。

呼吸陡然变得急促，林靓使劲甩着头，想让那如附骨之疽般的声音消失，强迫自己冷静下来。

林靓想起眼前变黑之前看到的高度及其他数值，凭记忆拨动仪器，拉动油门手柄，在心中默数着时间。

在数到六时，她猛地一拉手刹，让飞机速度减慢，同时调整数值，让飞机平稳地向前飞去。

此时，林靓才终于从黑暗中恢复过来，逐渐看清眼前的一切。

她距离基地已经很近了，从仪表盘数值来看，无论是高度还是速度都是完美的。

林靓长舒一口气，缓缓减速降落到地面，驶进基地。

下了飞机，张雨神情古怪地看了一下手表。

比刘旭快了五秒。

并不是快就是完美的，她们第一次单飞，留给她们的时间很多，足够他们把动作做完。

训练机上是有仪器的，能记录下她们在飞机上的操控。

这样一来，只能代表林靓不仅能熟练地操纵战斗机，飞行动作完美，而且身体适应能力极强！

但她没有夸奖林靓，也没有提及林靓的数据。

各项数据都优秀又如何？天生拥有其他人望尘莫及的资源，却只能飞出这样的数据，英雄的后代也不过如此。

"立正！"看着队员们站成一排，总的来说，她对今天众人的首飞非常满意，语气也不再那么严厉，"飞得都不错，但不能骄傲，下一次就不止一组动作这么简单了！今天回去好好休息，明天依旧进行体能训练！"

难得张雨说了点表扬的话，袁影她们都很激动。

"向右转，你们自己跑回宿舍！"

"是！教官！"

一行人腿上跑着，嘴上可没闲着，热烈地谈论着在天上看到了不一样的风景。哪怕是云彩的变化，也能让她们讨论半天。

刘旭也很激动，但她更想知道，张雨明明记录了数据，为什么不说出林靓的数据。她硬要飞第一个，就是想看林靓出丑。可张雨不说，她也不能问，心里就像有一百只蚂蚁在爬。

前方时不时看向自己的灼灼目光并没影响到林靓，她现在脑海中全都是飞在空中时眼前忽然出现的黑暗和耳中的嘈杂声响。

为什么会忽然看不见？难道她真跟林毅说的那样，不适合参军吗？！

4. 心里打怵

空军训练是枯燥的，每天上午上理论课，下午上体能课，时间一久，不满的情绪开始在女兵中蔓延开来。

"我说，我看男兵一直在飞啊，凭什么我们就只能在这里当咸鱼？"

刚拉练完，王璐璐满头都是汗，她抹了一把，不满地嚷嚷起来。

天天体能训练下来全是汗，再加上太阳暴晒，可不就是一条咸鱼吗？

"本来男女体能就有差距，你不锻炼，怎么能在天上比得过男人。"袁影和马玲倒是无所谓，她们要是有跟林靓一样的身体素质，也不会这么刻苦地在这里举重拉练。

幸好这种日子不长，女兵们又迎来了飞天的机会。

只不过这次场地更大，需要做的动作更多了。

"这次有投弹训练，你们给我注意，如果出了操作上的失误，就给我等着受罚吧！"张雨像尊门神一样站在那里，一嗓子下来女兵们心里都开始打怵。

刘旭几步走到林靓身侧，歪着头看她一脸淡然的模样，开口挑衅道："要不要比一下我们谁投弹更精准？"

连个眼神都不给，更何况回答这种无聊的问题。

林靓最关心的还是她此次训练会不会再出现失明症状，如果出现了，她又该怎么办。

见林靓不理她，刘旭暗里咬碎一口银牙，表面也学着像林靓那样不露声色，绕到她另一侧，又开口道："你知道为什么上次张雨没说你的数值吗？"

不耐烦了。

刘旭如同烦人的苍蝇，绕得林靓心烦意乱。林靓干脆走向离张雨更近的地方。

至少张雨不会因为这些小事来烦她。

看到林靓主动靠过来，张雨顺势叫林靓当了首飞。

林靓熟练地操纵战斗机飞出去，冲出基地后开始稳步爬升。

到达指定高度后，林靓调整好飞机状态，开始俯冲。

投弹点有设置好的机器，只要战斗机到达位置，机器立刻就能检测到，并在仪器上显示投弹成功。

俯冲、投弹、爬升。

一系列动作如行云流水般完美，可就在林靓渐渐放下心来的时候，黑暗再次突然向她袭来。

所幸这次是在爬升阶段，林靓心中也早就做好预案，完美解决了这次失明问题。

返航后，张雨看着从飞机上下来的林靓，没说什么。就算她再怎么挑剔，这次也挑不出林靓的毛病来。

不过跟之前一样，她依旧没有说出林靓的数值。

这下，刘旭看出端倪来了。

但她还来不及研究，就被张雨安排去训练了。独留林靓站在远处，对自己的身体状况陷入沉思。

在接下来几次飞行训练中，林靓无一例外地出现了失明情况。最近一次，已经严重到就算停止爬升和翻滚也无法在短时间内恢复了。

她自己也清楚，随着操作难度逐渐提高，就算她学得再好，也不能保证在失明中完成全部操作动作。

"林靓，你怎么了，最近脸色很不好，是没休息好吗？"午饭时间，袁影端着餐盘坐在林靓对面，担忧地问道。

林靓摇了摇头，赶紧把饭塞进嘴里，她可不想听女版江宏在这里叭叭个不停。

她最近查到了这种情况学名叫"黑晕"，也叫"黑视"，是飞行员由于身体素质原因在飞行过程中血液迅速向下肢流动导致脑部大量缺血而出现的症状，严重时可能导致飞行员意识丧失，直接昏迷！

林靓自认身体素质良好，怎么会出现这种症状呢？

看来她应该去医院看一下了，她可不希望自己的入伍生涯出现什么意外。

下午，飞行训练开始，J-10战斗机照常驶出基地。

此次的训练项目是模拟拦截地方飞机，需要飞行员驾驶战斗机在天空中作出几组翻滚和加速爬升的动作，还要减速和俯冲，是非常困难的训练。

林靓驾着飞机飞到指定高度时，深吸一口气，将发动机功率调大，向上冲去。

模拟机的信号一出现在雷达中，林靓便加速向前冲去，模拟出地方飞机转向的事态，同时不断提高速度。

但林靓知道，自己不能更快了。她调整飞机方向，死死咬住雷达上模拟机的"尾巴"，紧追不舍。

模拟机见林靓跟得紧，急忙翻滚机身，向下俯冲，企图甩掉她。

林靓自然不会放过它，紧跟着侧翻机身，直追而下。

此时，黑暗再次向林靓袭来，这次不仅视觉丧失，林靓还失去了意识！

一片混沌中，时间也不知道过了多久。在这样急速俯冲的情况下飞行员失明晕厥，情况之糟糕可想而知。

等林靓恢复意识，微微能控制自己的手时，只听得耳边传来一片警报响起的声音。

她慌忙拉动操纵杆让飞机停止下降转而上升，凭借肌肉记忆一通操作，险而又险地控制住了飞机。警报声终于停止。

"这里是控制台，这里是控制台。0213号训练机，听到请回答！听到请回答！"地面控制台发现战斗机飞行路线不对，立即请求沟通。

"是0213，0213请求返航。"血液下涌带来的不适让林靓呼吸急促，失去视觉的双眼茫然地看着前方，她只能请求返航。

听到飞行员这么回答，控制台人员悬着的心放下一半，同意了返航要求。

黑视带来的影响还在，林靓无法得知她现在所处的位置，只能先缓慢转向，借此拖延时间，让黑视有足够的时间消失。

借着拖延的约莫二十秒时间，林靓迅速调整身体，终于恢复了视力，驾驶 0213 战斗机回到了指定降落点。

下机时，林靓身体已经恢复正常，没人能看出她到底发生了什么事。

张雨已经冷着脸在等她了。

"立正！"张雨声音听起来很平静，但所有人都看出来了这平静下隐藏的怒火。

"你想做什么？！驾驶飞机自毁吗？！你知不知道战斗机和飞行员都是国家宝贵的财富，就你这样子还英雄之后？！"张雨气得不轻，她在控制台看到战斗机笔直冲向地面时，心都跟着悬起来了。

就算她再看不惯林靓，她也是她的兵！她不想眼睁睁地看着她去死！

"调节好自己之前，你不许再参加飞行训练！听到没有！"

"是！"

林靓知道自己的情况，如果不查出黑视的原因，她一辈子都无法再开飞机。相比之下，不参加飞行训练已经算是小问题了。

"你没事吧？"袁影担忧地看向林靓。不能训练对于一个飞行员来说影响极大。

如果间断时间太长，飞行员就会因为间断飞行产生飞行上的不适，轻则无法登机，重则酿成灾祸。

可自己已经出现最严重的黑视症状了。

林靓摇了摇头，转身去看正在被检修的 J-10 战斗机。

风吹走了夏日的炎热，却吹不走林靓心中的忧虑。

袁影不知原因，也没法安慰，只能陪着林靓回到宿舍。

今晚林靓睡得很早，她准备明早早点走。

清早六点半，林靓从睡梦中醒来，简单地洗漱后直接出了门。

今天是休息日，刚好省去了跟张雨请假的麻烦，她直接出了门，打车来到医院。

医院离基地并不算远，人也不多，林靓挂完号就直接看了医生，开始排队化验。

一整套流程下来，不知不觉已经中午十一点半了，林靓有些疲惫地坐在医院长廊的椅子上，双手放在腿上，低着头。

她有些困了，起得太早，睡得太晚，精神不振。

实际上，她远没有袁影她们以为的那般优秀，好成绩都是她废寝忘食地预习和复习的结果，如果不是这样，她根本维持不住如此好的成绩。

"靓靓？！你果然在这里。"

迷迷蒙蒙间，熟悉的男声传来，林靓睁开双眼。

一仰头，正看到江宏那张放大的脸，惊得林靓猛地向后一缩。要不是江宏手伸得及时，她就撞在后面的瓷砖上了。

"你还是这么不小心，我都听说你被暂停飞行训练了，想着你在军区医院我就赶了过来。"

江宏坐在林靓身旁，抓住林靓的手："怎么了？训练过程中出了什么差错？还是身体上出了问题？你不主动跟我联系，我也不清楚你出了什么事。"

他太了解她了，嘴犟，不服输，就这个性格，改不了的。

江宏的絮叨让林靓头更痛了，抽回自己的手揉揉太阳穴，靠在椅背上不想搭理他。

"你怎么跟个河蚌一样，撬都撬不开你的嘴？"江宏实在是很无奈，林靓不愿意说的，他问十遍也没用。

"如果身体不适，就好好休息。生活上有什么不开心的事，也可以和我说。我一直在你身边，不是吗？"江宏依旧握着林靓的手，她的手很凉，和她本人一样。

江宏的温度透过手掌传到林靓心里，她舒了口气，放松了些许，反握住江宏的手，上下摇了摇。

江宏就是这样，只要林靓给一点反应，就能高兴很久。

5. 空中磨难

化验结果出来了，两人拿着报告来到医生办公室。

医生看了眼两人，然后对着林靓说："你最近熬夜做什么了？身体是本钱，把身体弄成这样子，难怪会出问题。"

虽然瘀伤好了不少，可还有些严重的伤需要药物治疗。医生开了一个星期剂量的活血化瘀药和一瓶镇定助眠的药，让林靓带回去。

江宏跟在林靓身后，嘴巴一刻没停说："你要注意身体，熬夜做什么，不会的来问我啊。"

看林靓没反应，江宏瞥了她一眼，说道："我好歹比你先入伍，很多消息你可以向我打听啊，想不想知道自己前几次飞行训练的数据？张雨虽然训练魔鬼了些，可她是真的厉害，你不要和她对着干。"

江宏絮叨着走到林靓身边，绕着她转圈子。

"哎……"

林靓倒吸一口冷气，猛地站住，眼睛直勾勾地盯着江宏。

江宏摸摸鼻子，嘿嘿笑了两声，走过去靠着林靓讨好地说道："你不要生气嘛，马上就要放假了，咱们出去散心吧。精神紧张可能也是你训练出现问题的原因啊，散散心也许就好了呢。"

林靓没有表示拒绝，江宏就当她答应了。

他立刻拿出电话给陈翰文打了过去："翰文，靓靓答应了！你想好玩的地方了吗？"

林靓一愣，看来江宏早就和陈翰文安排好了。

她忽然有些后悔，怎么就没拒绝呢？

陈翰文是个理工狂，也是她的死党兼发小，嘴贱得可以，这次约他们俩出去，说不定又要吹什么有的没的。

这边江宏还打着电话："嗯嗯，那我们这就过去。"

江宏挂断电话，对林靓笑了笑，抓住她的手说："翰文那边已经定了连城海边的酒店，我们刚好休假，直接过去就好。我队里还有些事，你先过去，我明天就到。"

林靓后悔万分。三天的假期，本来想用来丰富理论知识的，就这么被安排出去了。

看着机场入口向他们挥手的陈翰文，林靓转身就想走。

陈翰文急忙上前拉住她央求道："哎哎，林老大，你就这么走啦！"

开玩笑，他可是听到两人休假，主动找的江宏让他们陪他玩的！

江宏倒是理解林靓，笑着给了陈翰文一拳："她不走，听你在这儿吹牛吗？"

一路上林靓都沉默不语，现在看到她稍微放松了点，江宏也跟着高兴。

人已经送到，江宏也不久留，主动亲了一口林靓，对两人挥挥手驱车回部队了。

机场无论什么时候人都很多，林靓坐在候机室，思维开始信马由缰，想着要是自己退伍了，能不能来民用机场做个机长什么的。

两个小时的等待很快过去，林靓登上了飞机。

飞机缓缓升空，耳边传来旁边小朋友惊恐的哭声。

陈翰文坐在林靓身旁，笑嘻嘻地逗小孩玩："再哭，怪叔叔要吃掉你了哦！"

结果小孩哭得更大声了。

林靓懒得理会他们，打开遮光板，看向窗外。

飞机稳稳地飞入万丈高空后，她并没有看到蓝白相间的天空和耀眼的太阳，甚觉无趣。

空姐贴心地挨个询问需不需要毛毯，她要了条毛毯，关上遮光板，准备睡上一觉。

林靓渐渐进入梦乡。

梦里，林靓驾驶着她梦寐以求的 J-20 飞行在数万米的高空上，向更高的地方飞去。然而剧烈变换的气压造成机身不稳定，随之出现的黑视再次将她笼罩，这感觉过于真实，林靓不由得心慌气短。

"砰！"

一阵剧烈的晃动震醒林靓，她扭头向窗外一看，竟是满目浓雾！

她转过头，只看到惊慌的人群，又听到陈翰文在那叫喊："怎么了怎么了？要坠毁了？！"

林靓踹了他一脚，确认安全带系的没任何问题后准备戴上氧气面罩。

余光一扫，只看到强装镇定的空姐们焦虑地在交流什么，眼神中一片惊慌。

林靓直觉不对，立刻跨出座位走到空姐面前："我是一名军人，请问发生了什么事？有什么需要帮忙的吗？"

被叫住的空姐也不管林靓说了什么，此时她的职责只是让林靓回到座位上戴上氧气面罩："请您立刻回到您的座位上。"

林靓本想听空姐的话回去，可就在她抬脚的瞬间，飞机一个波动，震动猛地剧烈起来！

乘客受到惊吓，哭喊声骤然爆发！

"啊啊啊！！"

"妈妈！爸爸！"

客舱里乱成一锅粥，空姐在座位间来回穿梭着安抚各位乘客也无济于事，大家的心情极为忐忑不安。

另一名空姐见林靓坚持，只好小声跟林靓说："我们遇到了大雾天气，又有部分仪器失灵了。如果您确实是一名军人，请帮助我们。"

面对空姐求助的眼神，林靓立刻将证件递过去："我是一名飞行员，希望可以帮助到你们。"

看到证件后，空姐似乎看到了希望，她转身回到广播室，拿起话筒："各位乘客，你们好，飞机只是遇到了一些小问题，请相信我们的机长可以克服困难，请你们配合乘务人员，停留在座位上，也请你们相信我们。"

客舱中的人们慢慢平静下来，老实地坐在了座位上。父母也安抚好孩子，

——戴上了氧气面罩。

林靓知道时间紧迫，急忙穿过广播室，来到了驾驶室。

一进驾驶室，扑面而来的大雾让林靓一愣。

副驾驶正在忙碌地检测仪器仪表，看到林靓进来似乎有些意外，立刻道："你就是乘务长所说的空军飞行员同志吗？希望你能帮助我们。"

一旁的机长也点了点头，说道："飞行员同志，这次要麻烦你了！"

机长不是军队飞行员出身，四十多岁的他从业多年从没有遇到过此类情况，现在这种状态他也有些束手无策。看了林靓的证件后，他立刻燃起了希望之光，觉得事情或许有转机。

可战斗机和民航飞机到底不同，林靓需要机长和副驾驶的配合。

副驾驶看到这种情况，便让开副驾驶座，前去客舱帮助空姐稳定乘客。

机长转而坐在副驾驶座，看到林靓熟练地握住操纵杆，努力让飞机保持平衡。

仪表盘上灰了一片，两侧机翼也有些失灵，这是机身摇晃的主要原因。

浓雾将视线完全遮挡了，塔台也联系不上，连雷达都失灵了！

这架客机现在就像一位盲人，只能在无尽的黑暗中前进。

林靓莫名地觉得这架客机和自己非常相似。

检查完问题，林靓问："我们现在还在规定航线内飞行吗？"

机长犹豫一下，回答道："应该不是了，经过刚刚的波动，我们已经偏移很多，高度也降了不少。"

林靓点了点头，拉动油门，让飞机向上升去。

定向空间障碍，很多失事飞机都是这个问题，只不过现在新闻上的事发生在了她身上而已。

林靓看了眼时间，距离航班起飞已经过了半个小时，她记得他们要去的城市非常繁华，交通便利，是一个旅游城市。

如此一来，空中应该不止他们一架班机。

如果这时和其他不知道情况的班机相撞，那后果更加严重。

林靓此时也顾不了那么多，立刻对机长下达指令："请和其他班机联系！"同时操纵仪表盘，让飞机尽量平行前进。

　　林靓想起高中时曾在地理课上学过，连城周边都是山脉，平均海拔高度是 4000 米，最高山峰有 5210 米。但这是很多年前的数据了，林靓也不知道现在地壳变动，海拔有没有变化。

　　而如今整个飞机上一百多条人命都背负在他们身上，林靓顿觉压力骤增，一直以来的自信受到了挑战。

　　她能保护他们吗？

6. 乌云密布

林靓知道自己已经浪费了很多时间，通讯台中嘈杂的信号声在她耳中咝咝作响，不要说地面控制台，其他航班也没有任何回复。

机长还在努力地试图和外界取得联系："这里是滨城6001号民航机，听到请回答，听到请回答！"四十多岁的人，此时咬着牙红着眼眶不停地在通讯台中念着自己客机的编号，希望能得到回复。

林靓操控着发动机，无意中看到了机长左手无名指上带着的戒指，也不知想到了什么，她收回视线不再关注机长，又扫了眼仪表盘。

高度7500米，速度800千米／小时！

由于机翼操作变得困难，林靓只能逐步降低速度。可速度降低会伴随着高度降低，林靓不由得担心飞机会和山峰相撞。而且这个高度上的客机太多，也难保不会和其他客机撞在一起。

可能发生的意外太多，林靓的头又开始痛起来。

此时，通讯台终于传来其他客机的声音："这里是连城8513，这里是连城8513，滨城6001，塔台联系不到你，塔台联系不到你！"

机长仿佛抓住了一根救命稻草，急忙道："滨城6001雷达失灵，仪器损坏，暂时无法和塔台沟通，请问目前地形，请问目前地形！"

通讯台的声音断断续续，很快又消失了，机长抹了一把脸上的汗，颓然地靠在椅背上。

这种情况下，林靓见机长颓然的样子，只好别扭地安抚道："好消息，已经能联系上其他客机了。"

她说着，又看了眼高度。

高度 6500 米，速度 600 千米 / 小时。

极端恶劣天气下，仪器失灵几乎无法恢复，想要靠自己找地方降落简直是天方夜谭。

机长被林靓这句"好消息"气笑了。

这时，连城 8513 的声音再次传来，这回非常清晰，但林靓听了却心头一凛："滨城 6001，你下方是山区地形，前方 50 公里是大海！前方 50 公里是大海！塔台让你立刻掉转方向，在机场准备的场地迫降！"

这消息要是放在刚才确实是好消息，可惜现在却宛如地狱恶音！

在这短短几句话中，林靓得知现在飞机的高度已经是 4700 米，可飞机的速度却是 300 千米 / 小时！

她手心里早已全是汗，伸手在牛仔裤上擦了一下，一把握住了油门手柄向上推去，在飞机最大爬升后，给予它连续推力。

客舱里的乘客只觉得飞机猛地一震，从一直俯冲的态势直接开始上升，速度极快！

有些老年人无法承受这种强度的上升，呼吸更加急促了。

林靓无法顾忌这些了，她不能让飞机撞在山上！

向上的气流冲散了些许雾气，可前方的能见度依然很低，林靓只能凭对飞机的操控娴熟度，让飞机不断上升，躲避这里海拔高达 5000 米的山峰！

飞机本就仪器失灵，这样猛地上升也不是民用机外壳能承受的。在气流的冲击摩擦下，两边机翼都有不同程度的磨损。

机长不断和外界沟通，终于在连城 8513 的帮助下，得到了指挥调度中心的消息！

指挥调度中心人员的声音中带着急切："这里是连城指挥调度中心，6001 听到了吗？"

他们十分钟前就没能再联系到滨城 6001，所有人都急得不行，各种能调用的东西都调用了，这回终于是联系上了！

机长激动得眼眶发热，几乎要哭，跟着声音沙哑地吼出来："滨城 6001，MAYDAY！MAYDAY！MAYDAY！"

联系人听到这个词语，心也随之揪了起来："地面收到，可以下降到

3200 米保持高度吗？”

林靓冷静地开口：“不行，6001 两侧机翼损坏，雷达失灵，目前还没通过山区，我们无法保持你们说的高度。”

机长也紧跟着解释：“这位是飞机上的乘客，她是现役飞行员，目前是她在稳住客机，我们此时无法降低高度，请求援助！”

此时降低高度，无疑是让飞机上的这些人送死。

不巧的是，黑视——林靓最恐惧的东西，又一次出现在她的身上。而且，是在这么紧急的关头！

机长的话隐约还能听到一点，可此时林靓的眼睛已经看不见了。

耳中嘈杂的声音再次出现，伴随着她的恐惧，如一双大手般扼住她的咽喉！

林靓紧握住手中的操纵杆，似乎这样才能给她带来一丝安全感。

仪表盘、速度、高度……她什么都看不见了，却不能说出来，如果此时她有一点慌乱，对于机长和整个飞机上的人来说都将是毁灭性的打击！

机翼造成的损坏使飞机摇晃得更加猛烈，黑视的状态下，林靓都不能保证自己是否再让飞机上升！

她心中飞快地盘算着，要是她所料不差，此时飞机的高度应该是 5300 米左右。如果将推力给到最大，爬升力调低一些，就能让飞机的速度减缓下来。

1，2，3……

林靓心中默数着。

客机的速度远没有战斗机快，她的黑视应该很快就能恢复才对。

4，5，6……等到林靓数到 8 时，她的视觉恢复了。

哆嗦着嘴唇，“劫后余生”的喜悦没有冲昏林靓的头脑，她的视线迅速锁定在仪表盘上，高度果然是 5340 米，正在向 5500 米升去。

可两侧机翼损坏严重，不是她能松口气的时候。再这样下去，飞机就要变成一只失去翅膀的鸟，只能看不能飞了。

此时，机长已经和地面控制台联系好了，他转头告诉林靓，在 10 公里远的地方，有一个民用私人停机场，停机坪比较小，跑道很短，但可以用来紧急迫降。

林靓点头，立刻开始按照机长说的方位调整航线。

客机残破的机翼勉强开始转向，外皮被掀起的巨大声响像某种怪物的吼声，客舱内的人们又惴惴不安起来。

可林靓的话还在他们耳边回响，对于自己国家的军人，人民总是有无限的理解和信任。

之前被陈翰文逗弄的小孩缩在椅子上，紧紧拽住妈妈的手："妈妈，我好害怕！我们不会有事的对吗？"

妈妈轻轻拍了拍孩子的手，没有说话，她也不清楚他们能不能活下去。

倒是陈翰文隔着氧气面罩对孩子挤眉弄眼，安慰他道："当然了，你也不看看我发小是什么人，战斗机飞行员啊，这些对她来说都是小意思！"

虽然声音不太清晰，但是听到陈翰文的话，人们心中的不安也减弱了许多，他们相信，林靓一定能救他们！

而林靓这边则开始准备迫降，将飞机高度逐渐降低，同时调节油门手柄减速，并放下起落架，拉动刹车杆。

整个飞机的速度一下就慢了下来，飞机像子弹一样向下冲去，古怪的风声尖锐地啸叫着，一直笼罩在机头的雾被冲散，终于能看到下方地貌了。

留给林靓的时间不多了，她只能选择这么简单粗暴的方式！

机身剧烈地抖动着，客舱里除了呼啸的风声，还能清晰地听到机翼外壳逐渐剥落的声音。

"乘客请系好安全带，确认救生衣已经穿好，客机马上要进行迫降……"空姐通过广播让乘客检查自己的安全措施。

飞机摇晃得太厉害，就算是接受过专业训练的空姐也有些害怕，更不用说那些惊慌的乘客了，只能脸色苍白地抓着身上的救生衣，有些人还在默默祈祷。

"轰！"

巨大的声音响起，可惜，这不是令人感到喜悦的声音！

机翼的外骨骼已经完全剥落了！

7. 冲破阻碍

这声响在 6001 号航班的所有成员耳中宛如一声惊雷，而对林靓来说，更加恐怖的事正发生在她身上！

黑视又出现了！

客机下落的速度太快，再加上巨大的心理压力，让黑视再次出现！

原本飞机下落带来的焦虑忽然消失，林靓脑中一片空白，一时间连身处何地都忘记了。

那些嘈杂的声音终于拼凑成完整的句子。

"就你这种文不成武不就的废物还想当兵？不要给我丢脸了，老实在家养着，不许出门！"

这声音来自她那个无时无刻不在打压她的父亲。

"靓靓，女孩子可以不用这么累，不要看书了，多出去和朋友玩一玩啊。"

这声音来自她那传统到顽固的母亲。

以慈爱为绳，以偏见为索，将她困在名为家庭的囚笼，企图让她做一个平庸的女孩。

如果她敢反抗，父亲的打压就会厉害得连旁人都看不下去。

魔鬼训练的那段时间里，林毅没有夸奖过她一次，无论她做到什么地步，有多少项记录被打破，她始终是一个他嘴里的"废物"！

一个不入他眼，不被他承认的废物！

这两个字如山般沉重地压在她心上，让她喘不过气来。

黑视的情况也越来越严重！

塔台指挥员的声音逐渐传入蜂鸣不断的耳中，勉强拉回了林靓的思绪：

"6001！6001！请做好降落准备，请做好降落准备！"

巨大的客机从云层俯冲而下，客舱底部与山峰擦肩而过，剧烈的颠簸让客舱内的乘客如身陷漩涡一般，只觉天旋地转。

这正是林靓黑视所造成的后果！

机长看出林靓情况不对，立刻上前握住她的肩膀，轻轻摇了摇："林靓？林靓？"

就在这时，塔台指挥员的声音继续传来。

"你们马上就要迫降，快放下起落架！抬高机头！"塔台指挥员的语速明显比之前快了很多。

飞机离地面越来越近了，而且驾驶室位置压得非常低，再不调整飞机角度，就是机毁人亡的结局！

塔台指挥员的话似乎驱散了林靓心中的那团黑暗，透了一点光进来。

而这时，这点光亮在黑暗中变化成江宏的模样："靓靓，你要对自己好一些。把自己逼得这么紧是没有用的，你像一根琴弦，绷紧的时间久了，就会断。"

江宏的声音在一望无际的黑暗中回荡："即使你变得一无所有，可你还有我啊，我会一直在你身边陪着你的。"

那时的江宏常常围在她身边转，为了让她开口，能从天文聊到地理。只要她说上一句话，江宏就能喜笑颜开好半天。

如果江宏身处她现在的位置，他会做什么？

他一定是心中毫无挂碍地一往无前，为了救人可以放弃一切，嘴里还少不了磨叽一堆话出来，说着什么可惜没能娶她为妻之类的话。

机长此时急得跟热锅上的蚂蚁似的，林靓的状态，还有飞机下降导致坠毁的可能，都让他焦急万分。正当他想要拉开林靓自己操控时，忽然看到林靓动了。

只见林靓眼中迸发出光来，伸手一拉减速到最大，客机下降速度猛地加快！

还没等机长抓稳，林靓又调整飞机方向，让损坏较少的那侧机翼倾斜，同时放出起落架，猛地拉住手刹向后扯去。

她忽然想通了，即使林毅自她懂事起就在贬低她，即使她身边的人很多都在伤害她，但还是有在乎她的人。而且这个人会站在她身后，无论她做什么都支持她！

而且，现在还有一整架飞机的人需要她拯救！

想通的同时，林靓眼前的黑暗逐渐散开。

这时她才明白，对家庭的恐惧是她黑视出现的主要原因之一。可她没有时间再去考虑这些了。

透过巨大的玻璃，能看到飞机距离地面非常近了，此时放下起落架作用微乎其微，只能让飞机倾斜，通过机翼与地面产生的摩擦力，减慢客机速度，让它在指定地点停下来。

机长好不容易站稳，看着林靓的操作不由得捏一把冷汗："跑道还是太短了，这样我们可能会冲出指定区域！"

"嗯。"林靓应了一声，同时加大了飞机倾斜角度。

机翼与地面摩擦，发出刺耳的噪声。巨大的金属块擦着客舱玻璃和顶部飞过，每一块都大得让人胆战心惊。

靠窗的乘客吓得都不能发出声音了，胆小的直接晕了过去。

而在外面的塔台看来，飞机正在以 45° 角的姿势俯冲下来，惊得空管急忙通知准备接机的医务人员，让他们赶快撤离，越远越好！

消防车和救护车撤得更远了些，却没有离开，等着飞机停下后第一时间冲上去救助。

"6001，请不要再倾斜机身，请不要再倾斜机身！"控制塔咝咝啦啦的声音从通信设备里传来，林靓也知道，这就是这架飞机的极限了，她也已经尽力了。

地面越来越近，机长坐在副驾驶上抓紧了救生衣，林靓也紧张地咽了咽口水，忍住想要逃跑的冲动，强迫自己的身体死死地坐在那里。

"轰隆！"

又是一声巨响，机身终于接触到大地。刚贴地的一瞬间起落架就崩飞出去，又造成一次颠簸。

但就是这次颠簸，让飞机有了一个缓冲，速度减慢不少。

机身继续向前滑行，林靓隐约闻到有什么烧着的味道。

幸好最危险的事没有发生，飞机向前滑行一公里的距离后，终于停了下来。

林靓喘着粗气，在飞机停稳的那一瞬间，差点一口气没上来，被呛得咳嗽不停。

机长则是脸上一片茫然，大脑已经宕机了。

可现在哪有这么多时间留给他们，林靓解开安全带，又拽了拽机长，两人走出驾驶舱，去帮助空姐们疏散人群。

飞机停下来时，机舱内还是安静的。当机长和林靓出现在机舱的那一瞬间，人声立刻变得嘈杂起来。

劫后余生的哭喊声夹杂着人们想向外冲的骚动，广播设备在降落的颠簸中损坏了，机长只能扯着嗓子大喊道："大家冷静一点，老人孩子在前，年轻人殿后，有序下机，外面有消防和医务人员接应，请大家放心！"

乘客们逐渐缓过来，互相安慰着彼此。

林靓则来到舱门处，与另一位空姐一起打开了舱门。

幸好舱门没有损坏，两人打开后，正看到开过来的救护车和消防车。

飞机客梯车已经抵达，人们三三两两地走下飞机，有些还是恍惚状态，下楼梯都需要空姐搀扶。

但很多人走过林靓身边时，都对她报以微笑，有的甚至抓着她的手不断感谢，让没见过这阵仗的林靓有些受宠若惊。

原来被人认可是这种感觉。

直到最后一名乘客下了飞机，林靓和机长这才离开这架让他们今天过得惊心动魄的飞机。

人们三三两两地聚集在摆渡车旁，准备上车远离这片地方。

林靓也准备跟一辆车走，可当她转身时，却看到逆着人群跑来的江宏。

江宏一把抱住林靓，又一下退开，上下左右地打量着她，嘴里还不停地说："靓靓，你没事吧？我听到你乘坐的飞机失去联系后就赶了过来，幸好你没事！我带你走吧，我们去医院，病房我都给你订好了。"

林靓被他抱在怀里，绷紧的神经终于得到放松，也懒得对他的安排做出反驳。

江宏被她这种不同寻常的沉默吓到了，小心翼翼地牵起林靓的手，又看了两眼，想说什么又忍住了。

受不了他那股劲儿，林靓站直身体，将手反握回去，拽着江宏顺着他来时的路走去。

林靓顺从地住进江宏给她安排好的病房，直到检查没有问题后才回到部队。

虽然她目前还不成熟，但乐施援手和勇于承担的精神还是值得表扬的，再加上媒体的大肆宣扬，部队还是给了她个人三等功。

颁发奖章时，刘旭是唯一一个没有道喜的人。

刘旭清楚，如果是她，未必能做到林靓那样。而且这次情况太过危险，这奖章没什么好羡慕的。

话是这么说，可她还是忍不住多看了奖章几眼。

张雨面无表情地说了声恭喜，又提醒林靓她现在还在禁飞期，要她注意不要违反纪律。

林靓点了点头，默默收好了自己人生中的第一枚奖章。

8. 无形怒气

　　一个惊心动魄的假期后，林靓又陷入了重复且枯燥的生活中。理论和体能训练还能继续，然而一到飞行训练，林靓就只能眼巴巴地在旁边看着。

　　袁影虽然觉得林靓委屈，却不敢替她说话，只能在跟着大部队飞行训练时，对着她笑笑。

　　林靓并不在意这些，她觉得观察其他人训练也是一件趣事。

　　时间久了，她都能通过数值看出一些人操作上的失误。代入自己身上，也发现不少臭毛病。

　　闲暇时，林靓就在模拟飞行器里练习，逐步改掉一些不必要的操作习惯。

　　理论知识倒是考核了几次，林靓成绩都非常优异，更不用说体能测试了，女兵们没有一个能比得过林靓，她有些体能数值甚至和男兵一样！

　　只不过从她放假回来已经半个月过去了，林靓还是摸不到实机。这样是不行的，时间再久些，她会因为间断飞行逐渐失去做一个飞行员的资格！

　　想到这儿，林靓直接出门去教官室，正巧，把想要出门的张雨堵在了门口。林靓直截了当地对张雨说道："张教官，你什么时候让我参加实机训练？"

　　听闻此言，张雨眉头一挑，她本打算闷林靓一段时间便让她恢复训练，没想到她直接来找她了。

　　张雨双手抱胸，不以为意地说："你现在还在禁飞期，操作熟练之前，你都不能参加实机训练！"

　　看到张雨的态度，林靓就知道张雨是不会让她如愿以偿的。但她今天一定要问清楚，凭什么她得禁飞这么长时间？

　　想到这儿，林靓上下打量了张雨几眼，说道："张教官，我不管你是因为什么要针对我，但我之前飞行训练时的数据你应该清楚。只凭一次操作失误就把我禁飞半个月，你是想让我直接退伍吗？！"

没想到林靓会这么说，张雨愣了一下，进出的人听到这话，也不由得多看了两人几眼。

按照林靓之前的性格，张雨料定她不会把这话说出口，难道三等功还能让闷葫芦开窍？

张雨神色不变，摆了摆手："怎么能这么说，你上次失误太严重，战斗机几乎要坠毁，连带你的生命也受到威胁，我不能让这样的事再次出现，这也是为你的安全着想。"

不想和林靓过多纠缠，张雨说着就要绕过她离开这里。

没承想，林靓长腿一迈，堵住张雨去路，干脆地说："这样吧张教官，你我比一场如何，只要我能做到你能做到的飞行动作，你就不能再对我实施禁飞令！"

此言一出，进出的所有人都一脸震惊地看着林靓。

要知道张雨是谁？空中女霸王！有一些特殊任务就连男兵都无法完成，张雨却能完美完成任务，才有了"魔鬼霸王花"的外号！这外号可是张雨披荆斩棘用实力换来的！

现在这个新兵要做什么？和张雨比飞行？脑袋被驴踢了吗？

张雨好久没有被人这么挑衅过了，顿时血气上涌，不屑地看向林靓："行啊，和你比，你也不用跟我做得一模一样，只要你能做到一半，我就解除你的禁飞令！"

目的已经达到，林靓不再阻拦张雨："那就不打扰张教官了，明天早上我会在实机训练场的基地等张教官。"

看着面前让出的道路，张雨冷哼一声，大步向前走去。

新兵林靓要和魔鬼霸王花比赛飞行的事一下午传遍了整个飞行大队，甚至有人因此打赌，用一千个引体向上做赌注。

林靓自然不知道别人的赌注，不过她明白，如果这次不赢，张雨就会加倍地刁难她。

于是林靓一头扎进模拟飞行器，一遍一遍重复枯燥无味的训练。

她还是有自知之明的，两人之间的鸿沟是十多年的差距。张雨可是早就成名的飞行员，是执行过拦截任务的人！

正因如此，她才能傲视群雄，言语虽然严厉刻薄，却有让人信服的资本。

林靓清楚，在外人眼里，她的举动无异于蚍蜉撼树，是不可能完成的！

但她就是要让不可能变为可能！

她必须赢！

不过林靓还是有些优势的，因为张雨成名太早，除了拦截外国飞机和一些秘密任务没有影像外，她所做的动作都记录在案。

尤其是一些表演性质的飞行，比实战做的动作更多，给了林靓研究张雨的机会。

吃过晚饭，林靓坐在电脑前面，把张雨所有记录在案的影像看了一遍又一遍，直到晚间休息。

第二天，林靓早早地就到了训练场。

这里早已有许多人在等候，除了女兵外，还有一些好事的男兵。在看到林靓时，嘁嘁喳喳的说话声渐渐响起。

"就是她？"

"这不是林总的女儿吗？"

"那又如何，结果一定是我们霸王花赢啦！"

刘旭站在女兵的最前方，不屑地看着林靓："得了三等功就飘了？张教官也是你能比的？看来你是想一辈子不摸飞机了！"

袁影上前一步，毫不相让："总比有些人好，天天说自己操作第一名，却不敢去问张教官林靓的数据。理论和体能也比不上，只能当个万年老二！"

"你！"

刘旭气得说话都破音了，要不是莫莉马玲他们拦着，她早就一拳打在袁影脸上了。

训练场一下子变得闹哄哄的，看戏的男兵也跟着起哄，张雨来到训练场，看到的就是这样一幅场景。

男兵们还在嬉闹着，忽然就听到张雨喊了一嗓子："立正！"

男女兵下意识站成一排，这时他们才看到张雨，一个个顿时脸色比酸黄瓜还难看。

张雨没有再理会他们，而是看向林靓。

林靓走上前，向张雨行了个礼，说道："张教官！"

张雨没跟她客套，开门见山地说："林靓，你可要想清楚了，如果你输了，你实机训练的时间可就是我说了算了！"

林靓点头确认，她是不可能后悔的。

忽然，张雨大笑起来："好，好，有骨气！就让我看看你的能耐！"

两人分别登上 J-10 战斗机，引擎发动的轰鸣声在基地内部回响，两架飞机并排驶出基地。

刚一暴露在太阳下，张雨所驾驶的战斗机便径直加速，和平常带着女兵们训练的速度截然不同！

林靓不甘示弱，她加大油门，紧咬住张雨飞机尾部，逐渐追了上去。

看到林靓飞机跟上，张雨轻笑一声，将战斗机头部抬起，以 90° 角冲向蓝天！

林靓紧跟其后，速度丝毫不慢于张雨，她知道张雨要做什么动作。

果然，在垂直飞行后，战斗机后仰至 120° 并飞行数秒，继而侧身翻滚 180°，开始向下俯冲！

林靓深吸了一口气，她知道这是斤斗加破 S 机动组合，如果不是熟练的飞行员，根本无法衔接得这么完美，因为接下来还有一个 180° 的机身翻转！

果然如林靓所料，在俯冲过程中，张雨操控的战斗机直接翻转 180°，一瞬间便转为水平飞行，战斗机几乎是贴着地面飞行而过！

一套动作做完，张雨终于有精力注意林靓的情况，当她看到紧咬在战斗机身后，和她高度一致的林靓时，整个人惊得一怔！

就这么一会儿工夫，林靓已经追上了张雨，还对她行了个军礼。

张雨简直不敢相信，便咬着牙猛地一转头，开加力，拉起，又让战斗机垂直升起。在高度达到时，直接 180° 横向翻滚，蹬舵也完成副翼滚，然后调整至水平，纵向转了个 90° 的弯，调整机身后继续上升。

这一套动作对于林靓来说就很难了，虽然她知道这是伊玛曼机动，昨晚也在视频中看张雨做了很多次，但到她自己操作时，就很难实现。

开加力、拉起、垂直，这些都没问题，等到副翼滚后调整机身水平，问题就大了。

巨大的机身压力让林靓脑袋发蒙，她本就很长时间没有实机训练了，已经算间断飞行。再加上这是一个里程碑式的高难空战动作，所以她只能勉强做到水平飞行，纵向转了一个弧形，再调整机身上升。

此时张雨已经转向，水平做着横滚动作，呈螺旋状飞向基地。

林靓并未落后，跟随张雨做着横滚机动，紧紧追在她身后。

两人一前一后飞回基地，底下的人仰头看着两人，惊叹不已，尤其是对林靓。

一个新兵能跟在空中霸王花身后做到这种程度，已经非常优秀了！

停稳战斗机，张雨跳下飞机，顾不上擦去脸上细密的汗，她只是用惊讶的目光看着林靓。

在禁飞半个月后，她没想到林靓能做到这种地步，她也不好再限制林靓参加飞行训练了。

毕竟在场有这么多人看着，如此优秀的飞行员要是还以操作不娴熟为由禁飞，就做得太过了。

林靓也下了飞机，身姿如松地站在张雨面前："张教官，我没有跟上你的动作，禁飞我无怨无悔！"

张雨差点被自己的口水呛到，这死崽子还在这里给她下套！

她捏紧手中头盔，一笑："我说过，只要你能跟上一半，我就解除你的禁飞令。你非常优秀，已经可以参加平时的训练了。"

何止是参加平时的训练，让林靓参加更高难度的战斗训练都可以了！

林靓终于放下心来："多谢张教官！"

张雨只能咬着牙说："好了，你也累了，下午还有理论课，回去休息吧。"

"谢谢教官关心！"

9. 头疼不已

　　林靓和张雨比试的结果一下传遍了整个飞行大队，人们对林靓的评价瞬间提到了前所未有的高度。尤其是在现场的那些兵，把两人在空中的缠斗吹得神乎其神，就差说她们俩是女超人了。

　　那个赌上一千个引体向上的兵，林靓终于知道是谁，因为他被他的队长强制挂在单杠上不许下来，说要晒成咸鱼干。

　　女兵们更夸张，尤其是袁影，每天眼睛里冒着小星星追着林靓跑。就算林靓把张雨所有影像资料给她发过去，还教了她很多飞行操作，依旧不能避免她每天过来缠着自己。

　　对此，林靓头疼不已。

　　那场比试过后，刘旭除了学习和训练，就没再出现在林靓面前。还是王璐璐和莫莉八卦时林靓才知道，她每天扎在模拟训练室里，不练到训练室关门不出来。

　　没了刘旭的挑衅，林靓生活平静多了，每天除了日常训练外，就是学习理论知识。偶尔江宏打个电话过来，说上几句话，一天也就过去了。

　　天气慢慢入了秋，不似往常，今年这秋老虎厉害得很，蚊虫更猛了不说，天气也更热了，一天训练下来衣服常常被汗水湿透，幸好都是女兵，也没什么尴尬的。

　　张雨对她们的训练也变得更加严格，尤其是体能训练，已经到了变态的地步！

　　训练场上，王璐璐压在莫莉身上，神情恍惚地说道："莉莉，我好累哦，腿好酸。"

莫莉被压得一个趔趄，站稳了又扶了扶身上的负重，向后颠了一把王璐璐："很重，也很热，你离我远一点！"又借势倒在马玲肩膀上。

王璐璐抹了把汗，表示自己不行了，再走下去就要报废了。

"累了？"张雨跟鬼魅似的忽然出现在王璐璐身后，抬脚端了她一下，"既然不想跑，就给我趴在地上做两百个俯卧撑！"

王璐璐一脸哀怨地出列，把负重取下来做起俯卧撑，又被张雨踢了一脚："把负重背上！"

怪叫一声，王璐璐拽过负重背上，哀号道："我好悲伤！我在烈日下拉肖邦！"

可惜其他人没心情笑，一个个愁云惨淡地向前跑去。

林靓跟往常一样跑在第一个，二十公斤的负重就跟不存在一样。袁影偷偷抓着她的衣角想要借点力，结果被刘旭看见了，一巴掌拍掉了袁影的手。

袁影瞪了一眼和林靓并排跑在第一的刘旭，感觉自己都要直不起身了，真不知道林靓是怎么挺直腰杆的。

张雨还留在原地，等王璐璐做完两百个俯卧撑后，一把拽起她扔回了大部队里，又紧跟着跑上来，在侧面大声喊道："咱们飞行大队要进行一年一度的内部比赛！赢了没奖，但要是输了，你们等着吧！"

莫莉有些好奇："为啥没奖啊？"

张雨皱眉道："你难道也想拿个个人三等功？"

所有人都知道这是在说林靓，立刻闭嘴。神仙打架，凡人遭殃，她们两个的事还是别掺和了。

也就是王璐璐累成了狗，不然她还能叨叨几句。

随后张雨说出自己的安排："我们这次要派三个人过去，所以在正式比赛开始前，我们要进行内部选拔！我给你们设置两轮比赛，还借来了特种兵的训练场地，期待你们之后的表现！"

"啊——"

王璐璐彻底不干了，一屁股坐在地上。

袁影心里也打怵，虽然飞行员对身体要求很高，可是特种兵训练的方式完全不一样，那都不是训练了，是单纯的折磨！

刘旭和林靓无所谓地继续向前跑着。林靓只是想完成张雨安排的任务，不要被传笑柄。而只要林靓在跑，刘旭就不可能停下。

"或许可以在内部比试时设置些陷阱，让林靓身体受伤，不能参加大队比赛！"

这样想着，刘旭跑得更有劲儿了。

袁影落在两人身后，想的不是队内比赛内容，而是如何能和林靓进入大队比赛。她知道她比不过刘旭，所以一定要拿下第三名。

队内成员对她有威胁的很多，虽然朱思彤和周婷理论知识不好，可她们飞行很厉害。马玲和陆雪梅两个看上去柔柔弱弱的，体能训练却不弱于刘旭，只是不想惹到她，表现没有很突出罢了。

算来算去，威胁最大的就是王璐璐和莫莉了。

莫莉不显山不露水，做什么都是中不溜儿，让人看不透。而王璐璐则是太跳脱了，她没见过被张雨一通折磨后还有精力搞怪的人，或许她也在隐藏实力！

前方就是林靓的背影，袁影暗自咬牙，她一定能跟上她的步伐！

很快张雨说的场地就批了下来。毕竟她这个魔鬼教官是出了名的，给自己队员弄什么训练都不意外。

当看到张雨口中的"训练场地"时，所有人都倒吸一口凉气。

这哪是训练场地，根本就是野外求生！

张雨挥了挥手里的黑色小旗，嘲讽地说道："好了！收一收你们的表情，这就打退堂鼓了？看到我手里的旗了吗？一会儿你们进到山里，天黑之前从山的另一边出来，谁身上的旗最少，谁就淘汰！"说完就把装备发给了她们。

林靓掂了掂手里的装备包，率先取走一面旗，进入了山中。

刘旭也不甘示弱，拿了旗子就要去追林靓，两人一前一后消失在了山林里。

林中一片寂静，树叶间洒下斑驳的阳光，温度也下降了一些。

林靓裹紧袖口和裤腿，虽然这里不是热带雨林，蚊虫没有那么多，可如果钻进衣服里也会造成不小的麻烦。

知道刘旭一定会追上来，林靓加快步伐向山上走去。

真正进入山林，林靓才知道这里为什么会用作特种兵训练基地。这里的树上都爬满了弯弯曲曲的藤蔓，有些甚至还有毒，而腐烂的树叶加上山林间特有的湿度会给前行带来不少麻烦。

此外，前面应该还有陷阱，按照张雨的性格，少不了请人来阻挠。

林靓找了棵树爬上去，仔细观察起附近地形来。树木非常茂盛，覆盖了大半山体，而到了山顶，树木便逐渐减少，巨石布满了山头。

如果要从这里绕过去，山间的树木足够隐蔽住自己，但要花费大量时间，而且还有许多不确定因素。直接爬过山顶显然是最快捷的方式，但更加危险，如果张雨安排了人阻拦她们，从山顶走就是活靶子！

而且还要抢夺更多旗子……

林靓思索着，干脆在树上坐下，仔细听着周围的动静。

鸟鸣，虫爬，还有从进山方向吹来的风。

忽然，林靓的鼻子动了动，她睁开双眼看向树下。

是周婷！

她非常有女人味，即使梦想是当飞行员，可依旧保留一些女性的习惯。

比如喷香水，张雨说了她很多次，就是不改。

平时这个淡淡的香水味没什么，可对于现在的林靓来说，却是确认人物身份的最好证明！

她轻轻移动身体，目测了一下到地面的高度，两手抓住树干，飞快滑了下去。

当周婷听到声音时已经晚了，林靓一把抓过她的手臂掰到身后，腾出另一只手扣住了她的咽喉。

周婷顿时僵住了，连头都不敢回："你是谁？"

抽掉她的旗，林靓一把推开她退后两步："你走吧。"

听到这个声音，周婷原本僵住的身体一下子松弛下来，输给林靓，不丢人。

回过身，周婷揉了揉被林靓抓疼的肩膀："无旗一身松，我就当出来郊游了。"

说完对林靓挥了挥手，转身离开。

目送周婷向山顶出发，林靓选了另一个方向继续前进。如果不出意外，山腰应该是这次选拔的重中之重。

很快，周婷的身影出现在山顶的群石之中，直升机上的张雨脸色顿时变得很难看。

这也淘汰得太快了！

不一会儿，陆雪梅也到了山顶，还和周婷聊起了天。她是被刘旭淘汰的，刘旭伏在树林中，上来就给了她一拳，随即一脚踹在她的腿窝，人直接跪了下去。

两人苦笑着对视一眼，看来回去少不了受罚了。

10. 取得赛点

林靓将三杆小旗卷好插在腰间，双肩空空，她早就把碍事的背包扔掉了，另一杆旗是她刚刚从朱思彤手里抢来的。

原来，朱思彤刚刚在这个去山顶比较方便的地方做伏击，选的地点很好，隐藏却没做好，林靓大老远就看到了她露出的背包。

林靓很快便把朱思彤的旗子夺走了，不过朱思彤并没有周婷那样轻易放弃，还想要把旗抢回去，结果被林靓找准机会擒住双手反按在了树上。

当时朱思彤一看情况不对，急忙喊了一声："我认输！"

她看着林靓那凶狠的劲头，知道她要是再反抗，少不了伤筋动骨。

林靓确实和她想的一样，虽然这只是一场选拔赛，可如果朱思彤再有动作，她下一秒就会卸掉她的双臂。

放开朱思彤后，林靓也没再为难她。

而朱思彤一被松开就连忙转身面对林靓，然后一步一步退后，尬笑着离开了，还时不时回头看一眼林靓。

照现在的情形来看，十个人每人一杆旗，加上林靓自己的，她手中有三杆旗，也就是说她再拿两杆旗，就能取胜。

就在这时，林靓听到背后有什么声音不太寻常，很轻，像只蹑手蹑脚而来的猫。

林靓不动声色，小心地防备着，她迈开步子向前走去，刚走到第三步时，便轻轻一侧身躲在了树后。

袁影一愣，她以为她够谨慎了，没想到林靓还是发现她了。对林靓的崇拜和失去旗子的担忧让她很是纠结，她最终没有选择向前，而是逐步后退离开了这里。

其实林靓并没有待在那棵树后，她以树木作为掩护，绕了一圈来到声响传来的方向，却没有看到人，只看到离开的痕迹。

这个人离开了，应该不是刘旭。

沉吟片刻，林靓以自己为点，山顶作 Y 轴，山腰作 X 轴，打算顺着 X 轴扫荡过去。

刘旭纠缠她很久了，是时候给她点苦头尝尝了。

走了大概五百米，林靓忽然身体后撤，有些惊异地看着前方地面。

这是一个很隐蔽的陷阱，细节做得非常好，只是这细节过新，人应该就在附近！

林靓又退后两步，还没等她再做什么动作，只听得一阵呼风从她身后传来！

她立刻就地一滚，几乎同时，一个巨大的木桩擦着她的身子险险飞过。

没有片刻耽搁，林靓迅速站起身，背靠树干直视前方。

在她面前，是两个身着特种服的女兵。见林靓躲过了两个陷阱，她们也不意外，弓身冲了上来。

林靓一把抓住其中一人踢过来的腿，另一只胳膊挡住剩下那人的拳头，同时抬腿对一腿凌空的女兵肚子踢去。

可特种兵也不是吃素的，林靓的腿被挡住，剩下那名特种兵根本不管同伴，拳头继续挥来，招招对着林靓的头招呼。

林靓只得撒手侧身躲开拳头，一脚踢向那人的腿窝。

特种兵可不像朱思彤那样容易被撂倒，被踢中腿窝也还能站得起来。而此时另一人也闪至林靓身后，用手臂圈住她的脖子想将她撂倒在地。

眼见无法躲开，林靓干脆借势一个后仰腾空踩在树上，将那两人重重撂倒在地。挣脱出来的林靓立刻抱住特种兵的脖子，一手掏出腰间小旗，用尖锐一端抵住她的咽喉。

这下两人不敢再动，没有受制于林靓的那个人急忙说道："有话好说，干吗这么极端？"

林靓可不觉得她极端，手上一拧，旗子啪啪打在特种兵脸上。虽然林靓还躺在地上，可汗已经从特种兵后背流下来了。

见情况不对，站着的特种兵劝道："你通过了，快走吧，天色不早了！"

此时已是黄昏，林靓也知道剩下的时间不多了，手才收回。

那名特种兵迅速起身，后怕地摸了摸脖子，幸好只是拦截而已，如果是殊死搏斗，那杆旗已经插进她脖子里了。

林靓站起身，收好落在地面上的旗子，问了句："几点了？"

特种兵有点疑惑，也没多想，说道："四点二十。"

距离天黑还有两个多小时，她需要加快速度，如果这一路上都是特种兵的话，不要说天黑之前，明天她都到不了山的另一侧。

林靓果断改变方向，开始以极快的速度登山。

而山的另一侧，朱思彤、周婷、陆雪梅已经在挨骂了。

"什么叫输给林靓不丢人？你们是军人，输给敌人不丢人吗？！"张雨气得来回走，只恨这几个滚刀肉，怎么骂都没有用！

张雨感觉自己都要中暑了，气汹汹地指着山脚下："给我围着山脚跑圈去！什么时候人都齐了，什么时候停！"

几人对视一眼，乖乖排成一排去跑步，同时在心里祈祷，剩下的人快点过来。

要是王璐璐在，肯定要吐槽张雨是个魔鬼，可惜她现在被刘旭骑在身下勒住脖子，满脸血污青紫，一片狼藉。

王璐璐手撑着地面，明明受制于人还不忘咧咧："刘旭你个王八蛋！放开老娘！"

刘旭一擦嘴角血迹，想起刚刚和王璐璐搏斗的画面，手勒得更紧了些。这人平时大大咧咧谁都敢惹，没想到实力这么强。也怪她，平时只把视线锁定在林靓身上，忘了对队内其他人的观察。

抽出王璐璐的旗，这样一来，加上她自己的，她手里就有四杆旗了，如果她抢到第五杆旗，那就能在这场选拔中取得赛点！

没了旗，王璐璐也不再挣扎，反而对刘旭说道："我知道袁影大概在哪个方位。"

"哦？"刘旭来了兴致，"你怎么知道的？"她早就看袁影不顺眼了，如果能借此揍她一顿，也能解气。

王璐璐挺了挺身体，说道："我当时看到她在伏击林靓，我怕凑近被林靓发现，就走了。好了你快起来，热死了。"

看来这个袁影也不是全心全意跟着林靓啊。

这样想着，刘旭站起身，难得地说了声谢谢，就顺着王璐璐说的方向走去。她倒不怕王璐璐骗她，山林不大不小，而王璐璐指出的方位正好是她没去过的，刚好去查看一下林靓的动静。

刚走了没多远，刘旭就发现地上有人的脚印，一前一后，似乎是谁正在被人追赶。

刘旭笑了笑，循着脚印一路追了上去，不管是谁，旗子都会是她的！

而在刘旭追赶的尽头，正是袁影，她已经从马玲手里抢来了一杆小旗，可也受了很重的伤。别看马玲平时和和气气一直充当队内缓冲带，可打起人来下手狠毒，专攻袁影身体柔软的部位，袁影虽然面上不显，其实呼吸都疼。

袁影休息了一会儿，终于能够站起身，却听到身后一阵窸窸窣窣，回头一看，正对上刘旭那张挂着戏谑笑容的脸。

袁影想都不想，立刻向前跑去，以她的身手，就算没受伤，也不是刘旭的对手！

刘旭笑出了声，不紧不慢地在后面追赶着袁影："哦！离了主人就没法狗仗人势了是吗？跑吧袁影，去找你的林靓！"

袁影没心情还嘴，她现在手里有旗，不至于被淘汰，只要能逃走，也许还能参加大队的比赛，和林靓站在同一舞台！

或许刘旭都没想到，仅仅是随口说的话，最后居然变成了现实！当她看着迎面而来的林靓时，大脑出现了一秒的空白。

袁影自然也看到了林靓，可她不敢停，她不知道这时的林靓会不会来抢夺她手里的旗，只能立刻转身向另一面跑去。

发现了林靓，刘旭自然不会继续追赶袁影，愣神片刻后她便立刻冲向林靓，迎面就是一拳！林靓却一侧身，轻飘飘地躲开了，她手肘一弯，照着刘旭的肋骨就是一下！

刘旭也不是吃素的，她猛地吸气，一个翻身躲开林靓的一击，随即迅速出手想要抓住林靓的手臂。

可惜还未近身，林靓又是一拳，这次直朝刘旭下巴上招呼。刘旭躲闪不及，被一击即中，重重摔在了地上。

林靓得逞，立马上前一把抓住刘旭手腕想要把她按倒在地。谁知刘旭反手抓住林靓猛地一拉，两人同时摔倒在地。她俩谁都不肯认输，你一拳我一拳地扭打在一起。

此时天色渐暗，林靓和刘旭都知道时间已经不多了，一个眼神交汇，两人同时起身飞速向山顶跑去！

树木飞快从身边掠过，两人跑着还不忘给对方使绊子，你来我往间，山顶已经近在眼前了。

而下山就简单得多，即使有些陷阱，也被早早发现绕过去了。

两人几乎是同时到达山脚，你看着我，我看着你，双双撑着膝盖大口喘气。

不远处，成清婉和袁影正在接受治疗，还有六个人刚刚跑圈回来。

林靓和刘旭这两个人如此同步也算是奇景，就连张雨也不禁多看了几眼才说道："好了，都回来了，清点旗子吧。"

清点完毕，林靓和刘旭各三杆旗，袁影两杆，莫莉一杆。而成清婉那杆，已经在和特种兵打斗时遗失了，她人也被痛扁一顿，躺在医务车上起不来。

战况实在是过于惨烈，张雨不得不让众人休息几天再进行下一场比赛。

11. 笑面教官

五天后，第二场选拔赛正式开始。

由于上次和林靓比赛的阴影还在，张雨一点都不想自己监督他们，直接找来了飞行大队王牌教官——凌瑞寒。

凌瑞寒也是张雨曾经的教官，找他来，多少有点炫耀的意味在里面，毕竟她这届飞行员比起以往数届都要强上很多。

看着站在前方笑得温温柔柔的凌瑞寒，小队所有人莫名其妙打了个冷战。

怎么感觉气氛怪怪的？

凌瑞寒倒没什么感觉，笑了笑，说："大家好，我是隔壁小队的教官，凌瑞寒，叫我老凌、凌教官都可以。我没你们张教官那么严厉，大家不用拘谨，放轻松就好。"

这番话下来，袁影几人真的被感染了，精神上稍有松懈。

可刘旭却知道这"笑面虎"的行事作风，你要是真信了他的话，才是被虐的开始。

这边林靓也感觉到，这人一进场就有些不对劲，他似乎有意无意地看向她这边。

气氛一轻松，凌瑞寒笑意更深，说道："我们今天的比赛内容是定点着陆，相信你们应该能做得很好。"

果然不是错觉！林靓在凌瑞寒说完这番话时明显感觉到，这个男人的眼睛向她这边看了一下！

另一边，莫莉看着凌瑞寒和张雨对话，小声问着陆雪梅："你知不知道这凌教官是什么人？"

现场非常安静，陆雪梅不得不把声音压得很低："他是空军二级战斗英雄，和林靓她爸爸是一个等级的人物，当初也是能和林总一较高低的人，总之非常牛就是了！"

袁影都听傻了，这么个大人物来看她们内部选拔？而且这陆雪梅是怎么知道这么多事的，便问道："陆雪梅，你怎么知道得这么多？"

"你多和男兵们交流交流，他们嘴把不住门，啥都往外说。"陆雪梅压低了声音，眼睛往张雨那儿一瞟，正好对上她那双鹰眸！

张雨眼睛一瞪，刚夸完这帮兵就给她掉链子："你们三个嘀咕什么呢？！出列！"

三人暗道一声完蛋了，也不敢犹豫，前踏一步出列，挺胸抬头大喊一声："到！"

张雨背手来到她们身前，冷冰冰地说："长本事了？能耐了？你们三个，排前面！"

也不理会三张苦瓜脸，张雨调来J-10战斗机,对袁影说："你飞第一个！"

"是！"

袁影哪敢有异议，戴上头盔钻进驾驶舱，毫不犹豫地飞了出去。

到了天上，袁影才发现定点着陆不是那么简单的，而且这次要加入很多动作在里面，对战斗机的操控要非常熟练才行。

心里喊苦，但也只能硬着头皮操作了。

一二转弯连转，计时收光油门，保持节率，快速转弯。这一套操作下来袁影的头都晕了，尤其是在20秒三转弯时，更是两眼一黑，什么都看不到了。

她之前根本没有过这种现象，顿时惊慌失措，除了紧握住手柄减速之外什么都不会做了。可这是战斗机，而且还在转弯迫降中，哪是能突然减速的。霎时间，训练机警报响起，更是吓得袁影连手柄都放开了！

所幸黑视时间不长，仅三秒视力就恢复过来，袁影连忙操纵战斗机进行对点俯冲。不过此时已经超过规定速度，袁影完全没有停在点上，超出了一大截！

一下机，袁影就看见张雨双手抱肩站在一旁，鹰眸中喷出的怒火吓得袁影一激灵。

"这就是你平常训练的结果？20秒三转弯去哪儿了？节率保持呢？都飞到圈外多少米了你自己看看！"张雨大发雷霆，真是不知道这些兵是不是故意要气她，就连平常很少会犯错的袁影都开始出问题了。

袁影低头挨骂，心中又急又气，眼圈一红，豆大的泪珠吧嗒吧嗒掉了一地。

张雨都被她的反应气笑了："你还委屈了不成？！"

凌瑞寒看出了什么，伸手拦下将要发作的张雨："好了好了，之前你们不是有个选拔赛吗？可能是没休息好吧。"

凌瑞寒转头看向林靓，饶有兴致地问道："你就是林靓，和张雨比赛的那个？"

林靓看他对自己开口，心中一凛："是！凌教官，是我。"

得到确认，凌瑞寒满意地点点头，搞得其他人一头雾水，不知他没头没脑地问这个干什么。

可张雨的脾气众所周知，就算有凌瑞寒在也不会有所改变，她继续让莫莉和陆雪梅登机飞行，结果不是位置停错，就是天上动作没做完。

莫莉、陆雪梅和袁影蔫蔫地站在一边，无精打采。尤其是袁影，她平时飞得不错，这次受了这么大的打击，虽然没再哭，却也低头不语，没了往日的活力。

三人接连受挫给其他人带来不小的压力，就连朱思彤和周婷心中都有些打鼓。

接下来的比赛中，马玲也出现了差错，虽然马玲的错误与黑视无关，但也足够打击士气了。

这期间，凌瑞寒一直笑眯眯地看着所有人，就连张雨训斥女兵时，笑容也完美地保持着，看得剩下的人心里发寒。

像是想到了什么，凌瑞寒忽然靠近林靓说道："我记得你上次和张雨比赛时，她使用了伊玛曼机动等高难动作，我希望你一会儿在天上时，也做一组高难动作，再接上定点着陆。"

听到这话，张雨立刻来到两人旁边，笑着对凌瑞寒说道："怎么，凌教官要挖我墙脚不成？"

凌瑞寒听闻此言，不置可否地笑了笑，摸摸鼻子道："这话说的，我只是想看看传闻中能和你一较高下的兵是什么样的而已。"

张雨却警惕起来，凌瑞寒所在的王牌部队，之前除了她之外都是男兵，现在居然惦记起林靓来，这并不寻常。再联想起他早年和林总之间的事，很难不让人多想。

林靓倒不认为凌瑞寒是要挖墙脚，他一定还有其他目的。

一旁的刘旭也看出凌瑞寒举动怪异。之前，她也曾听闻过当初林毅和凌瑞寒两大飞行员之间的较量。据说当时他们二人几乎所有科目都是同样分数，就连飞行训练中能做的动作都是一样的。这两个人总是相互较劲，谁学会了什么新鲜动作，另一个人也要在三天内学会，针尖对麦芒，一直到他俩实战出任务，凌瑞寒终于输给了林毅。就算如此，两人还是一见面就要互呛几句，其他人也头疼不已。

只是没想到这个凌瑞寒直到现在都放不下，居然想要在林靓身上找回场子。

但这对刘旭来说是个好机会，凌瑞寒的话林靓不可能不听，但自己则不需要做这些。只要完成张雨留下的任务，自己就能代表小队进入飞行大队参加比赛了！

想到这，刘旭对接下来的选拔充满了信心。

林靓自然不知道这一切，林毅从不和她有过多的交流，即使偶尔说上一两句，也全是在打击她，时间一长，她根本就不想听到林毅的声音，更不要说询问他部队里的事。

刘旭这边已经飞上了天空，她所有动作都做得很完美，下方一直关注她情况的张雨都松了口气，感觉总算有人能给她长个脸了。

结果就在此时，意外发生了。刘旭驾驶的战斗机忽然加快降落速度，节率同袁影一样出现偏差，导致战斗机没有迫降在指定地点。

张雨一口气差点没上来，难不成她只能靠林靓了吗？！那还不如她自己上去飞！

整个小队在这次选拔里几乎都出了差错，这在平常根本不可能发生。林靓猜想，应该是前几天的选拔赛让她们体能下降，休息不充分导致出现黑视了。

　　她猜得不错，刘旭在迫降俯冲时的确出现了黑视，不过她不是袁影，只是一瞬就立刻反应过来，勉强让迫降完成了。

　　下一个就是林靓，她思索了一会儿，决定按照凌瑞寒说的去做，她想看看凌瑞寒葫芦里卖的到底是什么药。

　　林靓在动作中加入一组斤斗后，战斗机才按照定点着陆的路线向前飞行。林靓完美做完所有动作，准备模拟迫降。

　　此时林靓忽然眼前一黑，心知自己出现了黑视，她不慌不忙地操纵飞机继续向前，保持节率，完美地迫降在了指定地点。

　　一时间张雨也不知道是高兴还是郁闷，本来想转头和凌瑞寒说些什么，却看到刘旭咬着牙红着眼，死死盯着林靓。

　　"刘旭这孩子心理出了问题，该找人给她做做心理辅导了。"就在张雨考虑怎么安排的时候，林靓已经回来了。

　　再度看到众人时，林靓的目光锁定在凌瑞寒身上。果然，在看到林靓完美操纵后驶回基地时，凌瑞寒眼里闪过一丝懊恼。

　　可在林靓下飞机后，凌瑞寒又对她大加赞赏，让她摸不透凌瑞寒究竟想要做什么。

　　两次选拔下来，综合得分最高的自然是林靓，另一个就是刘旭了。可没想到，第三名居然是袁影。本来还在沮丧的袁影一听到这个消息，顿时精神了，高兴地准备和林靓一同去参加大队的比赛。

12. 三人协力

参赛人员确定下来后，时间就很紧张了。

这次比赛临时更改了竞赛项目，就连张雨也是刚刚接到通知。袁影不由得想起以前上初中时，自己都毕业了学校才开始装修宿舍和食堂。

这次比赛总共有四个小队，一共 12 名飞行员参加。比赛采用积分制，分为三轮进行比拼。除了张雨带的队，其他队都是男兵。袁影那摩拳擦掌誓要跟男兵们比个高低的架势也激起了其他没能参加比赛的女兵的斗志，她们和参赛人员一起，每天参加魔鬼训练。

当然，她们是不会让袁影过劳的。之前选拔飞行时，黑视带来的影响让所有人心有余悸，现在队里女兵每天都非常早就休息了。

张雨还找时间和刘旭谈心，至于效果，看刘旭现在拼命训练的样子，就知道她完全没听进去。

宿舍里，林靓手里拿着张雨发下来的通知，正和袁影一起思考怎样才能和刘旭合作完成这些任务。

通知上写着：这次三轮比拼，第一轮是团队体能考核，三人一队，取得第一名的获得 4 分，以此类推；第二轮是个人飞行展示，最后以团队总体分数的平均分计算成绩；第三轮则是模拟军演进行编队飞行，成绩依旧是看团体总分。三轮比拼完成后，积分最高的那一队获得胜利。

袁影脸色很不好看，一想到要和刘旭一起参加比赛，还得进行团队赛，她头都大了，她担心刘旭在赛场上直接驾着飞机和林靓打起来。

看到袁影一脸愁容，林靓伸手捏了捏她的后颈。一瞬间，袁影放松下来，抬头看着林靓。

"不要想太多，刘旭是很看重集体荣誉的人。"

袁影的思维简直是天马行空，有时弄得林靓也哭笑不得，但林靓心里清楚，刘旭和自己同为军人之后，集体荣誉感很强，虽然她看自己不顺眼，但林靓相信她绝不会在这种事上使绊子。

袁影点了点头，但心里还是有些担忧，按照刘旭的脾气，难保她不会在团体赛中为了表现自己而做出出格的事来。

事实证明，袁影的担忧是正确的，不过她担忧的事情并没有出现在比赛中，而是提前发生了。

在队里，刘旭并不是完全地目中无人，对张雨这个教官她还是给予了足够的尊重。所以，也只有张雨一个人能让刘旭做她不愿意做的事。

比如说要她和林靓住在一起。

"啥？我不要。"

刘旭说得斩钉截铁，她一想到自己连睡觉的时间都要和林靓在一起，头都大了。

张雨最烦的就是刘旭和林靓这种油盐不进的人，她们自有一套行事准则，任你磨破嘴皮子她自岿然不动，体罚也不管用——她们两个都是军人世家出身，小小的体罚对她们来说算得了什么？

张雨揉了揉眉心，对刘旭摆了摆手："你不用再说了，我让你们三个住在一起自有我的原因。我知道你讨厌林靓和袁影，但很快就要进行比赛了，我希望你们三个能够培养出一定的默契。你们从来没有深入地了解过对方，对彼此都只有表面印象，这次你们刚好能借这个机会增进一下感情。"

一想到要和林靓增进感情，刘旭简直恶心得要吐，她忍不住反驳道："如果住在一起能增进感情培养默契，那张教官你怎么不和林靓住在一起？"

张雨气得踹了刘旭一脚，又强行按捺住险些发作的脾气耐心劝说道："我和林靓又没有过节，再者，以你的性格根本不可能配合林靓训练，所以你们必须住在一起！"

张雨就这么快刀斩乱麻，把事情定了下来，再也不理会刘旭的纠缠，径直走开了。

傍晚，张雨就把三人领到一间新宿舍里，里面是三张上床下桌的床铺，还有统一的衣柜让她们存放东西。

张雨看到这两张不情愿的脸就心烦，只好盯着林靓说道："今后你们就要住在一起了，我不想第二天见到你们任何人身上带着伤，明白了吗？"

只有袁影没精打采地应道："是……"

张雨瞪了袁影一眼，又说："少给我没精打采的，现在滚进去睡觉，明天早上还有针对你们的训练。"她也懒得浪费口舌，说完就走了，相信林靓和刘旭能懂她的意思。

林靓和刘旭的东西很少，一个包裹就搞定了，也就袁影，还拿着很多自己的东西。

屋子里很安静，林靓选了张靠门的床直接把包扔了上去，然后翻身上床，躺下就要休息。

刘旭看到林靓的身手，张口就想讥讽两句，还没说话呢，就听到一阵铃声响起——原来是林靓的手机响了。

林靓拿起电话放到耳边，也不说话，只能听到她"嗯嗯"的回答声。

袁影和刘旭一边收拾自己的东西，一边支棱着耳朵听八卦。毕竟现在已经十一点半了，按照飞行大队的统一规定，现在早就是休息时间了，到底是谁这么晚了给林靓打电话？

只听见电话那头隐约传来男性的声音，刘旭的好奇心更重了，听说林靓的父亲从不管她，那这个打电话的人是谁？

袁影干脆爬到上铺，边假装铺床，边偷偷观察林靓的举动。

林靓刚挂掉电话，就感觉到有两双眼睛目光灼灼地盯着她看。她不明所以地摇摇头，也懒得理会两人的举动，收拾东西准备出门洗漱，又想起刚刚电话里江宏的嘱咐，决定接下来一定要好好照顾自己。

待林靓拿着东西出了门，袁影和刘旭二人对视一眼，八卦之心简直按不住。

可刘旭是什么人，怎么可能因为这种事去和袁影这种"狗腿子"说话呢？只能一边收拾东西一边想着明天去问问陆雪梅这个"消息通"。

袁影可不像刘旭那样憋得住。不过一分钟后，她就按捺不住好奇心从上铺探下头来，招呼刘旭："哎哎，你知不知道给林靓打电话的男的是谁啊？"

没叫自己的名字，刘旭就当没听见，依旧埋头收拾东西，准备出去洗漱。

袁影挠挠头，从上铺一溜烟地爬下来，拍了拍刘旭肩膀："刘旭我叫你呢，你不是军人的后代吗？知不知道给林靓打电话的是谁啊？"

刘旭白了袁影一眼，没好气地说："我怎么知道，你去问陆雪梅吧！"

这时林靓已经洗漱回来了，两人立刻闭嘴各自洗漱睡觉。

第二天一大早，张雨就来到宿舍把三个人拽了起来，美其名曰是训练，实际上却是"公报私仇"。

看了眼没精打采的袁影，张雨冷笑一声："相对于特种训练的单兵作战能力，这次大队比赛更考验团队的协同能力和默契程度。所以从今天开始，你们就要好好配合，争取在这半个月里能把默契给我培养出来！"

三人立刻应道："是！"

紧接着三人就被带到一个高约二十米的人工岩壁前，被告知要她们协同向上攀爬。

袁影咽了下口水，默默地向林靓那边靠了靠。之前爬矮的岩壁都这么困难，这二十米的岩壁不是要了她的命吗？

刘旭却没有犹豫，第一个向上爬去。

刘旭动了，林靓和袁影当然也不会光看着，立马跟着她一起向上爬。但这过程别说互帮互助了，两个人只能在刘旭下面吃灰。等刘旭爬到顶端向下看时，林靓还拽着袁影卡在中间。

忽然背后一寒，刘旭回头，就看到早就在另一侧等候的张雨正笑眯眯地看着她："体能不错，爬得很快。"

语气太平静了，刘旭直觉不妙。

结果就是林靓和袁影坐在阴凉处，看着刘旭一遍一遍地自己爬上岩壁。

估摸着刘旭也快中暑了，张雨停止了对刘旭的"训练"，招呼她回到阴凉处，对三人说道："我们需要的是配合，不是个人的突出，也不是一个拖累另一个。"

说到这儿，张雨看了眼已经满脸通红的袁影，继续说道："如果不能做到互帮互助，那我只能免除你们的比赛权利，换其他人了。"

一听要换人，三人立刻摇头表示拒绝，保证积极配合其他两人行动。

　　午饭后，张雨从宿舍里把三个人提溜出来，告诉她们接下来要进行两人三足的训练。

　　林靓和刘旭听了脸色都变了，还好张雨让袁影站在中间，让两个大个夹着矮个，整一个"凹"字形，就是苦了袁影了。

　　一开始林靓和刘旭还能配合袁影慢慢地前进，结果才走了五米两人的步子就越来越快，害得袁影不得不加快速度跟着。等走了十米的距离，林靓和刘旭两人已经控制不住自己的速度，简直跟比赛似的开始撒腿狂奔，只留袁影徒劳地抓住两人手臂，人已经给拽在半空中了！

　　等到了终点，张雨给林刘两人各赏了一个爆栗，袁影幸免于难，只不过她被带得劈了叉，现在疼得蹲在地上起不来。

　　之后的几天里，什么二十公斤负重越野、负重牵引横渡，张雨通通都给她们来了一遍。练到最后，袁影瘫在地上做挺尸状，怎么都不肯起来了，林靓撑着膝盖直喘气，而刘旭蹲在地上，累得直骂娘，连家乡话都飙出来了："走不动哩走不动哩，没脾气了，教官放过俺啵。"

　　至于空中训练就更不用说了，张雨亲自带飞，练得三个人彻底没了脾气，只能乖乖配合。

13.四队比拼

比试当天，张雨带着三人来到主办比赛的大队，这也是林靓第一次离开自己队，看到了其他队训练的场景。

她这时才发现，相比于男兵，她们的训练更加严苛。虽说跟张雨的性格有关系，可如果不这样，她们又怎么能和体力本就优于女性的男兵们一起飞翔在同一片蓝天下呢？

袁影也想到了这一点，对张雨的敬佩又多了一层。

四个队所挑选的队员站在一处，林靓三人格外引人注目。袁影忽然有些自卑，林靓和刘旭比她优秀太多，她又凭什么和她们站在一起呢？

不过这种念头很快就被袁影甩出脑外，她也是凭借自己实力才站在这里的，别人怎么想都不关她的事。

凌瑞寒站在台上，看着台下十二名英姿勃发的飞行员，心中有一丝欣慰。每个飞行员都是万里挑一的人才，要成功获得战斗资格更是难上加难，如今有这么多优秀的飞行员站在眼前，他怎能不欣慰？

"凌教官！"所有人整齐划一地向凌瑞寒行礼，有些人更是想着如果能进入凌瑞寒的部队就好了。

凌瑞寒挥挥手，笑着说道："好，看到各队能有如此多的优秀人才，我很高兴。不过这次更改了比赛内容，希望你们不要介意。等一下检查完身体，就可以进行今天的比赛了。"

赛前检查也是大队仔细考量过的，这是为了防止有人作弊，或隐瞒了身体上的伤，造成不好的影响。

众人没有异议，自动排成男女两排去找医生进行检查。

张雨在医生旁边站着，看林靓脱掉衣服进行检查。

林靓身上还有之前在家"训练"后留下的痕迹，但张雨一眼就看出了除了瘀青之外，还有结实的肌肉以及隐藏在皮肤下如虎般猛烈的爆发力。

医生对林靓的身体非常满意，拍了拍她挺拔的背，笑着说了句："真是上天的恩赐。"

医生在表格上记录完，正准备让刘旭过来时，张雨却拦下来，指着纸上数据问道："这是怎么回事？怎么和之前我的数据差距这么大？"

医生一愣，说道："之前你在凌瑞寒的部队，除了你都是男兵，我们也只能按照男兵的模板给你进行测试。现在部队里女兵越来越多，测试也有了不一样的标准。"

一听这话，张雨气得不行，她一把拿走林靓的表格，换成部队普通测试表给医生："就按照男兵数据来测试，我相信我的兵不会比男的差！"

医生有些为难，可张雨毫不理会，医生只能请凌瑞寒来。

没想到凌瑞寒同意了张雨的说法，表示就按照男兵数据测试，让医生相信张雨的话。

没办法，医生只能又测了一遍林靓，结果让医生为之惊叹。林靓的数据丝毫不逊于男兵，甚至有些数据都能达到男性特种兵标准。而刘旭也是同样，就连相比于她们更柔弱小巧的袁影也只是比男兵差上一点而已。

医生推了推眼镜，拿着三张表格暗叹一声，不愧是"魔鬼霸王花"手下的兵，个个都如此出色。

待所有人检查完毕，比赛正式开始。

第一项是比较常规的折返跑、俯卧撑和引体向上等基础体能训练项目。在张雨的要求下，林靓她们做的次数和男兵都是一样的。

汗水挥洒在训练场上，每个人都专注于自己的比赛。大家都是精英，做的时候也没有袁影想象中嘲讽他人的情景出现。

也多亏张雨的魔鬼训练，林靓三个人丝毫不落下风，完美地做完了所有基础体能项目。在跑步等爆发项目上，林靓更是取得了第一的成绩。

第二项比赛项目是徒手格斗和对枪械的使用，外加较为复杂的作战环境中的侦察与反侦察。

　　凌瑞寒干脆将第二项所有项目混在一起，先让飞行员一起进行枪械考核，之后再把他们分为两组，一组侦察，另一组反侦察，并模拟相遇后进行的徒手格斗。

　　就算训练过，袁影对枪械的组装和使用还是一知半解，只能勉强去模仿林靓和刘旭的动作。好在经过之前的"默契训练"，刘旭和林靓也意识到要将动作放慢，让袁影跟上她们的速度。

　　现场，大队特意留下痕迹让三人来清理。清理完毕后，三人作为反侦察组悄悄潜伏在房屋中。紧张的氛围搞得袁影草木皆兵，就连门发出的细微声响也能让她几近崩溃。

　　林靓则屏住呼吸仔细听着外面的动静，忽然，屋外传来细微的咯吱声，林靓立刻对袁影和刘旭做了一个噤声的手势。

　　原来，那是一个兵踩在石头上的声音，林靓看了他一眼，记起他应该是二队的王日凯。

　　屋后还是非常安静，袁影甚至能听到自己的心跳声。刘旭看到袁影紧张的样子，瞪了她一眼，同时手向下压了压，示意她放轻松。

　　就在刘旭分神之际，一个身影忽然掠至她身后，眼看袁影神色大变，刘旭心里暗叫不妙，二话不说就地一滚躲开可能到来的攻击，同时看清了敌方的样子。

　　原来是第一场比赛折返跑时和她同时跑到终点的兵，叫江初。

　　刘旭迅速斜踹一脚，虽然被对方挡下，但刘旭也借此拉开距离，还分心看了眼袁影，发现她也和另一个叫韩荣的士兵搏斗起来，便放心大胆地攻了上去。

　　男性体力天生就优于女性，刘旭很清楚这一点，所以完全不与江初做力量上的对抗，而是利用身形和地形优势与他缠斗，并迅速向林靓所在方向靠去。

　　至于林靓到底是赢是输，她并不担心，那个怪胎会输？简直是天方夜谭！在队内选拔中和她打起来时刘旭就发现，林靓根本不懂得什么是留手，一旦动手，就会下死手！

　　刘旭猜得没错，王日凯进屋时林靓就已经潜伏在他身后，趁他不注意一步上前勒住了他的脖子进行绞杀。但对方也不是吃素的，直接利用体格优势把林靓整个抬起来，向后方撞去。

林靓后背狠狠撞在凹凸不平的墙面上，她虽吃痛，双手却不肯松开，反而勒得更紧。

感受到林靓身上的杀气，王日凯也动了真火，一个过肩摔就把林靓摔倒在地。林靓不甘示弱，趁着对方弯腰摔她时重心不稳，一把将对方拉倒在地，同时迅速用腿绞住对方。

刘旭引着江初靠过来时，只见林靓正和一个男兵进行着殊死搏斗，两人皆是青筋暴起，杀气腾腾。看到这一幕，刘旭和江初都愣了一下，但谁都不敢先去拉住队友，局面一下子僵住了。

幸好林靓在看到刘旭的那一刻迅速冷静下来，她松开双腿，一脚把对方踹了出去。

刘旭迅速和林靓会合，两人背靠着背，死死盯着面前两个男人。

发现林靓下手狠毒后，王日凯和江初对视一眼，忽然向林靓冲去！

刘旭见二人轻视自己并没有生气，反而趁着对方不注意绕到一旁，专攻被伤到的王日凯。

几招下来，王日凯就有些扛不住了。这时林靓给刘旭递了个眼神，然后狠狠给了江初一拳。

知道林靓的意思，刘旭稍停片刻，立刻扔下她转而去帮助袁影。

这时的袁影已经有些撑不住了，看到刘旭的眼神就像看到亲人一样："你怎么才来？那个人这么不好解决吗？"

刘旭看到袁影的眼神翻了个白眼，嘴上说道："你把我掰成两个人用算了！"

说话间，两人合力，一同把韩荣制服了，正要押着人去找林靓，就看到林靓和那两个兵打得难解难分。

林靓偏头躲开王日凯袭来的一拳，余光扫到被制服的韩荣，她立刻后退一步，示意停手。

胜负已分，其他两人也没什么好说的，倒是记住了林靓这个名字。

至此，第一轮比赛结束。

凌瑞寒满意地看着各组成绩，笑着对张雨说："你的兵很不错。"

张雨没什么感觉，数据显示，袁影的表现一般，拖了后腿："综合评分第三名，有什么可夸的。"

一队的队长钟佑辰打断了张雨的话，夸赞道："哎，这话不对！比起之前你带的那几届不是好多了！"能把他带的兵比到第四，张雨还自谦就说不过去了。

张雨听了这话，冷哼一声不再回答。

回来的兵身上多少带着伤，凌瑞寒大手一挥，让大家休息一段时间再进行下一场比赛。

14. 瞠目结舌

第一轮比赛留下的都是皮外伤，在医疗队的帮助下，没多久便痊愈了。

接下来的第二轮比赛，刘旭可是铆足了劲儿要和林靓比个高低。袁影注意到刘旭明显的情绪变化，不由得担心自己的想象会变成现实。

对此林靓毫不在意，起飞顺序抽签都是让刘旭去的。

可惜刘旭不争气，直接抽了个最后一组，还把林靓弄成压轴出场的人。

林靓歪头看了眼刘旭手上的签，在她耳边来了句："血统是非洲的？"

要知道林靓平时都不和她说话，这次一发声就是嘲讽，刘旭只觉得血往上涌，要不是比赛重要，早就要和林靓分个高低了。

结果就是其他队的人遭了殃，只要一和刘旭搭讪就会被瞪，搞得那些男兵都不知道自己做错了哪一点。

比赛用的飞机就是平时她们用来训练的 J-10 训练机。赛场上看到老朋友，袁影心里安定不少，至少不会在器械上对他们有过多为难。

由于她们是最后一组入场，现在只能站在地面看男兵们一个个在空中进行"花式表演"。

此时的袁影也不得不佩服男兵们的身体素质，眼镜蛇机动、破 S 机动加上急转向这一系列动作做下来，下了飞机还是面不改色。她不由得想起自己之前训练时的狼狈样，心里又开始没底了。

看出袁影的不安，刘旭忍不住说道："怕什么，你难道会比那些人差？"

最不想被刘旭说这句话，袁影忍不住回嘴道："怎么可能？你还是担心你自己能不能达到他们的一半吧！"

刘旭没想到袁影情绪恢复得这么快，不过既然目的已经达到，也就懒得搭理她了，转过头去仔细看其他飞行员的操作。

意识到自己中了刘旭的激将法，袁影有些气不过的同时又有些意外，她意外刘旭居然会用这么别扭的方式来安慰自己，张口想要道谢，但一想到之前刘旭所做的种种事情，"谢"字还没说出口就给咽了下去。

这边林靓却若有所思地看着两人，似乎想到什么，两步走到刘旭身边，问道："感觉怎么样？"

刘旭自然知道林靓问的不是她，而是天上正在飞行的人，回答道："很强，这些高难动作我恐怕做不下来。"

这次轮到林靓意外了。刘旭无论什么时候都表现得很要强，尤其是在她面前，这次能说出这话，代表她的性格已经有了改变。

"你比她们强。"林靓只说了这五个字，就专心去看飞行表演了。

可这五个字却在刘旭心中掀起滔天巨浪，不是因为林靓的认可，而是林靓这种人居然会对自己说出"你比他们强"这样的话。

面上不显露，刘旭只偷偷拿余光去观察林靓的表情，却发现她一脸平静，无论天上飞行员做出什么高难动作，都不能让她感到惊讶。

心上的石头落地了，接下来的个人赛也不再让刘旭感到紧张了。

时间过得飞快，等到刘旭登场已是下午三点，太阳斜照在刘旭脸上，晃得她睁不开眼。

刘旭驾着飞机冲向蓝天，开始做一些基础动作，逐步扩展到高难动作。之前基础动作的成功给了刘旭信心，高难动作也变得得心应手起来。

之前林靓和张雨做的伊玛曼动作，刘旭本打算做一下，可在模拟机和实机训练中，她都没有成功过。高速飞行的战斗机过快的旋转翻滚让她一度出现几次黑视，最终只能放弃了这个想法。

战斗机在天空中掠过，刘旭做完破S机动后，思考了几秒，决定再做一组筒滚机动。油门手柄拉到底，副翼反向滚，等到机头再次朝向上空时，让机翼调回到原有角度，恢复水平方向继续向前。

原本动作已经做得很好，可似乎是检查没到位，油门和推进系统的拉杆并没有完全复位。刘旭在副翼反向翻滚准备调整机头位置的时候，无法将推进系统调整到想要的数值。

刘旭心头一急，让翻滚到正位的战斗机持续向上飞去，手忙脚乱一阵操作后，她终于驾驶战斗机回到正确位置，驶回基地。

下了机，面对走过来的张雨，刘旭毫不避讳地指出了在飞机上失误的原因。张雨没说什么，直接找了维护组的人来，最终证明刘旭的失误其实是由于维修组检查不当，飞机出现故障造成的。

凌瑞寒看出刘旭不服，让维修组的人做好检查，让刘旭再飞一次。

这套动作对飞行员身体素质要求极高，但为了争取到更高分数，刘旭又重新飞了一次。她清楚，即使飞机没有出现故障，她的动作也不算完美，可她不能半途而废。

刘旭下机走到袁影身边时，哼了一声："可别给张教官丢脸了。"

"对啊！可不要给你们教官丢脸！"一个男性的声音从身后传来，袁影转头一看，正是之前比赛时和她们交过手的韩荣。

袁影还没来得及做出什么反应，林靓已上前一步挡住韩荣的视线，眼神冷冷地扫过去，在他身边的王日凯和江初浑身一颤，急忙拉住了还想说什么的韩荣。

袁影冲林靓感激地笑了笑，然后便操纵战斗机飞出了基地。本来几乎要放弃的她，一想到林靓对她的维护，又重新燃起了斗志，她咬咬牙，决心一定要做好那些动作。

战斗机在天空中划出一道流畅的弧线，完成基础动作之后，横滚机动和斤斗袁影也尽量还原出来了。不过相较刘旭，袁影的高难动作做得比较粗糙，在众多优秀的飞行员中，只能算中规中矩。

面对没有表情的张雨，袁影眼圈一红，低头道："对不起，张教官。"

张雨摇摇头，袁影能做到这个地步已经出乎她的意料了。

轮到林靓上场了。一时间，在场所有人的眼睛都集中在林靓身上。他们想知道，这个林总的女儿，传说能在天上和张雨一较高下的林靓到底能做到什么地步。

林靓并不在意其他人的眼光，她驾机驶出基地，骤然加快速度，几秒钟内便以90°角冲向天空！

本来还准备看笑话的韩荣见状吃了一惊，大声道："这么快的速度？这个林靓疯了？！她不怕死吗？"

凌瑞寒一下就站起来了，这就是伊玛曼机动！

其他队员现在也看出林靓做的是什么动作，如此极限的动作居然是一个女兵做出来的，一时间基地内鸦雀无声。一队队长眼神炽热地看着林靓，想着如果这是他的队员就好了。

风呼啸而过，J-10 战斗机在天空中完美地做出 180°横滚，纵向 90°转弯后还是处在上升高度。指定高度一到达，飞机便以尾喷口为轴心，机头快速转向，犹如钟表指针一般摆动起来！

凌瑞寒死死地盯住那架战斗机，嘴上说出的话却很平静："是钟式机动，各位队长手下有哪位队员能做出这个动作吗？"

答案自然是否定的，即使有人强行做出，动作也不标准，更何况对身体副作用极大，短时间造成的黑视也会对飞行员造成生命威胁。

一队队员朱信用手戳了戳王日凯："就这女超人，徒手格斗时没一拳打死你们吗？"

王日凯心有余悸地摸摸脖子，后怕地想，当初林靓或许真的手下留情了。

此时林靓已经飞出很远了，围绕着机尾旋转的飞机停止前进，转向开始回来。同时，机首快速水平摆正，不再以尾喷口为轴心，机身旋转 360°，副翼翻滚，仿佛围绕着一架敌机开始旋转起来。

"这……"

诸位队长看着飞机的动作，又转头看看张雨，其中一个人问道："这也是你教的？"

张雨摇头："我怎么会教这种东西？"

明明是这个崽子自己学的进攻性桶滚！模拟出现地方飞机，而自己速度过快时的操作。

凌瑞寒出声对在场所有人解释道："飞越敌机是非常危险的行为，完全暴露在敌机下更是会付出生命的代价。所以当你们的飞机速度快过敌方又不能超过敌方飞机时，就要让战斗机围绕敌机飞行，这就是进攻性桶滚，以后你们也会学到这个技巧。"

此时他已经完全冷静下来，看到林靓如此优秀，就仿佛看到了当年各方面压自己一头的林毅。不过林毅似乎不喜欢这个女儿，真是太好了。

经过凌瑞寒的解释，众人也清楚地意识到自己和林靓的差距。尤其是刘旭，她想不出来，明明是一同训练的，林靓什么时候学的这些！

当林靓驶回基地时，基地中响起了雷鸣般的掌声，除了刘旭不知低着头在想些什么之外，所有人的目光都集中在林靓身上。

林靓的名字再次传遍飞行大队，而跟以往不同的是，就连凌瑞寒都给予了很高的评价！

办公室里，凌瑞寒静静靠在椅背上放松身体，随即拨通了那个十几年都不曾打过的电话："喂，老林啊，没看出来，你女儿可真是优秀啊。"

那边一阵沉默，忽地挂断了电话，只留凌瑞寒在办公室哈哈大笑起来。

15. 编队表演

经此一役，林靓她们小队的成绩已经和第一名并驾齐驱，最后一场就成了至关重要的赛点！

为此，张雨特意放了她们半天假，让她们放松精神好好休息。

站在宿舍门口，袁影犹豫着问道："你真的不和我们去外面散心吗？"

林靓摇摇头，比起散心，她更想留在宿舍里研究历届空中编队表演的视频。

空中编队在表演时，地面测算出的数据和实机飞行时相差甚大，即使她们三人经过无数次编队飞行训练，也不可能做到最理想的状态。

劝说几次无效，袁影只能遗憾地自己出门了。

林靓翻看着影像资料，发现要满足下方人的观感是非常困难的事，当初张雨给他们设计了十几种不同的方案，她们也都练习了，最终敲定的阵型却是最简单的"V"字形。

按照张雨的意思，到时候就由飞行效果最差的袁影领头，刘旭和林靓次之，在后方配合时刻调整空距，这样才能达到最理想的观看效果。

这时门忽然开了，刚洗完澡的刘旭走了进来，她一点也不意外林靓没有出门散心，她也不理林靓，翻身上床准备好好休整一番。

林靓正考虑着是否叫刘旭一起去模拟机舱试飞，电话却响了起来，一接通，那头立刻传来江宏的声音："靓靓，你现在好火啊，部队里都在传你的事！"

没想到江宏打电话过来居然是说这个，林靓也不知道怎么回答，只能嗯了一声。

江宏早习惯林靓的脾气了，也不介意，继续说道："你做那些动作都太超前了，身体会超负荷的，我说话你永远听不进去，又开始作贱自己的身体了。"

这倒是没有，林靓难得解释："并没有，我身体很好。"

得到回应，江宏说得更起劲儿了："还'很好'呢？伊玛曼机动和进攻性桶滚两个加起来是个人都受不了，你还说你没事！"

听出江宏语气里的焦急，林靓耐心道："真的没有，我不会骗你的。"

江宏那边沉默了好久，才带了点鼻音继续说："你这么说，我也没办法，希望我下次看到你时不是在医院。"

林靓一愣，感到有些好笑："我会照顾好自己的。"

挂断电话，林靓刚准备继续看影像，眼前有东西飞来，她条件反射地伸手一抓，原来是刘旭扔过来的纸团，一用力，却发现里面什么也没有，也不知道刘旭怎么扔过来的。

看着林靓疑惑不解的眼神，刘旭直接开口问道："伊玛曼机动我还能理解，其他动作你是从哪里学的？"

想起张雨让她们好好相处的话，林靓如实回答："是看视频学的。"

看视频就能学会了？刘旭才不信，追问道："没有实践操作，这种动作不可能做到，你入伍之前就驾驶飞机了吗？"

听刘旭话里意思，似乎是在怀疑林毅给她开了小灶。

林靓不希望自己的努力被别人归功到林毅头上，就解释道："看完视频后，在模拟舱练几次就会了。"

看见林靓这种"大家不都是这样吗"一副理所当然的表情，刘旭被噎得说不出话，干脆背过身不理她了。

林靓以为她生气了，犹豫了一会儿又说："你要是想学，我教你。"

这下弄得刘旭答应不是，不答应也不是，心情复杂得干脆直接用被子蒙住头，假装打起了鼾。

休息时间很快过去，第二天一早，所有人站在基地中，准备进行最后一轮比赛。

意外的是，林靓在台上看到了林毅。

父女处同一场地，连眼神接触都没有，着实令人意外。

凌瑞寒也不在意，对下方站好的士兵们说道："编队飞行是空中兵力部署的重要战术之一，可用于多种空中作战。希望你们明白，编队飞行并不是单纯的表演项目，而是拥有重要战略意义的！"

众人立刻回答："是！"

凌瑞寒转头好脾气地问道："我们林总还有什么要说的吗？"

林毅看了看底下的士兵，对林靓所处的小队半分眼神都没施舍，说道："没有，可以开始了。"

得到许可，第一组队员便以"一"字形飞向天空。

望着飞机尾部喷出的彩烟，袁影靠近林靓问道："你没事吧？"

她可是看出了林毅对林靓很不重视，很难想象林靓度过的是怎样的童年。

"哼！她？！她好得很！"昨天被气到的刘旭今天逮到机会就要说林靓几句，不过两人已经习惯她这种性格了，直接将其无视掉。

林靓摇头，她早就对林毅不抱任何期待，他的事和她无关，最好他也不要来管她，这就是林靓心中他们父女最好的状态。

第一组并没有完美完成编队飞行，喷出的彩烟也不直，在风的吹拂下散乱混合在天空中，已经看不出颜色了。

见此，第二组上场的二队队员心中有些没底。王日凯特别注意了一下林靓，正巧对上林靓波澜不惊的双眼。

朱信拍了拍王日凯肩膀，把他吓了一跳，顺着他的目光看去，就看到了林靓。朱信像发现什么一样惊讶地小声问道："咋，被打出感情来了？"

王日凯给了朱信一肘，没好气地说道："我就是想看看这种联合飞行我们能不能比过她而已。"

"那必须啊，你们加油！"朱信刚假模假式地给二队打了打气，就被一队其他队员拽走了。

这倒是给了二队信心，他们驾驶已经装好彩烟的飞机飞出基地。

果然，二队表现好了些，但也仅限于彩烟是直的。飞机间距不一，速度过快，下方"观众"的视觉感受很不好。

江初他们得知评价，也不气馁，相信不会有比他们做得更好的队了。

果然，第三组刚起飞就出了故障，速度有的快有的慢。虽然他们在天上将距离重新拉近，但一名队员由于太过紧张，没有按下彩烟按钮，导致天上的彩烟变成了"凹"字。

终于轮到林靓她们了，这次刘旭长了个心眼，亲自检查了飞机所有操纵仪器，确保正常才表示可以起飞。

战斗机缓缓升空，林靓和刘旭对视一眼，配合着袁影保持着三米以内的距离，同步飞上天空。

开头还算顺利，张雨的心也跟着放下不少："哼，训练还不算白费。"

"哈哈哈，那是自然，毕竟你的兵都很优秀。"凌瑞寒斜瞟了眼完全没有关注自己女儿飞天反而正在闭目养神的林毅，故意说得很大声。

这下一队队长不乐意了，对张雨说道："那你来我队里训练训练我的兵吧，实在不行，你把林靓给我也行。"

张雨一听，顿觉自己卷入了一场奇怪的争斗当中，便直接怼道："去你的吧！你那些兵能扛住我的训练吗？再说了，林靓的去留也不是我说了算。"

一时间，所有人都看向林毅，全部自觉地闭上了嘴。

而此时，天空中的林靓她们却遇上了麻烦。

不知是不是有点背，空中气流忽然改变了方向，使得林靓她们对飞机操控的难度大大增加。

刘旭生怕袁影出现差错，急忙提醒道："袁影，稳住，按照之前的训练进行调整。"

袁影也知道自己此时不能出错，稳住心神："我知道，继续前行。"

一直观察着袁影飞机的林靓对刘旭道："刘旭，向左偏移。"

刚想反驳，刘旭却发现她因为气流的原因，和袁影距离变近了！

幸好距离只是一点，下方不易察觉，只要稍稍调一点角度就好。

到达指定地点，三人同步按下彩烟，红黄蓝三原色在天空中拉出完美的直线，平行向前飞去。

朱信一拍大腿，对钟佑辰说道："队长，咱不能把林靓抢过来吗？！"

钟佑辰瞪了朱信一眼，道："你让我怎么抢！让林靓自己挑一个颜色好的麻袋吗？"

　　见朱信还敢点头，钟佑辰直接给了他一拳："还点头，直接拿麻袋套你算了！"

　　朱信揉着被打疼的肩膀，看着已经下机的林靓，眼神要多崇拜有多崇拜。

　　凌瑞寒乐不可支，尤其是看到别人夸林靓后林毅的表情，更是感觉这种好心情能持续一个星期！

　　成绩下来，自然是林靓她们所在的小队是第一名，凌瑞寒笑着给她们颁发了奖状，还拍了拍林靓的肩膀。

　　按理说，作为嘉宾到来的林毅也要说上几句，可面对林靓，林毅什么话都说不出来。即使凌瑞寒再怎么用言语刺激，林毅左耳进右耳出，只当没听见。

　　第一名出现，基地内掌声雷动，林靓小队和凌瑞寒合影后，林毅也不再坐在那了，站起身径直离开。

　　与林靓擦肩而过时，林毅掀掀嘴皮子，说道："恭喜。"

　　林靓心中毫无波澜，就像面对一个陌生人，没有回答。

16. 军演对抗

大队比赛已经过了很久，飞行大队里对林靓实力的夸赞仍然不绝于耳，一队队长就像真的看上林靓一样，老往张雨那儿跑。

教官室那头，钟佑辰用力推着门，死皮赖脸地说："你看，咱们有事好商量嘛，你缺什么，我给你买，就把林靓借我用一用呗。"

张雨费力地抵着门，不明白钟佑辰要林靓做什么也不想明白："你要找她就自己去！为什么要来烦我！"

钟佑辰怎么会不知道这只是张雨的借口，想要林靓做什么还不是张雨说了算！于是他继续厚着脸皮央求道："张教官，张大队长，麻烦你就帮我说一下嘛！"

跟钟佑辰推扯了好半天，张雨才知道红蓝军演要开始了，钟佑辰作为这次红方空军主力，想让林靓去当红方的空中支援。

张雨白了钟佑辰一眼，道："你想得倒美，这次红蓝军演的人员名单已经定下来了，按照上次比赛名次排名来分配人选。你求我也没用，不如再去求求上级。"

钟佑辰一拍大腿，转身跑了出去，一边跑还一边喊："哎呀我的张大队长，你怎么不早说啊！"

好家伙，这人在她办公室门口堵了三天，什么都没问，就知道要林靓，她哪知道他要林靓做什么？！

对于现在的钟佑辰来说，有一件好事，有一件坏事。

好事是，林靓确实被上级分配到他们红方了，坏消息则是袁影和刘旭也被一起打包送了过来。

　　上级的理由是，她们三人配合默契，比起临阵磨合的队友，她们三个在战场上能发挥出更大的作用。

　　几家欢喜几家愁，刘旭本以为能够远离林靓回归正常生活了，没想到又要去参加红蓝军演习，还要和林靓袁影住在一起。

　　林靓对此倒是没有意见，一切听从上级安排。

　　现在张雨对林靓是越看越顺眼，本是寒门出身的她一直觉得她们这些军二代都是酒囊饭袋，拥有她一生都不能企及的资源却一个个活成了窝囊废。可林靓和刘旭的出现打破了她的偏见，原来军二代里也有努力向上、不混吃等死的人在。

　　解开了自己的心结，张雨现在一身舒坦，走路都轻快了不少，对队员们的训练也更魔鬼了。

　　林靓三人依旧受到张雨额外的关照，没有以前那种被针对的感觉，就连林靓都忍不住猜想，张教官是不是吃错药了。

　　不管张雨是不是吃错药，训练还要继续。张雨分析了上次的比赛，认为三人默契程度还是不够，又准备了很多训练科目，以求她们三人能达到只用眼神就能交流的地步。

　　而另一边的蓝方却找到了江宏所在的大队，要求江宏、李文和陈陌一起参加演习。

　　身为军人，服从命令是天职，尤其是江宏得知林靓在红方时，开心之情更是溢于言表。

　　相较于女兵那边隐晦的传闻不同，和江宏同一寝室的李文可是知道他和林靓是男女朋友关系。不过对于林靓，李文还是很好奇的，他也想见识一下，那个传闻中的"女超人"到底是什么模样。

　　一个月过去了，此时已是深秋，没有了炎热的天气的影响，体能训练倒是舒服很多。可秋天常起大风，这对实机飞行的操作要求提高了不少。

　　为了即将到来的军事演习，张雨抓紧训练三人对天气的应变能力。林靓被她一遍又一遍地叮嘱，不要想着秀操作，一定要稳扎稳打，在大风天不要忽然调整飞机方向，容易酿成灾祸。

　　林靓虚心听着，刘旭则在一旁幸灾乐祸。

军演很快开始了，吃过午饭，张雨驱车带着三人来到军演地点集合。

江宏大老远就看到了林靓，却不能挥手示意，憋得在原地打转。

一旁的李文若有所思，视线停留在林靓身上，似乎不相信这样一个身材高挑的美女是他队友口中的"女超人"。

那目光看得林靓心中不耐，转头与之对视，却发现江宏正站在这人身旁，看着两人亲密的样子，林靓危险地眯起了眼睛，知道这人应该是江宏口中的"室友"。

正在思索传闻真实性的李文忽然感到浑身发凉，左右看了一下才发现这股莫名的凉意来自他刚刚盯着看的林靓。

李文挠头，心想：难不成林靓发现自己观察她了？

飞行大队的人来得最早，其他部队的人陆陆续续来到场地后，准备一起出发。

战斗机早早地放在了跑道上，待领导讲完话，部队便出发了。

为了配合地面部队速度，林靓她们飞得很慢。

袁影心里头直打鼓，不安地说道："蓝方综合实力很强，前几次红方被打得头破血流，连气象武器都用上了，还是输得一塌糊涂，这次我们被分到红方也太惨了。"

刘旭表示袁影的担忧根本就是自寻烦恼："这多来劲儿，要是能活捉蓝方首领，那我们毕业之后的履历上可是又添了浓墨重彩的一笔！"

本来不想搭腔，可听到刘旭的话后，林靓不由得提醒道："服从命令，我们不是特种兵。"说完又调了调飞机间距。

"啧！"刘旭咂舌，林靓在打击士气方面真是天资卓越。

一路舟车劳顿，部队终于在下午四点之前到达"龙渊"军事训练基地。这里是最大的陆空军训练基地，林靓她们要在这里待一个月之久。

飞机、坦克和火箭炮全部摆好，数千名士兵整齐地站在台下。即使站得很远，目光敏锐的林靓还是看见站在前方的蓝方代表林毅和红方代表凌瑞寒。

哦，那这次蓝军总指挥就是林毅了？

林靓忽然精神一振，气场都变得不一样起来。如此明显的变化令站在她身后的袁影和刘旭都吃了一惊，觉得林靓大概是受了什么刺激。

演讲完毕，红军这边八名飞行员也正式碰面了。

除了一队林靓的迷弟朱信和陈林之外，还有三个，也是林靓她们的老熟人。

王日凯面对林靓脸色奇差，韩荣更是差点和刘旭打起来。要不是林靓一把抓住刘旭后颈的衣服拉住她，红方飞行员宿舍就要变成斗兽场了。

刘旭没比林靓矮多少，却被她拎了起来，整个人又羞又恼："林靓你干什么！是他们先惹的事！你个胳膊肘往外拐的家伙！"

林靓一言不发地看了眼时间，已经是晚上 10 点 50 分了，再不早点休息，明天如果有任务，会有影响的，于是直接拎着刘旭走开了。

林靓她们都走了，其他人也不愿自找没趣，三三两两地散了。朱信颇为遗憾地表示自己没和林靓说上话，还想跑到林靓她们宿舍去看一眼，结果被深感丢人的陈林一把拽走了。

第二天，军演正式开始。飞行员在基地待命，能听到远处传来的密集的开炮声。林靓她们还算冷静，倒是给那几个男兵们兴奋坏了。

可这种兴奋没有持续多久。几天过去了，他们一点指令都没接到。朱信搞了个软绵绵的咸鱼玩具，天天在基地"摸鱼"。

没有接到拦截和轰炸命令，飞行员只能在基地待命。偶尔林靓还能看到信息组的成员穿梭在基地中，这让她想起了陈翰文，也不知道那小子现在是不是在某个海滩吹牛。

海外某沙滩上的陈翰文忽然打了个喷嚏，摸摸鼻子，又一脸兴奋地朝那一群正在打沙滩排球的美女奔去。

十天过去了，他们还是没有接到任何指令，正当一群人觉得自己闲得都快长毛时，上级忽然发出命令，让他们撤离！

接到命令的时候，韩荣还以为自己听错了："什么，撤离？没开玩笑吧！那飞机怎么办啊？"

王日凯正在准备行军用品，闻言敲了一下韩荣的头："我军还有备用的，你惦记什么，这又不是真打仗，飞机不会被毁坏的，快走！"

等他们到集合地点时，看到林靓她们早就到了，正在等他们。

见人齐了，凌瑞寒大手一挥："出发！"

17. 凤鸣沙场

戈壁滩上风沙极大,一群人带着重要设备向临时基地撤退,还要时刻注意有没有埋伏的蓝方的人。

车内,凌瑞寒和众人解释道:"我们之前接到通知,蓝方此次派出他们的王牌特种兵部队——狼牙来偷袭我军基地。你们也知道,只要我方人员'死亡'或设备被毁,我们就算完了。不如撤离到临时基地,还能保存支援力量。"

所有人这会儿才知道为什么要撤离基地,狼牙小队他们之前也听说过,算是现存特种兵里最强的,他们这些人对上狼牙毫无胜算。

没想到另一边朱信突然问道:"林靓,你和狼牙相比谁比较厉害?"

刘旭也知道自己几斤几两,面对狼牙小队没有什么还手之力。此时就像看弱智一样看着朱信,那可是整个小队,真当林靓到了如此恐怖的地步不成?

见所有人都无语地看着自己,朱信才意识到自己说了什么蠢话,不好意思地挠挠头,缩到角落里去了。

林靓却忽然说道:"普通队员只能打平手,和队长比起来天差地别。死局,一个队员就能杀了我。"

平静的语气说出非常恐怖的内容,车厢内一下子安静了。良久,凌瑞寒打破了平静:"这就是上级让我们撤离的原因。"

没想到狼牙小队这么恐怖,众人不由得想象了一下如果被狼牙拦截在基地会是什么局面,袁影心有余悸地拍了拍胸脯。此时,车突然震了一下,袁影一个重心不稳直接倒在了林靓身上。

林靓伸手扶住袁影,蓦地开口,如平地一声惊雷:"是狼牙小队。"

所有人先是一怔,紧接着凌瑞寒这边就接到了消息:"队长,我们被狼牙小队伏击了！”

"众人快下车！分散！"凌瑞寒喊道，与此同时，林靓已经一手抓着袁影一手抓着刘旭翻身下了车，三人快速背靠背站在一起，警惕地注意着外边情况。

风沙中，就算是以飞行员的视力，能见度也很低。刘旭眯着眼睛看了半天，也没看到有什么人在。

这时对车辆的检查已经完毕，四个车胎全部报废，车辆没法继续前行，只能徒步了。

一行人只能把仪器背在身上，逆着风沙向前走去。

在对讲里，凌瑞寒对所有人说道："我们应该是被之前设置的陷阱损坏了轮胎，此时狼牙小队应该正从后方追过来。我方仪器很多，行军必然缓慢，他们轻装上阵，速度会非常快。"

说到此处，凌瑞寒沉吟少许，继续道："我们分散开来，其中一组人员带着仪器走其他方向，免得被一窝端。"

凌瑞寒说得没错，狼牙小队确实轻装上阵，在他们后方跟了好久。只不过风向一直在变，让他们无法判断对方的准确位置。

此时凌瑞寒一行全部散开，由体力较好的王日凯等人背着仪器快速前往临时基地，为了仪器的安全，格斗技术很好的朱信等人也跟着他们一起前进。

而之前反侦察做得最好的林靓一组和江初陈林二人，则留下来做手脚，免得狼牙小队追上大部队。

风沙需要时间才能抹掉行军痕迹，可狼牙小队的速度要比风沙快上很多。林靓猜测，不超过两分钟，他们就会和狼牙小队遭遇。

等几人将行军痕迹处理干净，林靓挑了一个比较远的路线准备撤往临时基地，可江初和陈林却不同意："这个路线太长了，狼牙小队一定不会追来的。"

地图上确实有更近的路，林靓思索了一会儿，顺着他们的话说下去："既然这样，我们分开吧，你们走近路，我们走远路。"

意见无法统一，江初和陈林最终按照林靓说的路线离开了三人小队，林靓三人走了较为绕远的路。

风沙似乎小了一些，对讲中，袁影疑惑的声音传过来："为什么要走这条路啊，我觉得江初和陈林说的也有道理。"

刘旭扯了扯面罩，回答："他们哪条路都会派人来跟的。"

"什么？"

行进的速度很快，林靓尽量走在前面挡住风沙："狼牙小队满编三十人，除去狙击手、炮兵、机枪手这些特殊兵种外，突击成员有二十名。"

怕袁影听不懂，刘旭还进一步解释道："他们队长是侦察和反侦察的一把好手，而且从军二十多年，根本不是我们这群菜鸟能比的。就算我们把所有痕迹消除，他也能看出端倪。"

这下袁影理解了为什么林靓没有选择和江初他们一起走，多个队分出一些兵力，能帮大部队解决不少问题。

就在三人说话的时间里，狼牙小队已经到了之前他们分开的地方。

果然，狼牙小队分成三股，人数较多的跟着大部队方向离开。江初和陈林方向只去了一个人，剩下的三个则顺着林靓她们故意留下的痕迹追来。

此时林靓她们已经走出近一半的距离，刀子似的风沙刮在林靓的脸颊，又全部被她阻挡下来，没有吹到身后的两人分毫。

刘旭走在队伍末尾，时刻监视着后方动向，一点风吹草动就能让她惊疑好一阵。

袁影成了队伍中最闲的人，宛如婴孩一般被保护得严严实实，这让她分外懊恼。

风忽然大了起来，风向也变了，从左侧吹来的大量风沙迷住了三人的眼睛。林靓一步向前替两人遮住风沙，一低头，正巧对上刘旭看过来的眼睛。眼中警惕之意浓重，但不是针对她的！

身体肌肉瞬间紧绷，林靓刚想转头，可风沙中站稳本就不易，更何况行进快速，她转身格挡，却躲闪不及，直接被身后埋伏已久的狼牙队员一脚踢了出去。

这一脚不可谓不狠，林靓直接扑倒在地，背后火辣辣地疼了起来。没有时间犹豫，她就地一滚躲开了接下来的攻击，勉强拉开一段距离，站起身来观察对方。

　　风沙越来越大，刘旭、袁影和敌方纠缠的身影已不甚清晰，林靓也没有精力顾及她们。之前她在车里说的话是真的，面对精锐的狼牙小队，仅仅一个普通队员就能让她头疼不已。

　　论徒手格斗，飞行大队的所有人都比不上狼牙小队的成员，林靓不敢轻举妄动，只能不断和对方拉开距离。

　　没两秒，那士兵又是一拳挥来，这次直冲林靓头部，林靓立刻身体左闪，右手擒住对方手臂不让其撤回，同时右脚踢向对方左膝。可对方实战经验丰富，竟想借此机会和林靓拉近距离，生擒林靓。

　　林靓瞬间猜出对方意图，立刻放开对方后撤，但对方却难以甩脱，不给林靓留一点逃走的空隙。

　　此刻林靓精神高度集中，生怕一个失误就被当场撂倒成了俘虏。到时被押到林毅面前，那画面不仅"好看"，林毅的话也一定会很"动听"！

　　见林靓一直躲闪，对方有些恼怒，狠狠踢出右脚。林靓眼前一亮，身体向前一步，抓住踢过来的右脚，自己将右脚插于对方左脚后，瞬间将对方撂倒在地。

　　如果这在平常，胜负已分，可现在是"战场"，她还有队友在，不能与对方继续纠缠下去。一击得手，林靓身体后撤，想要去和刘旭袁影会合。

　　可对方哪会这么容易就放过林靓，他一个翻身，立刻便追了上来，速度之快令人咂舌。

　　眼看对方逼近，林靓不得不停下脚步直面对方，试图再找机会出手。却见对方似乎听到什么，立刻停下脚步往回退，短短几秒钟便消失在林靓视线中。

　　林靓感觉不对，急忙联系刘旭和袁影，却发现对讲机已经在刚刚的打斗中被对方扯坏了！

　　在无法呼喊的情况下，林靓只能凭借记忆去找她们了。

　　循着记忆的方向走了大概三分钟左右，林靓终于和刘旭会合。

　　没看到袁影，林靓心里一沉："我对讲机坏了，你的呢？"

　　刘旭的对讲没有损坏，但她联系不到袁影。

　　两人明白，这是对方故意要抓红方这边的飞行员，只不过刘旭和林靓比较难缠，狼牙小队放弃了，只带走了袁影。

"先回临时基地上报，我方应该也会派人出来救袁影的。"刘旭现在一心想尽快回到基地，而不是继续在这里吃沙子。

谁知林靓一把抓住刘旭手臂，也不顾刘旭挣扎，拽着她径直向狼牙小队人员消失的方向走去。

感觉林靓的手像老虎钳一样紧紧抓住自己的手，刘旭铆足了劲也无法挣脱，只好大声喊道："你疯了？狼牙小队是你和我能对抗得了的吗？还真当你自己是女超人了？"

林靓没有正面回答刘旭的话，只是幽幽地说道："他们正在追大部队，押送袁影的人很少，如果能反抓一个，绝对大功一件。"

明知道林靓这是在对她进行"诱导"，刘旭还是心动了，立刻同意和林靓一起去救袁影，还兴奋地跑到了前面。

18. 虎卧龙盘

风沙漫漫，要追上狼牙小队困难重重，万幸的是他们没有隐藏移动方位，这让林靓二人追踪起来容易很多。

即便如此，她们二人一时半刻要追上狼牙小队也很困难。况且他们战斗力这么恐怖，就算追上，胜算也不是很大。

刘旭想知道林靓打算怎么做，便直接问道："你就这么确定押送袁影的人不多？刚刚来追击我们的应该是三个人，袁影被俘，行动一定受限，我们一对一的话肯定不是对手。"

林靓清楚刘旭的担忧，说道："他们人员分散，抓到了袁影必然先将人押送回基地。而他们这次出动的主要目的是拦截空军力量，目标一定是我们的大部队，留在袁影身边的人会很少。"

顿了顿，林靓又道："我们现在原路返回，等遇到押送袁影的人，我上去缠住他们，你救了袁影先走。"

"啊？"

一听这话，刘旭就不高兴了，凭什么你林靓处处"逞能"，她虽然不能击倒狼牙小队的成员，但缠住还是没问题的，于是立刻说道："不用，我来牵制小队成员，你去救袁影。你的体能比我好，能快速带着袁影离开，到时候我再想办法脱身。"

林靓摇头："不，正因为我体能好，才要你去救袁影，不然我怕营救没成功，人质反而被对调了。"

刘旭气得胸部起伏明显加剧："说的好像你去拦截就不会被抓一样，一个小队成员你都搞不定，来了两个被俘的还不是你！"

林靓不再与她争辩，边走边寻找较为明显的痕迹。

林靓伸手拦住还想继续前行的刘旭，在嘴边比了一个"嘘"的手势，拽着她一起卧倒在地，匍匐向前爬去。

不一会儿两人便爬上岩壁顶端，借着枯草和矮树的掩护，两人看见不远处倒在地上的袁影和看守她的两名狼牙小队成员。

刘旭朝林靓比了个手势，林靓知道刘旭问的是另一名狼牙队员去了哪儿。林靓不知道，便摇了摇头，也朝刘旭比了个手势，意思是她去拦截，刘旭去救人。

没想到这次刘旭很痛快地答应了，两人分开，各自绕到袁影后方准备行动。可没等林靓发出指令，刘旭就冲了上去。

留守的狼牙小队其实看到了林靓，原本想等林靓靠近后直接将其制服，没想到身后来了个刘旭一把勒住他，并将他掀翻在地。

见自己吸引注意力的目的达到，林靓也不再隐藏自己，上前和另一个小队队员搏斗起来。

被拽倒的队员一看刘旭，瞬间想要反抓刘旭手腕将她制服。可刘旭早已退开，她的目的只是要把他撂倒，见人倒地后，她便立刻冲向了和林靓斗在一起的小队队员。

狼牙小队队员是什么人，怎么可能让双方互换人质的事情出现，立刻跟上去想拦住刘旭。没想到林靓一看刘旭过来帮忙，立刻撇下刘旭，一击击退跟上来的队员，直奔袁影的方向，背上她就跑了。

刘旭背对着林靓，还不知道人已经离开，直到感觉到身后的拳风才立刻闪身躲开，惊疑不定地面对着两名特种兵。

狼牙小队队员也没想到林靓居然会做出抛弃队友的事，其中一人还嘲讽道："束手就擒吧，你已经被你的队友抛弃了。"

明白过来的一瞬间，刘旭就把林家上到林毅父亲，下到林靓未来孩子全都骂了一遍，嘴上却没尿："呵，就凭你们俩？"

如果林靓听到这话一定会给刘旭竖一个大拇指。

听到这话，两个队员忽然觉得这个刘旭比林总的女儿有趣多了，忍不住笑了起来。

　　林靓正背着袁影飞快前进，既不理会刘旭陷入什么样的窘境，也懒得同情刘旭，既然她这么喜欢逞强，一定要和她分个胜负，那就让她自己独享狼牙小队的威力吧。

　　林靓边跑边问袁影："另一个狼牙小队队员呢？"

　　袁影被俘时直接被卸掉了一双手臂，现在全靠林靓拖着身体才不至于掉下去。脸上的汗混合着沙土流下来，留下一串污渍，她有些虚弱地说道："我被抓后，那个人就去支援另一边了，看他们指的方向应该是去江初那边了。"

　　林靓还是不放心，走了很远才把袁影放下。

　　"忍着点。"说完，林靓一拽袁影右臂，把脱臼的地方接上了，另一侧也如法炮制，疼得袁影汗如雨下。

　　心知不能给林靓拖后腿，袁影主动要求道："你把我放在这儿就可以了，你快回去救刘旭。"

　　林靓握住袁影肩膀，看她脸色更白了一分，也没有心软，斩钉截铁地说道："不，你要跟我一起回去。"

　　袁影一怔，随即猜到了林靓的想法，心中一颤："好，我和你回去。"

　　袁影双腿并没有受伤，和林靓一起很快便又回到了狼牙小队所在的位置。

　　现场倒说不上惨不忍睹，但也实在让袁影没眼看。刘旭那么要强的人，居然被两个狼牙小队成员彻底戏耍了一番，她身上虽然没什么伤势，但脸上的黑眼圈和瘀青看着也着实狼狈。

　　袁影刚想上前帮忙，却被林靓拦住，她不解地用眼神询问，却听林靓压低声音说道："是诱饵。"随即做了个手势，示意自己会先上，让袁影找到机会再上去帮忙。

　　林靓猜得不错，两名狼牙队员料定她绝不会抛弃刘旭，所以一直没有制服刘旭，好让林靓看到刘旭的惨状后忍不住怒火莽撞地冲上来救人。

　　见林靓去而复返，但并没有要出手的意思，其中一名狼牙队员忽然发难，几乎一秒钟就冲到了林靓面前，又猛地挥出一拳，拳风先呼啸而至，爆发力之强，可想而知！

　　没想到林靓早有准备，后撤一步，便躲开了迎面袭来的一拳。刘旭此刻也趁机奔向林靓与她会合，两人背靠背站在了一起。

刘旭啐了一口血，喘着气道："哦，你居然还能回来。"

林靓警惕地注视着逐渐靠过来的小队队员："你要是喜欢蓝方，过去也可以。"

刘旭已经累得没力气反驳了，哑着嗓子问："怎么突围？"

"打出去。"

"去"字刚出口，林靓就像一支离弦的箭一样冲了出去！

刘旭紧跟其后，两人直接对着其中一个队员同时踢了出去。那队员双手格挡，但还是经不住巨大的冲击力，被冲得踉跄后退，一时间手臂一阵阵地发麻！

这时，另一个队员迅速钳制住刘旭，林靓大喊一声："袁影！"又继续与另一名特种兵斗了起来。

听到讯号，袁影立刻出现在刘旭身后，双臂乏力的她只能用右脚别开狼牙队员的右脚，让他重心不稳，好让刘旭把人甩出去。

两人合力压制住狼牙队员，用他自己的裤带绑住他，拔掉他身上的电子设备让他"死去"，这才去帮助林靓。

这边林靓已经有些支撑不住了，刚才将对方击退，靠的只是一瞬间的爆发力量，等对方手臂逐渐恢复过来，林靓便处于下风了。

还好这时刘旭、袁影迅速赶来，三人合力撂倒了对面的狼牙队员，拔掉了他身上代表"生命"的电子仪器。两个狼牙特种兵终于解决了。

狼牙队员"阵亡"，他们的队长徐海这边立即接到了通知。

他很意外自己的队员居然会失手，便通过对讲问道："怎么回事，是中间出了什么差错吗？"

林靓她们早就离开了，这两个特种兵失去了"生命"，也没有再追击的必要了，他们便如实回答。

想起林毅描述林靓时不屑的神情，徐海忽然颇感兴趣，没想到林总的女儿还真有两下子，看来林总的话不能信。

不过他们的目的也算是达到了，让其中一个飞行员受了这么重的伤，接下来的一段时间里，即使她飞上天空，也不可能完成什么高难任务了。

19. 致命拦截

徐海猜得没错，回到临时基地接受检查后，医生诊断说以刘旭和袁影现在的状态并不适合驾驶战斗机。

这样一来，红方等于少了一个编队，这令凌瑞寒有些发愁。刚刚他接到上级通知，红方已经开始反击，原本被遗弃的基地现在正处于被争夺的状态。不出意外的话，很快就需要他们空军进行支援了。

五分钟后，凌瑞寒果然接到通知："基地已经夺回，请立刻派出空军支援！"

凌瑞寒迅速将八名飞行员召集过来，看到每个人身上多少挂点彩，凌瑞寒心情不太好了，他直奔主题："刚刚上级下达指令，之前撤离的基地我方已经夺回来了。现在我方侦察兵探查到了对方军火库的位置，需要我们立刻进行空中支援。"

朱信一拍大腿，结果震到了自己的伤口，疼得龇牙咧嘴："不是吧，又让我们回去？就我们现在这状态有几个人还能开得了飞机啊。"

他和王日凯几人为了保护大部队仪器不受损坏以及凌瑞寒的安全，与狼牙小队进行了一场"殊死搏斗"，所幸他们这边人数较多，挡下了狼牙小队的进攻。

刘旭接过话茬儿："朱信说得没错，以我们现在的状态想要快速返回基地很困难，更何况也不能保证路上不会受到狼牙小队的拦截。"

听到"狼牙小队"这个噩梦般的词，几个被打得很惨的人都忍不住打了寒噤，尤其是袁影，手里拿的杯子都差点掉了。

凌瑞寒看了眼手表，说道："大家不用担心，上级已经指派了特种兵来保护我们。好了，已经浪费很多时间了，我们准备好了就出发吧。"

虽然让一群伤患自己走回去很不人道，但这是最稳妥的办法。如果开车，目标实在太大，而且蓝方空军也不是吃素的，如果对面侦察兵探查到车辆的坐标，那他们面对的极有可能是蓝军的轰炸机！

凌瑞寒猜得没错，徐海确实准备了几名突击兵守在各个路口，就等着他们开车出来直接向总部报坐标进行轰炸。不过他也清楚，红方极有可能让他们徒步回去，所以他同时安排了狼牙小队成员们分散在红方回基地的路上，准备将他们一网打尽。

为了不被一锅端，凌瑞寒将八人分成四组，袁影和男兵比较多的一队离开。林靓和刘旭则依旧分在一起，跟着王日凯和韩荣一起走。

看到这个分配，林靓右眼皮一跳，眼睛扫过刘旭和韩荣，又和王日凯对上，两人在对方视线中都看到了无奈和担忧。

果然，刚上路没多久，刘旭和韩荣两人就吵了起来。派来保护他们的特种兵也不知道二人之间到底发生了什么事，只能当作没听到。

韩荣受伤较少，本来被安排走在队伍前方，刘旭走在他后方，结果他还要回头和刘旭吵："你个丑女人，脸被打了之后就更丑了，狼牙小队的人一定是看你丑才给你'锦上添花'的。"

刘旭不屑地笑了："我再丑也不像你啊，娘们唧唧的被人保护得这么好，是不是对面拳头还没砸过来的时候你就要倒在地上哭个梨花带雨啊？"

刘旭还没说过瘾，紧接着道："我看你皮肤挺好啊，平时没少用护肤品吧。我看你别当兵了，出道吧，再找个富婆一包养，啧，多少人都羡慕不来啊！"

韩荣没想到刘旭嘴这么毒，自己没怼到她反而被气得够呛，刚想还嘴就看到林靓正盯着他看，只得讪讪回头，把嘴闭上了。

王日凯看着这两人斗嘴，真是哭笑不得，他知道，那次输给刘旭，韩荣的自尊心受挫了，天天想着要找回场子，不能动手就斗嘴，反正一定要赢上一次。可了解刘旭实力的人都清楚，韩荣就算当时和刘旭一对一，也不一定能赢过刘旭。

至于他自己，倒是对输给林靓这件事无所谓，毕竟技不如人，努力追赶就好了。

风沙已停，火辣辣的太阳高悬空中，晒得人头晕眼花。林靓不得不集中精神去观察四周，以免遭到伏击。

刘旭和韩荣早就不斗嘴了，两个人都被晒得打蔫。

狼牙小队一定会伏击的。没有生擒，没有"击杀"，他们的任务就算没有完成，所以他们一定不会回去的。

林靓等人又前进了三公里，此处断崖不断增多，巨石林立，是伏击的最佳地点。

在进入此地之前，众人就强打起精神，小队距离更是缩短，以免被逐个击破。

"咔嚓！"

一声石头与硬物摩擦的细微声响自左侧传来，林靓立刻扭头看过去。被盯住的王日凯一怔，不知道林靓为什么这么盯着他。

下一秒，林靓便一把抓住他迅速后撤，几乎同时，旁边几个"石头"忽然动了，如鬼魅般扑了上来！

林靓心想，这也伪装得太好了，如果没有充分的准备是做不到这一点的，这些人到底在这里埋伏了多久？！

针对红方的伏击失败，狼牙队员立刻改变策略，直奔林靓而来。

但红方的特种兵也不是吃素的，双方交锋，他们一步上前拦下了狼牙队员的进攻。

一瞬间，十几名特种兵斗在一起，狼牙队员明显占据上风。只不过他们平时战斗只要三招就能解决敌人，现在则要花上十几招。

韩荣他们几个自然不会干站着，都一齐上前帮特种兵解决狼牙队员。林靓最直接，她只要一发现代表生命的电子设备便会迅速出手把它掐断，让狼牙队员直接"阵亡"，以最快的方式结束战斗。

林靓心想，在这里埋伏的人并不多，狼牙他们的增援应该很快就会到，眼下必须速战速决，在狼牙的增援到来前把这队人彻底消灭。

此时，一个陌生的男声从不远处传来："你就是林总的女儿？"

林靓一惊，只是一瞬间的走神，她就被一个狼牙士兵掀翻在地。

林靓眼冒金星，一片模糊间，她忽然看见断壁之上有个男子，再定了定神仔细一看，那男子原来长着一张国字脸，眉毛黝黑，一双眼睛闪着精光，有一道长达五厘米的刀疤从下巴一直蜿蜒到脖颈处，他一说话，那刀疤便也跟着一动一动，分外清晰。

而那得手的狼牙队员还想顺势扯掉林靓的电子设备，不提防被旁边的特种兵一脚踹开，林靓立刻有了喘息时间。

林靓迅速翻身而起，皱紧眉头，有些迟疑地问道："你是……徐海？"

没想到她能认出自己，徐海乐了："是我，怎么，你爸说过我？"

猜想被证实，林靓瞬间全神贯注地防备着他："你很有特点，并不难猜。"

看到林靓防备自己，徐海笑得更欢，身影一下便从断壁上消失了。

目标丢失，林靓一瞬间有些茫然。但下一秒，她迅速将右腿后撤，摆出格斗的姿势，眼神扫过每一处徐海可能会出现的地方。

周遭发生的一切在林靓的意识里似乎全都放慢了速度，一点细微的风吹草动都逃不过她的耳目。下一秒，徐海的身影从左后方突入战局，一下便撂倒了红方的一个特种兵并扯掉了他的电子设备。

而此时的林靓刚躲开一名狼牙队员的攻击，正来到刘旭身边大喊："快撤，徐海来了！"

"徐什么？！"刘旭脑子还是蒙的，三秒才反应过来，然后大喊一声："徐海？！"

这一声听得红方在场的所有人心里一颤，徐海的大名实在是如雷贯耳，他可是一个在多次执行特种兵任务中带领全部队员胜利归来的传奇人物，奖章简直拿到手软！

这人现在在场？还要来拦截他们？！他们何德何能啊！

就在红方所有人僵住的短短几秒钟里，徐海已经撂倒了两个特种兵，正向林靓冲来！林靓哪敢和他过招，只要徐海进入她两米范围之内，基本上就等同于宣告她"阵亡"了！

林靓身体本能地后撤，迅速靠向刘旭，想要引导徐海去人较多的地方。林靓虽然不知道她为什么引起了徐海的兴趣，但她绝不能落到徐海的手里！

所幸他们这边人数较多，之前的狼牙队员也解决得差不多了，红方剩下的特种兵正好一起拖住徐海。

　　林靓迅速帮刘旭解决掉了她身边的狼牙队员，又看了眼暂时无法靠近的徐海，对王日凯说道："我们快走，这里交给特种兵解决，不然等狼牙部队的增援到了，我们就走不了了。"

　　王日凯知道事情紧急，只能扔下这些特种兵，快速赶往飞行基地。

　　然而林靓等人此时已经错过了最佳支援时间，蓝方空军早就接到命令飞上天空，向红方这边飞来。

　　等林靓他们回到基地时，蓝方飞机早已离开，只留下满目疮痍。看着残破的基地，刘旭忽然憋出一句："林靓，自从我和你搬进同一间宿舍，我就一直很倒霉。"

　　"我也一样。"说完，林靓给了刘旭一拳。

20. 凤啸龙吟

所幸红方的飞机藏得很好，没有怎么被轰炸波及，只有一部分跑道被炸毁，留下一些备用短跑道。

现在红方阵营里能驾驶飞机的只剩下林靓、刘旭、王日凯和陈林四个，韩荣不知道是不是吃错了药，在刚刚和狼牙小队的搏斗中非要逞强，结果弄得一身伤，现在只能躺着养伤了。

凌瑞寒看着手下这一拨儿残兵败将就头疼，他对剩下的几个还能飞的人说道："蓝军刚刚已经轰炸过一轮了，我们需要趁此机会赶快飞上天执行任务……"

"轰！"

巨大的轰响打断了凌瑞寒的话，一名士兵急急忙忙跑过来道："报告，我们剩下的跑道也被炸了！"

凌瑞寒一口老血差点没喷出来："你说什么？"

好你个林毅，居然又用实弹炸我跑道！虽然演习规则中没有明确说禁用实弹，但真敢用实弹的也就你林毅了吧！

蓝方确实是接到林毅的命令实行的轰炸，林毅的意思是，他们现在既然失去了对红方空军基地的控制权，也找不到飞机存放的地点，那就干脆直接进行地毯式轰炸，让红方有飞机也飞不了！

结果就是红方裸露在外的飞机跑道全部被炸飞，成了坑坑洼洼的"陨石坑"！

天空上，江宏看着下方被轰炸得一片狼藉的地面，叹了口气。

李文听到对讲机里的叹气声，好奇地问道："怎么了？"

江宏回答道："我只是在想，林总对靓靓还是太严厉了，蓝军以前从没有下过这样地毯式轰炸的命令。"

之前军演部从来只给蓝方提供信息和数据上的支持，而这次直接下令实弹轰炸，这样也会对维修队造成很大的负担。

涉及林靓的家事，李文觉得自己不该再问下去。当初他听到林靓的传闻时，还以为她这么厉害都是被她父亲训练出来的，现在看来似乎并不是这样，林靓一定还有什么故事。

李文犹豫了半天，还是没有问出口，只简单地和江宏说了几句，便准备返航。

而林靓这边已经来到了飞机的停放地点，经过蓝方的地毯式轰炸，红方的飞机几乎全部损坏，这对红方造成的打击可是不小。而且飞机跑道全毁，战斗机的起飞也变得无比困难。

看了一眼外面残破不堪的跑道，林靓忽然问道："距离上级发出蓝方军火库坐标过去多久了？"

正在头痛的凌瑞寒听林靓问起这个，不明所以，只得揉着眉心说道："算上我们在路上耽搁的时间，已经半个小时了。"

已经过了这么长时间了，这就意味着如果蓝方想要转移军火库，现在已经开始了！

看着林靓若有所思的神情，刘旭立刻便猜到她心中所想，浑身血液忽然热了起来。

如果真的是这样，那可太刺激了！

果然，林靓对凌瑞寒说道："既然上级命令没有改变，那我们就应该继续执行这个命令。"

凌瑞寒把手放下，像是想到了什么，说道："不行，战斗机在这种情况下根本无法起飞。就算你们成功飞上天空，你也能看到，刚才来轰炸的是四架战斗机，我们现在只有两架飞机能够正常执行任务，你觉得你们能赢过他们吗？"

刘旭立刻接道："我和林靓一起，能赢！"

这下凌瑞寒倒有点意外了，之前老听张雨抱怨说刘旭和林靓不和，现在看上去好像已经能协同作战了？

看来张雨训人还真有一套！

凌瑞寒思索了一会儿，同意了两人的办法，让她们准备好装备。

陈林还不服气，想要和凌瑞寒理论，王日凯急忙拦下了他："你也看过那场比赛，你觉得你在天上能比得过林靓吗？"

可飞机有两架，陈林自认即使比不过林靓，他也还是能和刘旭一较高下的："那刘旭呢？凭什么她也能上？论身体素质我可比她强多了！"

朱信拍了拍陈林的脑袋瓜，说道："得了吧，你和林靓有默契吗？刘旭和她同吃同住，训练都是在一起的。"

朱信说得没错，空中电子战会影响飞行员之间的通信交流，到时只能靠相互之间的默契。他陈林就算和刘旭比也不过是五五开，况且他怎么能够取代刘旭在林靓心中的重要性？

穿好装备戴上头盔，刘旭对林靓比了个手势，示意加大推进器动力。两人面对着基地外如陨石砸过的跑道，一齐开着 J-10 战斗机向外飞去。

凌瑞寒看了一眼天上的数据，死死盯住逐渐暴露在外面的战斗机，对林靓和刘旭喊道："他们还没走！你们小心！"

但已经晚了，两人雷达里赫然出现四架战斗机，以俯冲之势向她们袭来。

没有任何言语交流，两架飞机在三秒中骤然加速，迅速以 90°角向上飞去。

由于不是真正的战场，江宏他们携带的并不是追踪导弹，没办法对林靓两人进行攻击，只能眼睁睁看着她们飞向天空。不过他们已经发现了飞机的出入口，打算立刻将那里炸毁。于是蓝方分派两架战斗机去拦截林靓和刘旭，江宏和李文继续执行轰炸任务。

林靓看到雷达中两架战斗机离开编队驶向自己这里，立刻掉转机翼方向，战斗机斜飞出去，与对面飞机擦肩而过，直追李文和江宏而去。

林靓操纵的 J-10 战斗机机动性不是江宏他们的飞机比得了的，他们俩在雷达上一看到快速接近的林靓，便立刻停止投弹行为，兵分两路想要离开。

而在林靓身后，蓝方战斗机紧追不舍，可对方的速度远没有林靓那么快。

身后有个跟屁虫的感觉可不太好，林靓稍稍降低速度，加大过载，在空中兜起了圈子。

　　跟在林靓后方的飞行员苦不堪言，本以为林靓降低速度是因为身体无法承受这种速度，没想到她只是为了调整飞机载量，在躲避他的同时追击前方的李文。

　　而另一边，痛苦的却是刘旭，追击她的是一名非常有经验的老飞行员。他执行的任务之多可不是刘旭能比的，实战经验也更加丰富，刘旭根本不是他的对手。

　　两架战斗机以掎角之势夹住刘旭，同时降低高度，想要迫使刘旭下降，按照他们指定的路线前行。

　　刘旭银牙一咬，加大推进器速度，企图冲出包围圈。

　　可这两个飞行员是什么人，他俩一发现刘旭要跑，立刻加快速度冲到她前面，抬高机头。如果刘旭再加速，她将撞上前面的飞机。

　　暗骂一声疯子，刘旭只能减速。

　　林靓发现刘旭的窘状，却没有办法去帮助她，李文始终和她保持一定距离，后方战斗机也紧咬住不放。看到刘旭被胁迫的样子，两人似乎想要如法炮制也来这样制衡她。

　　林靓眉头一皱，再次加速向着李文冲去，由于后方飞机跟不上林靓的速度，李文无法配合，怕被林靓以机动性胁迫，李文只好跟着加速，两人渐行渐远，将另一架飞机抛在脑后。

　　盘旋着接近，李文惊讶地发现，林靓的身体似乎没有极限。

　　很快，林靓已经到达李文飞机下方。

　　忽然，战斗机直接90°上升，李文一惊，立刻减速。

　　而就在李文减速的同时，林靓飞机依旧保持高速动力，紧接着一个360°翻转，从李文上方飞过。

　　李文抬头，正看到林靓那双明亮的眼睛毫无感情地看着他，心中一动。但这场对视只有短短半秒，林靓的飞机便在垂直面内做360°转向机动，又绕到了李文后方。

　　此时李文才发现，为了不和林靓的战斗机相撞，他已经把自己降低一个高度了。

他一惊，还来不及再次升高，林靓又重复了一遍之前的操作。

这都把后方飞行员看傻了，这样驱动飞机围绕另一个战斗机做桶滚式飞行，这是什么操作？她的身体是大罗天仙转世吗？

是不是大罗天仙凌瑞寒不知道，他只知道当他看到林靓的动作时差点咬到自己舌头。

朱信张大了嘴巴，要不是一旁王日凯给他托着，早就脱臼了。

朱信指着逼迫战斗机迫降的林靓，大喊道："队长，快来看上帝！"

林靓自然是不知道地面上队员给自己的评价的，现在她已经把李文逼迫到不得不迫降了，便立刻通知地面："蓝方飞行员准备降落。"

凌瑞寒接到消息心中一震，立刻通知队员前去接应。

袁影终于找到一个能帮忙的机会，便表示自己也要去，凌瑞寒知道这小姑娘心中一定不服气，便同意了她的请求。

另一侧，刘旭虽然被逼得远离红方基地，却并没有受制于人。她机身向左偏移，推进器加大，J-10战斗机径直冲出了包围圈开始升空。

然而对方也不是吃素的，立刻跟了上去。可不断攀升的刘旭忽然一个180°下降翻滚，飞机向下坠去。原来是黑视袭来，刘旭也不慌，仅仅一个呼吸的时间就调整好数值，飞机水平翻滚，向红方基地驶去。

刘旭甩掉了难缠的尾巴，终于和林靓会合，两人配合着将剩下的蓝方飞机全部压制住，逼得他们只能迫降到了红方基地。

没有停顿，林靓和刘旭又掉转方向，准备前往蓝方军火库。

21. 垂直爆破

李文等人被袁影他们押着向红方基地走去，忽然开口问道："林靓是个什么人，这种动作是怎么做出来的？"

押着他的人正是袁影，听了这话袁影一愣，好脾气地答道："林靓身体素质非常好，常人难以做到的动作对她来说都没问题。"

"简而言之，林靓是神。"朱信在一旁补充道，看他那样子，早已经把自己都催眠得深信不疑了。

听闻此言，李文笑出声来，笑得整个身体都在抖，袁影有些生气地推了他一下："你笑什么？你现在会这么狼狈还不是因为跟林靓比输了。"

这实话可没那么好听，袁影还以为李文会发火，可李文却仍然笑个不停，好一会才停下，他回头看了袁影一眼，微笑着说道："我没笑她，我笑的是你们。"

李文虽然是个板寸头，但是人长得精神利索，一笑更是阳光开朗，帅气逼人。

袁影心跳骤然加剧，幸好她在之前的搏斗中弄得灰头土脸的，不然一定会被李文瞧出她脸红的。

见袁影不说话，朱信还以为她委屈了，急忙怼回去："我们有什么可笑的，你不认为林靓强大得像个神吗？！"

回忆起天空中的那一眼，李文收敛心绪，郑重道："她确实很强，但这种强是她不懈努力争取到的，没有人天生是神。"

朱信还想说些什么，可在场的人并不都和他一样没眼色。看出气氛不对的王日凯给了朱信一拳，江初紧接着捂住他的嘴，气得朱信两眼圆睁，呜呜着要说些什么，但王日凯和江初都陷入了自己的思绪中，完全没注意到朱信这边的滑稽样子。

天空上的林靓此刻摸了摸鼻子，感觉到似乎有人在念叨她。

她和刘旭已经很接近坐标点了，映入眼帘的是一片平原，根本看不出军火库在哪儿。

林靓的对讲机传来"沙沙"的声音，刘旭的声音模糊而遥远："坐标准确吗？"

林靓调了一下对讲机，一本正经地说："在战场上，你要相信你的队友。"

被噎了一下，刘旭也不生气："如果他们没有调走，可能会有地对空导弹。"

林靓看了眼雷达，说道："不需要，拦截我们的人已经到了。"

仅仅几句话的工夫，刘旭就看到蓝方的飞机了。

即使隔着遥远的距离，又戴着头盔，林靓也能认出，飞在最前面的那个人就是江宏！

江宏同样认出了林靓，不过他强行克制住自己激动的心情。在战场上，他是听命于上级的军人，一切以命令为先！

两方飞机在空中相遇，林靓对刘旭做了个手势，刘旭会意，立刻加速，迎面而上。

早就有所准备的蓝方飞机立刻想要制住林靓，江宏却发出命令："这不是林靓！应该是她的队友！"但他不知道是刘旭还是袁影。

就在这犹豫的瞬间，刘旭已经来到了他们面前。双方距离如此之近，他们看到刘旭单手比了个心，紧接着飞机就径直向下坠去，速度之快令人咋舌！

江宏怎么可能让刘旭成功接近军火库，直接说道："追！我去拦截林靓！"

这次有三架飞机来拦截刘旭，刘旭压力很大，可她的目标并不是军火库，而是那个正在和林靓纠缠的蓝方飞行员！

"刘旭，这个人是蓝方飞行员。"刘旭默默地对自己说道。只需一个身份信息，她的斗志便熊熊燃起。

于是刘旭完全不管那三架紧咬在她身后的战斗机，径直向江宏飞去。

　　林靓向后拉动操纵杆，飞机下降，在天空中划出一道圆弧，又绕过飞来的江宏，替刘旭拦截住那三架飞机。

　　"队长就交给你了。"林靓说着，飞机骤然加速向天空飞去。

　　三架飞机不可能都跟着林靓，其中一架飞去帮助江宏，另外两架则跟着林靓升高，企图逼迫她降低高度。

　　见林靓避开自己，并不打算正面交锋，江宏有些郁闷，便想要甩开刘旭去追林靓。刘旭哪会让他如愿，无论江宏怎样加速做出高难动作，刘旭都能紧随其后，完全不给他喘息的机会。

　　而另一架飞机虽然能跟上江宏，却无法形成合围之势来对付刘旭。

　　眼见林靓和其他飞机不断纠缠，江宏一时气闷，对后方队员说道："你看住她，我去牵制林靓。"

　　另一名队员也看到了林靓的操作，他的两名队友像猴一样被人戏耍，恐怕他们这边也只有江宏能制住林靓了，于是他急忙加速追上刘旭，让江宏得以脱身，抬高机头升高去找林靓。

　　一看江宏离开，刘旭立刻抛下另一名飞行员，故伎重施。180°下降翻滚，飞机再次向下直坠，奔着军火库方向而去。

　　刘旭这样一番操作，逼得江宏不得不迅速返回，以更快的速度下降，这才及时拦住刘旭。

　　"看来她是不打算放过自己了。"想到这儿，江宏真是哭笑不得，不知道是靓靓哪个室友，这么讨人厌！

　　刘旭才不管江宏怎么看待自己，她这么做的目的就是要把江宏引回来，江宏居然敢忽视她刘旭的空战技巧，哼哼，那他就必须付出相应的代价！

　　高空中，林靓见雷达中刘旭的飞机飞得有来有回，她便放心地开始针对起她身边的两架飞机。

　　虽然不想和对方进行高难度飞行作战，但这两个飞行员着实难缠，她已经被迫降低一个高度了。

　　J-10战斗机高度骤然下降，后方飞行员措手不及，为了跟上林靓速度，只好加速，而林靓等的就是对方加速这一刻！

　　机身180°旋转，左翼抬高，G数增加，机身大量过载，骤减的速度让蓝方两人措手不及，迅速绕过林靓冲到前面。

落后的林靓机身立刻下调，以90°向下俯冲而去。

其中一名飞行员看到这个惊得喊出声："她是人吗？这种动作也能做得出来？"

另一个紧接着还嘴："得了吧，她几个月前就能和张雨飞得差不多了，而且体能惊人，连做高难动作就是她的飞行特点。"

"队长快帮忙！林靓冲下去了！"

就这几秒，林靓已经下降到刘旭他们缠斗的高度了！

可江宏哪有时间去拦截林靓，刘旭就像个狗皮膏药，他飞到哪儿就跟到哪儿，完全无视另一架飞机。这又不是死斗，也不能做出太出格的事，旁边的飞行员只能干瞪眼。

收到这个讯息，那名拿刘旭完全没办法的飞行员立刻转头去找林靓，两架飞机以掎角之势相遇，他就不信林靓不停。

这种速度下林靓想要改变方向几乎不可能，为了避免出现机毁人亡的结局，她只能减慢速度。这就给了江宏机会！

江宏迅速将机头压低至地平线以下借此增加速度，虽然转弯半径增加，但紧随而后的高强势回旋迅速解决了速度所导致的角度问题，在刘旭还没来得及反应的情况下，江宏已经通过调整飞机角度甩开了刘旭。

就算刘旭后知后觉地跟上了江宏，也被拉开了一段距离。

林靓看到江宏驾驶战斗机赶来，便立刻掉头，转向北方飞行，她减慢速度，绕着刚刚拦截她的战斗机飞起来。

江宏知道林靓这是在替刘旭争取时间，他不可能给刘旭机会，便立刻将战斗机推力增大，想要飞到林靓前方。这在实战中无疑是作死行为，但在军事演习中却是减少地方速度的常见操作。

林靓加力，拉杆，机头垂直升起并瞬间倒转180°，一个完美的斤斗便展现在江宏眼前。还没等江宏惊讶，林靓已经绕过他向军火库方向飞去。

"拦住她！"江宏大喊，四架飞机同时俯冲想要拦截林靓！

刘旭终于赶上，看着飞来的四架战斗机，她眉头一挑："当我不存在？"

拉杆，刘旭的飞机斜着冲向江宏，按照她的计划，她的飞机应该是紧擦着江宏的飞机飞过。面对直接冲来的刘旭，江宏不敢怠慢，命令其他人去拦截林靓，自己则单独面对看起来已经不要命的刘旭。

实际上刘旭这个举动确实不要命了，她驾着飞机与江宏擦肩而过，两架飞机左右机翼碰撞，机翼直接损坏，机动受损，各自摇摇晃晃向下方滑去。

"队长！"

三名飞行员一惊，而在这时，对讲机里传来塔台声音："我方军火库已被摧毁。"

22. 远方飞行

　　蓝方基地中，林毅眯着眼，盯着下方作战图上的数据，半晌没有说话。

　　众人也感受到了莫大的压力，一片沉默，他们左看右看，最后把目光集中在指导员常胜林身上。

　　常胜林腹诽每次都要靠他来打破沉默，深吸一口气，咳嗽了一声，这一声在安静的作战室里可谓清晰非常。

　　林毅的眼神慢慢移到常胜林身上，缓缓地问道："四十有六的年纪已经会被口水呛到，老常你还是退伍吧。"

　　常胜林忍住想要骂人的冲动，在心中默念了几遍"不能生气不能生气"，然后指着屏幕上一连串数据回答："现在这处军火库已经报废，再留他们在那里也只是浪费资源。虽然江宏已经被淘汰，但他们也没有几架飞机可用了，不如集中力量再做打算。"

　　林毅怎么不知道他说的这些，不过是对己方王牌空中力量没有拦住林靓感到生气罢了。

　　他以前并不认为江宏会在战场上对林靓手下留情，可现在他也禁不住怀疑，爱情的力量真的那么伟大？

　　此时，战斗录制画面已经传递回来，众人精神一振，一个个睁大眼睛观看这场战斗。

　　空中相互角逐的六架战斗机仿若优雅的舞者，给在场众人带来非同一般的视觉盛宴。

　　蓝方空军负责人武程盯着林靓驾驶的飞机眼神发亮，结果一腔热血被林毅冷冷的一瞥吓冷了，只能摸摸鼻子讪讪道："我是在观察敌方仅剩的空中力量，嘿嘿。"

不再去看林靓秀操作，林毅点开操控板上的一连串坐标，开始下达进攻指令。

炸掉军火库后，林靓掉转战斗机想要飞回己方基地，可剩下三架敌军飞机非但没有撤退，反而进行了更密集的纠缠。

正当林靓疑惑时，蓝方战斗机才不甘心地从她身边飞过，向远方飞去。

"喂！我'阵亡'了，接下来就看你自己的了。"刘旭的声音从对讲机传来，伴随着窸窸窣窣的声音，想来是地面"回收"部队来接应她了。

林靓"嗯"了一声作为回答，可惜这时刘旭的对讲机已经被没收，听不到了。

回来途中，林靓接到总部指挥："林靓，空军基地已经不能使用了，请回总部休整，组织还有更重要的工作要交给你。"

原来军火库被炸毁后，蓝方攻势不但没有减缓，反而更加猛烈。被吓住的红方军火库负责人恨不得把实弹拿出来防备蓝方，生怕他们过来打劫。

红方总部认为，这是蓝方的垂死挣扎，于是便想把林靓召回，再调配到其他地点去执行任务。

林靓自然不知道总部在想什么，她现在按照总部给出的坐标飞回基地，思索着要如何在三架飞机的阻挡下执行任务。

云层翻涌，是林靓最喜欢的场景。这种高度给她带来了一种别样的宁静，能让她一直紧绷的神经放松下来。

雷达上显示林靓距离总部越来越近，忽然，一连串的光点出现在雷达东南角，只一下就消失不见。

可林靓确认不是她眼花，立刻向总部汇报："总部，我的雷达显示异常，似乎是蓝方的人。"

总部的人立即看了看屏幕上的数值，显示一切正常，便回道："林靓，记住你的任务。"

偏离航线，林靓向东边斜飞而去，减慢速度，果然在雷达最下方又看到了一个红点。并且行动速度非常快，仅仅几秒就又出现一个，让她不禁想起徐海的狼牙小队。

如果徐海这种人进入总部，那无论总部有怎样的防御措施，都如同薄纸一般，一戳就破！

林靓猜得没错，这支队伍确实是徐海的狼牙小队。而且这次徐海亲自上阵，配备了狙击手、狙击观察员、通信小组、医务兵和十名突击队员，林毅下达的命令是务必击杀对方总指挥。这也是徐海带了狙击手的原因，他们要留在外面针对可能到来的增援。

对讲机里还能听见总部因她偏离航线愤怒的声音，林靓干脆把对讲机摘掉，看着雷达中飞速移动的红点，掉转机头俯冲下去。

按照设定，她的飞机上悬挂了两枚对地导弹，刚刚用了一枚，正好把剩下那枚喂给这个小队吃！

"啪！"

红方负责人林岳佟猛地一拍桌子，对凌瑞寒吼道："这就是你看好的兵！战场上居然抗命！还敢取下通信设备！她眼里还有没有上级！"

凌瑞寒揉了揉差点被震聋的耳朵，笑了笑："呀，林靓就这样，你别生气啊，将在外，军令有所不受嘛，消消气。"

听了这话，林岳佟气得在屋子里来回踱步，要不是红方只剩这么一架飞机，他也不可能这么重视林靓。

好你个林毅，自己拿实弹炸我飞机，女儿又违抗军令，擅离职守，这一家子是要气死他吗？！

林岳佟用手指点了凌瑞寒半天，气得喘不上气，半天了才憋出一句："你教的好兵！"

凌瑞寒一愣，这和他有什么关系？

此时，徐海距离红方总部只有三公里了，他用望远镜观察了一下红方的情况，对狙击手说："修远，你先找地方安排好自己。"

姚修远点头，带着自己的观察手先一步离开了。

徐海以为，林靓她们此时还在与己方飞行员纠缠，而他们为了不让红方雷达发现，也早早地摘掉了对讲机，所以根本不知道红方飞行员已经在返航的路上了。

徐海做了个手势，小队立刻以他为首排成一排继续前进。

通信小组身上背着反雷达装置，这也是军演部给蓝方提供的装备——这是地球上最强的反雷达装置，哪怕是顶级的雷达在它面前也会失效。

而此时他们的装置一片安静，没有任何反常现象。现在他们距离红方总部只有五百米了。

徐海指示狼牙小队停下，又观察了一下红方总部，此时他已经能看到红方巨大玻璃后的凌瑞寒了。

"林岳佟呢？"

徐海正疑惑着，通信小组就告诉他反雷达装置已经安装完毕，现在红方的雷达已经失效了！

红方总部也发现雷达失效了，林岳佟看了眼凌瑞寒，发现这厮居然还笑得出来！

刚想发脾气，林岳佟就看到凌瑞寒一抬下巴道："总指挥，林靓回来了哦。"

林岳佟心中一喜，却忽然想到什么，脸又沉了下来。林靓回来是好事，可她的雷达也被屏蔽了，现在与瞎子无异！

等到林岳佟回头，他才知道凌瑞寒为什么怪腔怪调的。

透过巨大的防弹玻璃，林岳佟看到J-10机身流畅地划破云层俯冲而下，加速的推进器在云层中画出双旋涡的图案俯冲而下，直冲着总部而来！

雷达已经不能用了，可林靓还有眼睛，这种高度下她早早锁定了徐海一行人，径直向他们飞来！

忽然听到一阵机翼发出的尖啸声，徐海猛地一回头，正看到J-10战斗机俯冲而下，在后方推进器形成的旋涡加持下，仿佛外星人一般从天而降。

徐海他们连跑的机会都没有了，这种速度的战斗机人怎么可能跑得过！

"啪！"一道机械声响起，J-10战斗机上的电子设备显示油箱坏了。这种电子设备遍布飞机全身，目的就是为了提醒林靓飞机已经损坏，应该找地方迫降了。

但林靓是什么人？怎么可能在这个节骨眼儿上放弃？她心里清楚现在狙击手的枪应该瞄准了自己的头，林靓速度不减反增，居然在距离徐海头顶三米的地方飞了过去。

"嘀嘀嘀！"

电子音爆响，刺得总部中所有人不得不捂住耳朵。这是导弹"爆炸"后电子设备发出的警报。

徐海在一片刺耳的噪声中扯掉已经损坏的电子设备，看着斜停在不远处的战斗机哈哈大笑："林毅啊林毅，不愧是你的女儿！"

导弹爆炸成功，同时红方最后的飞机也报废掉了。不过这已经不重要了，蓝方最后的底牌——狼牙小队已经全部被干掉，其他地点也在红方不要命的攻势下尽数被毁。整个局势彻底扭转，红方获得了最终的胜利！

从飞机上下来，林靓看着朝她走来的徐海，也不担心他再动手。

看出林靓的放松，徐海哈哈一笑："林靓，你这一出不会是违抗了军令吧！"

林靓挑眉，没有正面回答徐海的问题："是我父亲让你来的？"

徐海靠在战斗机躯体上，说道："没错，红方的指挥官可是折在我手上无数次了。"

他又上下打量了林靓一眼，忽然说："我很期待以后能与你合作。"

林靓一怔，旋即失笑道："这点恐怕不能如你所愿了。"

23.追逐竞技

本来林靓是想看热闹的，可押送徐海的士兵们也把她押了起来，还给她戴了一副手铐。

用脚想都知道这是凌瑞寒的手笔。

这可是冤枉凌瑞寒了，他对这种事情没有处置的权利。下令给林靓铐手铐的人是林岳佟，理由是怕她违抗命令。

蓝方所有的俘虏齐刷刷地站成一排，人群中只有林靓戴着手铐站在那里，雄赳赳气昂昂的，一点也不像将要受惩罚的兵。

林岳佟看她这样子，被气得连想好的获胜台词都忘了。

倒是徐海笑嘻嘻地说道："哦，这不是我们的林岳佟嘛，输了十五次难得赢一次，现在心情如何啊？"

徐海似乎能激起林岳佟的生理性恐惧，听到声音都能吓一跳。

众目睽睽之下被特种兵队长吓得一哆嗦，林岳佟面子里子都丢光了，幸好在场的都是军人，也就只有徐海敢哈哈大笑了。

徐海仰天大笑，声如洪钟："哈哈哈，林岳佟啊林岳佟，你果然还是老样子啊，这几年来，一点都没变！"

其他狼牙队员习惯性地摇着头，努力把魔音甩出耳中。

凌瑞寒眼看情况不对，立刻抢在林岳佟前面问道："林靓，你怎么被铐了？"

他斜了眼就要发作的林岳佟，意思再明显不过。

这凌瑞寒没法帮她解开，一会儿老总就要到了，对于违抗命令的林靓，红方如果没什么处理措施反而说不过去。

还好林靓对自己戴手铐并没有什么意见，军人不听从安排就是要受罚的。

勉强制止了林岳佟和徐海的三岁小孩行为，凌瑞寒示意红方士兵押着所有的俘虏前往总部集合点，老总在那里等他们。

到了总部集合点，先开了一场冗长的表彰大会，老总说了一下红方取胜的艰难，着重批评了林毅用实弹炸飞机场的举动。而红方这边，光是听老总训斥林毅就已经很高兴了。毕竟林毅是军演场上的常胜将军，对阵红方时几乎没输过。

到了红方这边，老总看了一眼被铐住的林靓，嘴角勾了勾，也没管她，反而夸赞起林岳佟来，把他弄得都有些飘飘然了。接着又把红方各个部队夸了一遍，最后才说到空军。老总提到一定会给红方安排飞机和跑道损坏的补偿，又着重表扬了林靓临危不乱的作风，即使在雷达失灵的情况下也能精准投弹，保护了红方指挥部，至于不听命令，在如此大的功劳前，反而不值一提。

林岳佟被夸得早就忘了东南西北，哪还有心情去计较林靓的事。

看着面不改色的林靓，老总笑着问："不过检讨还是要做的，就趁现在说了吧。"

毕竟是阵前抗命，林靓没什么怨言，当即说道："此时此刻，我幡然醒悟，深刻反省我的错误。仔细回顾我的错误一共有几点，一是我的纪律意识淡薄，二是缺乏自控能力……"

一群人听着林靓在那儿巴拉巴拉说了一堆，都奇怪她是不是在违抗纪律时就想好了说辞，不然怎么说得这么顺。

老总本来带着笑意在听，时不时还瞥一眼林毅，可越听越不对劲，林靓的检讨已经深刻到恨不得自裁以谢天下了，急忙出声拦住了她："好好好，能深刻意识到自己的错误就好，检讨也已经做了，希望你以后不要再犯这样的错误了。"

林靓咂咂嘴，说得意犹未尽。

不远处李文看到林靓咂嘴，愣了一秒，忽地笑了。他觉得林靓太有意思了，这样的性格根本不像江宏说的是个闷葫芦，反而有点闷骚。

这样的性格还挺对他胃口的，李文想起林靓在天空中与他对视的那一眼，心跳骤然加快，一时间盯着林靓出了神。

江宏看到老总向这边斜了一眼，急忙小声提醒："喂！老总看到你了，你看什么呢！"

这声音如警钟一样敲醒了李文，他赶紧回过头来回答："没看什么，昨天晚上睡落枕了，脖子疼。"

江宏道："那也不能现在转头啊，回去我帮你按一按。"

李文敷衍了几句："嗯，好，麻烦你了。"

他怎么能忘记，林靓是江宏青梅竹马的女朋友！两人心意互通，家长也知道，如果不是林靓也进入军队，等她大学毕业两人就能结婚了，他怎么能惦记自己好兄弟的女朋友！

如果这不是大会，李文都想抽自己两个嘴巴子，哪还敢再看林靓，集中精神听起了演讲。

他不知道的是，站在林靓左侧的袁影早就注意到了他的视线。从她这边看去，李文的视线是正对着她的。袁影知道林靓有男朋友了，所以她压根没想过李文会去注意林靓，反而以为他看的是自己！

这两人心里头忽然都多了些说不清道不明的情愫，或是懊恼，或是羞涩。反倒是引发这一切的林靓，现在正在回想着她没念完的检讨书，还觉得说得不过瘾。

军演结束，双方人马各回各家，只有林毅被扣下来赔偿损坏的飞机。堂堂林总脸都黑了，不得不给自己老婆打电话。

于丽莲嫁给林毅后也认识不少军队里的人，军演结束就有人给她打小报告，说林毅炸林靓的事了，现在哪会管他。

没办法，林毅只能拿自己那点死工资赔给军队了，少不了还要自己上场维修飞机。

林靓没看到林毅的窘迫，不然她可得好好和江宏说说这个千载难逢的笑话。

回到大队的一行人又被张雨逮着开始训练，尤其是林靓。

虽然林靓违抗了军令，但她回来时，张雨却狠狠拍了拍她的肩膀："做得不错！不过检讨还是要做！"

这下林靓可来了劲儿，站在张雨办公室里念稿一样说了半个钟头，说得张雨头都大了，一连几天都没找林靓麻烦。

可李文这边就没这么欢乐了，林靓的那一眼已经深深地刻进了他的脑海中，每日纠缠着他，几乎成了午夜梦魇。如果林靓是单身，这完全没问题，可她是江宏的女朋友，认定的妻子，这让他怎么办？！

眼见李文一日日地憔悴下去，江宏还以为是军演的输赢影响了他，劝解道："我们只是输了一场而已，你不用放在心上，你看红方输了那么多次，下一次军演还不是生龙活虎的。"

李文现在最不想看到的就是江宏，结果他还坐在自己身边，用关心的眼神看着自己，这让李文心里更加难受起来。

李文把头靠在桌沿上，低着头闷声道："没事，这和输赢没关系。"

见他实在难受，江宏在他肩膀上拍了拍："今天天气不错，不如我陪你出去走走？"

江宏越关心他，他心里就越难受，意识里林靓的脸变得模糊，仿佛下一秒就要离他而去，却没想过林靓从来就不属于他。

躲开江宏的手，李文勉强笑了笑："好，管家婆，我自己出去散散心。"

看李文没什么大碍，江宏也放下心来，捶了他一拳："你才是管家婆，记得别让教官逮到你。"

李文哈哈笑着走了出去，可就在出门的瞬间，又变得没精打采的。

他……忘不掉，像林靓这样优秀的女生，一旦喜欢上，就很难忘掉。

想起之前江宏给林靓打电话，整个人都非常精神，幸福的气息溢于言表。虽然有时他会嘲笑江宏像个老婆婆一样天天絮叨，可他又何尝不羡慕江宏能拥有林靓这么优秀的女朋友呢。

按江宏的描述，林靓从不让他担心，无论多忙，只要能，就一定会接他的电话，发生什么事情都会和江宏解释清楚，除了会隐瞒自己的伤势不让江宏担心……

这些事情想得李文头都快裂了，迷糊间，他发现自己已经不知不觉来到了林靓所处的小队外。

李文一怔，顿时可悲地想：自己已经变成这样了吗？

他想离开这里，可又放不下林靓。也许可以借江宏的名头约林靓出来见一面，但见了面自己又能说些什么？明明两人一句话都没说过，只是自己一厢情愿罢了。

徘徊着，李文只听到一个清脆的女声叫他名字："李文，你来做什么？"

袁影刚从外面训练回来，正看到李文在那徘徊，心中又惊又喜，还以为李文是来找她的呢！

李文愣住了，下一秒脸上便带了喜色想要说些什么，可到了嘴边还是变成了："我……我只是路过而已，影响到你们了吧？"

袁影见李文笑了，心跳得更快了，脸红红地说道："没有没有，只是张教官一会儿回来，你要没什么事就快走吧，不然让她逮到你还要写检讨。"

听到张教官的名字，李文就猜到她们刚刚去训练了，鬼使神差地继续聊了下去："张教官要是知道你们背后说她是检讨书狂魔可是要生气的，小心她加强你们的训练强度。"

风趣幽默的李文让袁影更加移不开眼，笑道："哈哈，哪里会，张教官人很好的。"

两人你一句我一句地聊着，时间慢慢流逝，李文却始终没看到林靓的身影，只能遗憾告别了袁影离开。袁影却很兴奋，进一步确认李文应该是喜欢她的，显而易见的开心都影响到了林靓和刘旭。

两人对视一眼，都不知道袁影到底遇到了什么事，同时疑惑地挠了挠头。

24. 醋意萌生

误会一旦加深，就很难解开。

袁影在自己的臆想里越陷越深，已经影响到平日的飞行训练了。

张雨不得不找来林靓和刘旭询问袁影的情况，可两人都是直来直往的性格，根本不知道为什么会这样，张雨什么都问不出来，心情郁结。

还好袁影和队内其他人关系也不错，张雨就又派陆雪梅和朱思彤去打听消息，结果也是什么都没问出来。不过朱思彤倒是从袁影的表情上猜到了一点儿什么，便偷偷跟她说了一些部队上的规定，还提醒她张雨已经注意到她的异常了，这才吓得袁影收了心。

而林靓虽然违抗命令，可她军演中优异的表现还是令上级非常欣赏，不由得觉得这样的士兵还让她待在新兵大队里实在有些屈才，老是惦记着要给林靓找些活干。

惦记林靓的不止空军上级，还有狼牙部队的徐海。撬走一个飞行员需要理由，但徐海不需要，他以"狼牙小队阳盛阴衰，不利于周易八卦稳定"为借口，向上级申请把林靓分到他们小队。

司令部被缠得烦了，给了消息，只要空军放人，林靓就能去狼牙小队。

让他去找林毅？就凭林毅对林靓的态度，不可能让林靓更进一步。在他的心里，狼牙小队就是最牛的。

徐海思来想去，决定去找张雨，只要张雨松口，把林靓调到狼牙小队也就一张纸的事。

敲响张雨的门，徐海大大咧咧地推门而入，一屁股坐在张雨桌上："张大美女，我来找你要个人。"

这话耳熟得很，听着和钟佑辰说的一模一样，张雨知道又是来要林靓的，不慌不忙地处理着手头上的事："怎么，你们狼牙小队需要空军支援？"

徐海听说过钟佑辰要人的事，没想到张雨也以为他是需要支援，忍不住笑出声："当然不是，我们狼牙小队通信小组会操纵无人机。"

张雨自顾自地把手头上的工作做完，支着头看向徐海："徐队长，你不会跟我说，让我把林靓调到你们狼牙小队去吧？"

徐海一挑眉，翻身坐到张雨对面的椅子上，试探性地问："你看，有没有商量的余地？"

张雨也笑了起来，伸手一指门口："慢走不送。"

就知道自己会铩羽而归，徐海也不气，慢悠悠地走到门口，又回头道："张雨啊，你是拿我当钟佑辰了？你可别忘了，我是徐海！"

话音刚落徐海就跑了出去，张雨瞬间理解徐海话语里的意思，下一秒就追了出去，大喊道："徐海你给我站住！你要对林靓做什么！"

他能做什么？他徐海做绑票的事也不是一次两次了，上次女兵里有个刺儿头一直不服管教被部队派去喂猪，他直接钻进部队把人绑出来，最后还不是成了狼牙小队的机枪手。

他徐海想做的事，还没有不成功的！

刘旭和林靓虽然是两个人一起击败了他的队员，可他最在意的还是林靓。明明没有接受过专业训练，还是能通过配合来击倒比自己强大的敌人。而且身体素质也不错，一定是特种兵的好苗子。

跑着跑着，张雨就追不上了。也是，她一个飞行员教官，怎么能比得上每天进行魔鬼训练的特种兵队长？

望着徐海一骑绝尘的背影，张雨不禁担忧，在更加强大的诱惑面前，林靓是否还会选择继续待在飞行大队。

没办法，张雨又去找了一圈儿，结果还是没找到人，因为徐海已经离开了。

张雨又防备了好多天，这才慢慢松懈下来。这件事她也没告诉任何人，每天依旧监督她们训练，日子过得很平静。

某天晚上，徐海偷偷潜进飞行大队，躲在了林靓回寝的必经之路上。

跟他一起潜进来的慕薇躲在暗处，小声问道："队长，我们这样做合适吗？"她是真的怕徐海把林靓敲晕带走，毕竟她就是这么进狼牙小队的。

当时她一睁开眼，就看到一群男的围着她说了句："你醒啦？"吓得她直接冲着其中最帅的那个打了一拳，那个人就是徐海。

徐海小声回答："怎么可能？林毅会驾着J-20在屁股后边追我的。"

这时，一个窈窕的身影出现在道路上，徐海立刻冲着慕薇嘘了两声："别出声，林靓回来了！"

林靓刚一走进这条路就感觉到这里的气氛不太正常，连虫鸣都听不到，四下一看，最后锁定两人藏着的灌木丛问道："谁？"

慕薇身形一顿，还没等她反应过来，就被徐海拽着走出了灌木丛，只听得徐海故作轻松地道："哦，林靓，你回来了？"

林靓上下打量了徐海一眼，道："徐队长，这里是飞行大队女兵宿舍，你来这里做什么？"

徐海上前一步，本想要揽住林靓肩膀套套近乎，却被林靓躲开了。徐海摸摸鼻子，心想就林靓这种防备程度，要不声不响地带走她非常困难，只好客气地问道："我军要组建一个女子特种部队，你要不要来参加？"

没想到是这件事，林靓犹豫了。在她心里，当兵只是她的第一步，之后要做什么兵种都可以。只不过林毅是空军，她想证明自己能比林毅强才选择了空军。但如果她能进入特种部队的话，也同样能证明自己。

一想到自己以后说不定能在军演上活捉林毅，林靓就感到兴奋！

但她并没有马上答应徐海，她知道自己有当飞行员的天赋，如果能在林毅最擅长的领域击败他，这对林毅的打击才会是最大的。

见林靓犹豫，徐海以为她是还需要一点时间考虑一下，再加上这里是女寝，被张雨发现少不了又给批斗一场，于是折中了一下："那这样，明天下午两点我们去最近的咖啡厅聊，你看怎么样？"

林靓答应了，她确实需要时间考虑一下。

徐海见目的已经达到，便愉快地哼着歌带着慕薇翻墙走了。

慕薇跟在徐海身后想了半天，最后才明白过来，她只是进入女寝的一个幌子，能让徐海被张雨发现后脱罪的幌子。想明白这个，她顿时气得想踹自己的队长两脚。

　　第二天下午两点，林靓准时来到徐海说的咖啡厅，看到徐海已经坐在那里了。

　　林靓在徐海对面坐下，开门见山道："你们狼牙部队不是有女兵吗？怎么还要组建女子特种部队？"

　　徐海悠然喝了口美式咖啡，看了林靓一眼："你要知道，很多任务女性做起来会比男性更顺利。而且按照特种兵的训练方式，除非是同级别兵种，不然一定是特种兵更占优势。"

　　这话说得没错，刘旭她们在军演中之所以能战得有来有回，都是狼牙小队手下留情的原因。不然按照特种兵面对敌人的出手方式，三招之内她们必败！

　　不过林靓经过一晚的思考，已经想好了以后的发展，她摇头拒绝了徐海："我是不会去特种部队的，但如果你需要我的帮助，我会跟上级沟通尽量从旁协助。"

　　虽然林靓拒绝了他，可徐海并没有放弃，他想，林靓既然能说出这番话，至少证明她对成为特种兵还是有想法的。有志者事竟成嘛，总有一天林靓会答应的！

　　这么想着，徐海心情愉快起来，还打算请林靓去吃饭。林靓怎么可能答应，但是她又打不过徐海，只能尽量委婉地拒绝他的邀请。

　　而窗外江宏看到的却是这番场景：林靓和徐海两人坐在一起，相谈甚欢，简直是郎才女貌，天造地设的一对。

　　他之前听说过徐海这个人，身为狼牙小队的队长，他整个人传奇的前半生简直可以套在任何兵王类小说的主角身上，而且毫不违和。不仅如此，他为人豪爽，性格开朗，与沉闷的林靓相得益彰。这两人坐在一起犹如两块缺了另一半的玉佩终于拼合成一个，让人看了就打心眼儿里觉得舒服。

　　就算他和林靓青梅竹马又怎样，他可是听队里人说过，青梅竹马打不过天降系！难不成在上次军演里徐海和林靓一见钟情了？

　　一对情侣从旁路过，那女孩儿似乎闻到了什么味道，扭头问身边的男子道："老公，你闻到了吗？好大的醋味儿。"

　　男子嗅了嗅："啊！确实！有人在做糖醋鱼吗？这用料也太足了吧！"

这句"老公"可着实刺激到了江宏那草木皆兵的神经，他甚至都能想象到林靓挽着徐海的手走入婚姻殿堂了！

前面那对情侣还在说着，突然就被江宏从中间撞开。女孩儿还没来得及埋怨，就看到江宏伸出手臂捂着脸跌跌撞撞地向前走去。

"哎？老公，醋味不见了。"

25. 更胜一筹

正如徐海所说，上级很快便调动各部队进行选拔，挑选出了一批优秀的女兵组成了一个女子特种部队。因为都是各部队的精锐，在配合上就出了很大的问题。

精锐，说白了就是一群顶尖的人，从来只有别人配合她们的份儿，没有她们屈就的时候。就好比林靓，在飞行训练中，张雨也都是按照林靓的身体素质和飞行技巧来指定刘旭和袁影的训练内容，更不用说其他兵种。

这就导致了这一群人聚集在一起后谁也不服谁，三天一闹五天一打。如果不是有徐海在，局面可能会更糟糕。

不过徐海还是很有自己的办法的，他在专门为她们准备的雨林基地中对女兵进行了高强度训练，整整一个月没让她们休息，这下所有人都没有精力闹事了，反而开始抱怨训练强度，像当初的王璐璐一样瘫在地上动不了了。

可惜徐海不是张雨，一只手就把瘫在地上的女兵拎了起来。女兵也不好直接驳他面子，干脆和徐海大眼瞪小眼，无声地向他抗议起来。

回想起当初这些女兵一个个兴奋的样子，徐海真是气不打一处来，抬脚就踢飞一个纸篓子："就你们这个鬼样子还想当特种兵？！回基地去种田养猪算了！"

被踢飞的纸篓擦着脑袋飞过，钱右咽了口唾沫，说道："队长，这样下去也不是办法，不然就真让她们去养猪？"

徐海瞪了他一眼，钱左钱右是两兄弟，但身为弟弟的钱右脑袋怎么都不如钱左，徐海都怀疑他们妈妈生育时是不是把智商都分给了钱左，只能恨铁不成钢地解释："养猪？！上级让我尽快交差！难不成上级要结果时直接把你和猪一起交上去吗？！"

钱右又不是真傻，知道队长在骂自己是猪，只能挠挠头认了。

尽管狼牙小队是特种部队，没有重大任务几乎不会出手，但平时依旧很忙，徐海现在已经是分身乏术了。思前想后，徐海忽然想到林靓，听说林毅之前对她的训练完全不弱于特种兵，甚至有过之而无不及！如果真是这样的话，不如把她叫来帮他训练这群女兵。

想到就做！徐海二话不说直接去了飞行大队，跑到张雨大队的女寝就要把林靓带走。

此时，林靓正在被陈翰文魔音灌耳。

分开的时间太久了，沉浸在训练里的林靓都忘了她还有这么个发小，晚上接到电话时还以为有人打错了。

大洋的另一头，陈翰文揉了揉太阳穴，头疼地问道："林老大，你把江宏怎么了，他怎么哭鼻子了？"

林靓愣住了，从小到大，江宏接受再怎么强度大的训练，受再严重的伤，他都从来没哭过，而且江宏受了委屈第一时间找的居然不是她，而是陈翰文！

无形的愤怒在小小的寝室里扩散，刘旭敏锐地裹好自己的小被子，装作什么都不知道似的蒙头大睡。然而这种愤怒似乎顺着电话信号一直传递到另一头的陈翰文身上，让他昏昏沉沉的脑子骤然清醒过来。

虽然不知道林靓为什么生气，但见过她生气后果的陈翰文不禁有些害怕，又转念一想，道理明明就在自己这边，便结结巴巴地质问道："你……你是不是做什么让他生……生气的事了？不然他为什么会跟我说你最近不理他！"

陈翰文越说越觉得自己理直气壮，不由得在客房床上挺直了腰板："你说说你，进了军队怎么了？能耐了！是不是喜欢上别人抛弃我们江宏了！我告诉你……"

"啪！"

电话挂断，陈翰文对着空气干号了两声，又不敢再打过去，自己也不知道之前那股劲儿怎么来的，现在泄了气，心肝胆肺如坠冰窟，他不由得开始为自己的将来默哀。

江宏给陈翰文打电话的目的其实也是给林靓透透口风，看她会不会来询问自己的状况。至于哭鼻子，只是他这两天感冒而已。结果他不仅没等到林靓的安慰，还得知林靓跟徐海一起去狼牙部队了。

一时间江宏觉得天都塌了，脸色苍白地坐在椅子上，李文进宿舍时看到的就是江宏这副生无可恋的模样。

最近他就感觉江宏不对劲，还以为他家里出了什么事情："呃，江宏你怎么了？"

江宏非常机械地把头转过来，声音沙哑地回答："林靓跟别的男人跑了！"

李文惊得大声喊道："什么？！"

可他又转念一想，如果林靓真的抛弃了江宏的话，是不是说明自己有机会了？

他急忙把这个念头从脑子里甩出去，又问道："你怎么能这么说，你和林靓在一起这么多年了，还不相信你们之间的感情吗？"

不是不相信，这可是他亲眼所见！

这一刻，江宏真觉得自己要哭了，他像抓着救命稻草一样抓着李文寻求帮助："李文，你说我该怎么办？"

李文觉得很尴尬，但总不能和江宏说"嘿，老兄，我可帮不了你，我心里也惦记着你的女朋友呢"，他感觉江宏要是听到这话，能立马休克去。

李文最终只能祭出江宏那天跟他说的话："今天周六，不如你出去散散心？"

江宏固执地非要拽着李文一起去，一边走一边说道："我们可是好兄弟，你一定要帮我分析分析！"

听到这句话，李文在江宏身后苦笑着摇摇头，心里想道：什么好兄弟，我现在一点都不想做你的好兄弟。

难得的休息日，大街上人来人往很多都是男女朋友，李文和江宏这两个高大的男人走在一起顿时显得有些格格不入。可惜两人都各怀心事，没注意到这点小尴尬。

江宏本身就话多，再加上心情不好，就变得格外絮叨："小林经常说，青梅竹马打不过天降系，这个徐海就是彻头彻尾的天降系！他借着军演的机会勾引了靓靓，还不让靓靓做飞行员，把人拉到特种兵营去了！孤男寡女的，他格斗技术又高，万一他对靓靓做什么不轨之事靓靓都没法反抗！"

李文听得头都大了，这都什么跟什么，又不好怼回去，只能劝解道："你想多了，徐海是想让林靓去给那些女兵做体能训练指导，这也经过张教官的同意了。至于勾引，江宏你是对你的外貌没有信心吗？"

江宏确实没有，林靓身边的情况太多了，他不得不防啊！

还想说些什么，江宏忽然直勾勾地盯着一个地方不走了，李文奇怪地顺着他的视线向左望去，就看到徐海和一个女生有说有笑地走在一起。

暗叫一声糟糕，李文还来不及拉住江宏，就看到江宏如一支离弦的箭般冲了出去，一脚把徐海踢倒在地，紧接着骑在他身上就左右开弓地打了起来。

即便对徐海来说江宏就是个小菜鸡，可外出陪女友的他正是完全放松的状态，根本没有想到有人会无缘无故地冲上来打他，一时防备不及，脸上实实在在地挨了几拳。

被打的时候，就听到身上那个男人一直在骂他"花心大萝卜""人渣""脚踏两只船"诸如此类的话，听得徐海和他的女朋友都蒙了。

幸好此时李文赶了上来，架着江宏把他拉开了，不然按照徐海的性子，江宏那满口牙保证一颗不剩。

好容易消停了，一行人来到饭店里坐下，江宏拿冰袋敷着伤口，急吼吼地把一连串的事全都秃噜了出来。

徐海简直是哭笑不得，咧开嘴又会牵动伤口，只能僵着张脸解释道："你个小娘炮，还配喜欢林靓？她眼瞎了才会看上你。"

他女友踢了徐海一脚，不好意思地对江宏笑笑："他就这性格，你别介意啊，这件事我知道，我和你说。"

徐海女友耐心地解释了五分钟，江宏和李文终于知道了事情的始末。江宏的脸霎时间红成了猴屁股，真是恨不得找个地缝钻进去。他连连鞠躬道歉，又是给徐海赔不是，又是要请他们吃饭，弄得徐海他们都有点不好意思起来。

徐海也不是小心眼的人，知道江宏是爱之深，也就接受了道歉，不过饭还是要让江宏请的。

不过吃饭的时候，徐海专门看了李文几眼。他的直觉骗不了人的，这个李文绝对喜欢林靓！这就有意思了，两个人一个寝室，居然还喜欢同一个女人。啧啧啧，林靓真是罪孽深重啊！

26. 游刃有余

徐海归队后那鼻青脸肿的样子自然早就被林靓注意到了，但林靓对他的伤势没有兴趣，也压根不打算开口询问，但徐海哪里忍得住，早就把江宏做的事情抖个一干二净。

林靓听了忍不住叹了口气，这都什么跟什么啊！

林靓不得已给江宏打了一通电话过去，想要解释一下。江宏这边则终于等到林靓迟来已久的安慰，脆弱的玻璃心得到了莫大的安慰，高兴地缠着林靓聊起天来："靓靓，你现在在特种部队还好吗？你好久没受过特种训练了，能挺得住吗？"

其实林靓还好，经过前三天的适应期后，她第四天就游刃有余了。接下来就是每天对那些女兵进行体能训练，如果碰到有女兵不服气的，还要替徐海出手教训一下这些刺儿头。

她觉得这些没必要让江宏知道，便只是回答："嗯，很好，比起我之前的强度还算可以。"

在一旁偷听的李文不禁有些心疼，特种兵每日的训练严苛到令人发指，而林靓居然说比起之前的强度来说只是还可以？！那她之前接受的是什么样的训练啊？要知道她才十八岁啊！

不过江宏是不会怀疑林靓的，他就是陈翰文口中那种很好哄的男人，只要听到林靓没事就安心了："那就好，前几天伯母给我打电话让我照顾你，可我们每天的训练强度都很大，我俩也见不到面，你还不给我机会照顾你……"

江宏巴拉巴拉地说着，林靓就耐心地听着，反正在徐海的领导下，只要她完成了今天的任务，其他的事情徐海便不会强求，她能拿到手机的机会也多了很多。

这边李文却如坐针毡，江宏每一句话都听得他心如刀割，这证明了林靓对江宏的在意。之前和袁影聊天时他才知道，原来对不在乎的人，林靓是半句话都不会说的，见都不会见一面。

那是不是证明，自己就是林靓不在意的人之一呢？

日子一天天地过去，林靓除了训练每天都在和江宏煲电话粥，过得平淡而有滋味。而徐海这边也乐于见到林靓一直待在特种部队，万一哪天林靓就改变想法了呢？

可惜好景不长，张雨来电，徐海接了之后只能垮着个脸找到林靓，满心不情愿地告诉她，她得回飞行大队了。

林靓自然想要回去的，她已经有一段时间没有进行实机飞行了。每次跟徐海提这事，他都避而不谈，实在让林靓头疼。

直升机载着林靓向飞行大队飞去，林靓望着如巨兽般盘踞在地面上的飞行大队，心中激动不已。而袁影和刘旭也都知道林靓今天回来，特意驾着战斗机在直升机附近盘旋。袁影还在林靓旁边减速，对着她招手让她过来。

林靓真是哭笑不得，她怎么过去，电磁弹射飞过去吗？

直升机落地，林靓刚下飞机就被张雨打了一拳："好小子，还知道回来？"张雨都要被吓死了，还以为徐海真的把林靓扣在狼牙小队了。

许久不见，就连张雨的脸都显得格外亲切，林靓也难得好脾气地回答："哪能啊，不管怎么样，我都是要回到张教练的怀抱的。"说完立刻张开双臂要抱张雨，吓得张雨立马躲开，心想徐海是不是把他的痞气传染给了林靓，之前那个闷葫芦去哪儿了？

张雨下午直接安排了林靓实机飞行，还加长了飞行时间让她好好适应一下。

林靓有些好奇张雨让她回来的原因，如果不是事情特殊，徐海是肯定不会放手的。

晚上吃饭时，张雨队的十个兵难得地聚在了一起。成清婉她们也很好奇为什么要叫林靓回来，九双眼睛不约而同地集中在了陆雪梅身上，希望从这个"消息通"嘴里知道点什么。

见所有人看向自己，陆雪梅淡定地擦了擦嘴，把碗筷放好，挺直腰杆，眼睛四处乱瞟，就是不说话。

王璐璐用胳膊肘捅了陆雪梅一下，急道："你少给我拿乔了，你还想不想要我的会员来看电视剧了？"

面对赤裸裸的威胁，陆雪梅也不敢再装腔作势，便坦白道："其实也没啥大事，就是大学毕业之后学校开始给宿舍安空调了而已。"

原来一年一度的亚太飞行员交流活动即将开始，要选出三十名精英奔赴E国学习交流，参加军演。只不过今年的选拔规则完全改变了。

之前都是上级通过每个人在队内的表现直接敲定人选，后来发现有些好苗子被他们自己筛掉了，这次才改成了在全国 21个飞行大队中进行公开选拔。

听完这些，王璐璐往椅背上一靠，扫了眼林靓三人，嘴里嘟囔道："没戏咯没戏咯，我还以为能去 E 国看帅哥呢。"

袁影很尴尬，她的综合成绩不算是队内中上等，之所以能参加之前内部比赛完全是沾了林靓的光。而按照陆雪梅说的，这次亚太军演势必也是有默契能协同的人才能去，只能是林靓、刘旭和她了。

但这也是没办法的事，其他七个人都看过她们三人在天空中飞行编队，这种默契确实叫人不得不佩服。

不过这次是公开选拔，除了林靓她们，应该还有其他队的人一起参加。虽然她们都认为林靓很强，可这次要遇上其他队的精锐，莫莉她们还是替袁影捏了把汗。

袁影你可要加油啊！

袁影忽然觉得背后有好多双眼睛。她不明所以地转头一看，就发现周婷她们正齐齐用一种"你要加油"的沉重目光盯着她看，忍不住打了个冷嗦。

第二天，张雨才跟众人说了亚太交流的事。这下，众人对陆雪梅的消息来源产生了好奇，这人怎么比张雨还厉害？

虽说是公开选拔，但其实还是从最顶尖的一批人里头选。根据上次对内比武的结果，林靓、袁影和刘旭自然属于入选之列，其他队内也各自挑选出了最顶尖的飞行员来参加选拔。

这次和之前的内部比赛有所不同，除了031飞行大队外，还有011、021、041等其他部队的飞行员一起选拔。比赛第一项是笔试，以飞行理论和时事政治为主。第二项则是实战操作，分为三个小项，分别是个人飞行技能、实弹进攻以及紧急迫降。

所有人都把视线集中在了林靓身上——飞行技能哦，这不是给林靓送分吗？

蓦地，林靓也感到肩负重担。一时间，最轻松的反倒成了刘旭，反正她无论何时都对自己有着谜之自信，这点连林靓都佩服她。

张雨队人选确定下来后，其他队也陆陆续续定下人来。

二队的队长王宁洲带领王日凯三人早就离开了031，也不知道他这么早要去做什么。三队队长王阳手下便是江宏、李文和明逸林。一队还是老样子：朱信、陈林和时英泽。只不过这次钟佑辰不知去了哪儿，把队员撒下了交给张雨管。

好家伙，一队成员终于知道为什么林靓她们那么强了。自从跟着张雨队开始训练，他们才知道魔鬼霸王花这个称号是怎么来的。第一天陈林就受不了，坐在地上看一群女兵从他旁边跑过，冲向十米高的攀岩墙，翻过墙之后便两两一组开始自由搏击。

这是飞行员训练？你仿佛在逗我。

这确实不算是飞行员训练，一系列的操作都是林靓从狼牙小队那儿搬过来的。张雨也觉得不错，可行性很高，就给大家用了。

女兵们没什么意见，怎么训练都是训，锻炼一下其他能力也很好。

于是一队的三个大老爷们被迫和王璐璐她们一起打架，还打不过，自尊心受到了严重打击。

而除了体能训练外，还有飞行训练。由于他们要参加亚太交流活动的选拔，张雨默认他们归到了林靓那队。结果他们仨天天看着林靓在天上秀操作，从一开始的惊呆到后来的麻木，最终不由得产生了自我怀疑。

我们能赢得过张雨队吗？

时英泽拍了拍朱信的肩膀，竖起大拇指说道："相信自己，不是还有笔试吗！"

　　一听到笔试，陈林和朱信忽然有了动力，埋头在屋里看起书来。看得刘旭直摇头：时事政治啊，要自己发挥的，光看书有什么用。

27. 不辱使命

自屋外经过，周婷摇了摇头，语气里带着同情："可怜的袁影哦。"

屋内，袁影和一队朱信他们一样，埋头看着书，这个状态一直持续到他们来到选拔地都没有停止。

上级为这次的选拔准备了非常大的场地，还新建了宿舍楼，看样子是要一直延续这种选拔方式了。

"哦，终于用上新玩意儿了。"刘旭自言自语，还戳了戳袁影。

可惜袁影一直都不在状态，对刘旭的骚扰置之不理。

刘旭自讨没趣，无聊得四下乱瞅，忽然瞥见了江宏，奇道："这不是江宏吗？说什么呢这是？"

听到江宏的名字，林靓和袁影同时抬起头来。林靓是想知道江宏在和谁说话，袁影则是想看李文在不在江宏身边。

另一边，江宏正在和一个身材壮实的男人说着些什么，也听不清。林靓倒是听江宏提起过那个男人，他叫明逸林，是一直和他们配合飞行的飞行员，特别喜欢看动漫。

这种选拔里也没什么大人物来，等人全部到齐了之后就被各自的队长领回宿舍去了。

这次都是四人宿舍。一开门，扑面而来的装修味道刺激得刘旭直咳嗽。

张雨说道："好了，你们自己在这里听从安排就好，我要回去了。如果你们没能去亚太交流，就等着回去的训练吧！"

张雨每次都这么说，她们三个都习惯了，袁影只能回答："一定不辱使命！"

听到袁影这么认真的回答，张雨不禁失笑，她捏了捏袁影的脸，说道："好一个不辱使命，那你们加油吧！"

目送张雨离开，三人迅速放好自己的行李，袁影准备出门看看，林靓和刘旭则想在宿舍里等消息。

袁影便自己出门了，她本想去看看训练场，却不知不觉地来到了男寝附近。这里的看守都很严格，她也没法靠近，只能遗憾地准备走开。

"袁……影？"

一个疑惑的声音自背后响起，袁影猛地一回头，果然如她所想，看见了李文的脸，她又是高兴又有些结巴地说道："啊，是……是你啊，大热天的你出来做什么？"

说完才意识到这话听起来很蛮横，袁影不由得闭嘴，暗自懊恼自己不会说话。

李文倒觉得没什么，笑着回答道："我去看了看训练场，布置得非常好，飞机似乎是林总修的那批，看起来很新。"

听到训练场和林毅的名字，袁影忽然知道自己要和李文说些什么了，兴致勃勃地说："林总修的？那你可得好好跟我说一说了，林靓一定也感兴趣。"

林靓两个字一出，李文就像打开了话匣子一样滔滔不绝地说起了关于林毅的事，两人便干脆找了个阴凉的地方聊了起来。

而林靓这边已经在和刘旭研究新下发的通知了。

第一场笔试时间定在七天之后，每个人都发了一套题作为参考。此外为了防止飞行员们考前临时抱佛脚，总部派人来二十四小时监督所有人的作息，坚决杜绝这种现象。而且这场比试是以大队全体成绩的平均分作为考核标准，只要有一人不合格，整个大队的人便全体淘汰！

刘旭挠挠头，看着题库上密密麻麻的字，有些头大："林靓，这玩意儿你会？"

林靓点头，看着这摞厚厚的A4纸，发现里面的内容写得很有意思，当即和刘旭一起读了起来，还时不时给刘旭点出重点。

两人思路一致，对于题库的理解差不太多，为了避免出现答案重复的情况，刘旭还专门把自己的答案和林靓的一一比对，改掉了类似的部分。

日头西斜，两人终于把题全部看完了。

刘旭伸了个懒腰，打着哈欠问道："袁影呢，怎么还不回来？"

林靓这才想起屋子里少了个人，转了转酸痛的脖子说道："她说她要去看训练场，不会迷路了吧？"

刘旭哈欠刚打到一半，听了这话顿时呛住了，咳了好几声，说道："不能吧，飞行员方向感都很强的。她应该是被什么事情绊住了，不然这都三个小时了，她早该回来了。"

两人正说着，只见袁影推门而入，脸上还带着掩饰不住的喜悦之情，还没来得及说话呢，就被两道审视的目光看得汗毛倒竖。

她本能性地退后一步："你们怎么了？我身上有什么脏东西吗？"

是个人都能看出她的不对劲，一想到文件中的内容刘旭就生气："出去这么长时间没回来，你知道我们考试的文件已经发下来了吗？"

袁影一怔，没想到文件下达得这么快。但她担心的不是自己的考试，而是她是否影响了李文的学习。

这太不对劲了，林靓心沉了下去，她觉得应该给袁影好好强调一下这次考试的重要性。

看完文件，袁影才紧张起来。她完全不知道这次选拔居然这么严格，本以为在屋里看看书就可以了，没想到居然有这么厚的题库要看。

她不知所措地抬起头，问道："这我都不会，我该怎么办啊！"

看到袁影慌了，刘旭心情好了一些："你放心，我们会给你做辅导的，你之前看了多少？"

想起之前看的东西，袁影更觉得和题库里的内容对不上，心里更慌了，简直要哭出声来。

林靓和刘旭想法截然不同，袁影应该是出了什么事，不然不可能是现在这个状态，现在应该先问清楚她这段时间到底发生了什么。

林靓有了主意，便说道："这样吧，我们去找031大队的队员轮流给你补习。正好我们两个的时事政治也不太好，大家一起讨论也有利于之后的笔试。"

刘旭想了一下，觉得只要不是她辅导就成。毕竟文件上只说不让他们开夜车恶补，没说不许他们一起学习。

而这边，接到文件的朱信一行人也觉得这东西很难搞，还要被二十四小时监督，这下连临阵磨枪都不行了。

二队的韩荣看了一下午题库，只觉得头都大了，答题还是完全没有思路。王日凯更是在床上铺满了 A4 纸，一副在题海中畅游的架势。

"丁零零……"

铃声响起，众人才知道已经到了吃晚饭的时间，想起待会儿还要被监督，心里更是凄惶，觉得这样的日子仿佛地狱。

食堂里没多少人，能从服装上看出是哪个部队的。011 和 041 的女兵正在一块吃饭，看到林靓三人到了，冲她们热情地打了声招呼，邀请她们过来一起吃饭。

一般社交这种事都是靠袁影出面，这次也不例外，她很快就和那些女兵打成一片，还替林靓和刘旭阻挡了不少试探性的询问。

林靓坐在饭桌一角，暗中观察着袁影的反应，她看上去似乎和以往没什么不同。

刘旭夹了口菜，问道："你在看什么？那几个女兵里有你认识的人？"

林靓摇摇头，用下巴朝正在叽叽喳喳说话的女兵们点了点："我是觉得袁影最近不对劲，所以才说让大家都帮着她补习。现在我们代表了 031，不希望出任何差错，你也不想费尽心思考完试，结果因为一个人的不合格全队遣返吧？"

"遣返"两个字着实吓到了刘旭，嘴里的肉都掉了："这绝对不行，你放心，我会发挥我五倍的实力来辅导她的，务必让她过关。"

总算搞定了最难搞的人，林靓舒了口气，接下来该去找江宏他们商量一下了。

送餐盘的时候，林靓对江宏说了明天一起补习的事，江宏自然答应下来，还说会帮她去游说其他人。

目的达成，林靓拽着还想和 011 部队的人聊天的袁影回了寝室。

这边十点就熄灯了，平时十一点才睡的三人根本睡不着，本来还想聊聊天，结果被查寝的女督察一嗓子吼安静了。

袁影本以为这就是最差的情况，可第二天她发现，噩梦才刚刚开始。

28. 严阵以待

第二天凌晨五点半，袁影被刘旭从被窝里提溜起来，一条浸了冷水的毛巾"啪"地拍在她脸上，人顿时清醒过来。

还没等她抱怨，林靓便迅速帮她把被叠好，又打开窗，让大戈壁的风呜呜地吹进来，这下袁影连睡回笼觉的心情都没有了。

她只好自觉地收拾好自己准备看题，结果又被刘旭脱了睡衣换上训练服，领到了自习室。

袁影推门一看，发现031部队所有人都到了，见她来了都齐刷刷地盯着她看。袁影吓得全身汗毛倒竖，那点儿看到李文的喜悦也被抛到九霄云外，缩在门口任凭刘旭怎么拽都不进去，挣扎着要回寝室。

到底还是林靓出手，铁臂钳住袁影摆动的双臂，和刘旭一起押犯人似的把人押了进去。

袁影事后不禁懊恼，今天就自己这德行，以后还有什么颜面出现在李文面前啊。

而现在，袁影一心只想冲回寝室，什么呀，三堂会审吗？她只是想要以补习的名义和李文亲近，而不是在清晨六点的自习室里被一双双眼睛盯着背题！

林靓才不管她在想什么，把人带到后就示意大家各背各的。

没那么多人盯着，袁影的身体逐渐放松，一直钳着她的刘旭这才放开手说道："好了，大家都是来背题的，你怕什么。"

袁影脸都绿了，这是背题？不知道的还以为你们要行刑呢！

完全忘记这个犯人就是她自己的袁影又不敢声张，只得嘟囔了几句就开始背题。刚背了几句，就见刘旭凑过来，贱兮兮地问道："小影啊，有什么不会的吗？我教你啊！"

听到这个称呼，袁影都要吐了，一把推开刘旭靠近的大脸："你要是想让我好好背题，就离我远点。"

不理会耍宝的两个人，林靓坐在窗边翻看了两遍题库，发觉这题库中有些不对劲的地方。

她看了眼江宏，决定在吃午饭的时候和他谈谈这件事。

而袁影经过刘旭一上午的狂轰滥炸，哪里还想得起要和李文说话，脑中只剩下"工作方针""调查研究""运用典型"等一系列题目，就连吃饭的时候，嘴里都念叨着："深切落实……领导我军……"

朱信看到刘旭仿佛看到了他们的队长钟佑辰，好可怕的政治人才！照这样灌输下去，袁影应该不会像林靓说的那样不及格了吧。

结果一顿饭下来，袁影就把上午背的东西全忘了。

"你一上午的知识就饭吃了吗？！"刘旭都不敢拍袁影的脑袋，生怕再拍就变傻了。

袁影也很委屈，一早上的填鸭式教育根本无济于事，这种机械式记忆法她能记住就怪了，答题还是要根据理论衍生出自己的东西，她脑袋空空，哪里做得到举一反三？

刘旭气得七窍生烟，恨不能立马冲到林靓面前告诉她，这人她没法教了。

一看袁影现在的样子，其他人也意识到问题的严重性，开始轮番上阵教她背题。

朱信找了张纸，写了一些能让袁影自主辩证的题递给她，温和地说道："你要不试着写写看？"

二十分钟后，朱信收了袁影的答案看起来。众人只看到朱信越看越快，脸色却越来越难看，还时不时抽动一下嘴角，捏着 A4 纸的手越来越紧。

朱信做了个撩衣袍的动作，来到林靓身前："恕在下无法传授小姐任何知识，是在下无能，在下只能以死谢罪！"说完起了个戏曲里武生前行的范儿，走到自习室角落开始捂着脸笑。

　　对朱信时不时抽风已经习惯了的时英泽坐在袁影身边，看了眼她自己标注的重点，实际上都是对的，就是不知道她为什么不会结合时事政治写出自己的东西。

　　又是二十分钟过去了，时英泽的脸色也变得奇差无比，想笑又不敢笑的模样和朱信如出一辙。不过他倒是没和朱信一样犯病，只是对林靓摇了摇头，表示自己无能为力。

　　这袁影就奇了怪了，怎么就教不会呢？

　　之后陈林以及二队的所有队员都尝试引导袁影，但每一个教到最后都是脸色古怪，韩荣甚至还一副"原来如此，受教了"的表情，让林靓不得不上前看看袁影到底写了什么。

　　众人都是队内的精英，出的题目比起题库也差不了多少。可看看袁影写的答案，又觉得其实众人皆醉，而袁影独醒。

　　比如朱信之前写的"在飞行途中，出现情况应如何处理"一题，袁影的答案只有两个字：跳伞。

　　林靓倒吸一口气，难不成之后的题袁影也是这么答的？心里有种不好的预感，林靓急忙向后翻了几页，果然无一例外，上面写的都是非常直白的答案。

　　譬如"关于某某局势，写出你的观点"一题，袁影的观点只有两个字：打呗。

　　又譬如"若任务中飞机油快用完了，如何与僚机配合，等待加油机到来"一题，袁影的回答也很简单：先打了再说，要不然等死吗？

　　诸如此类。

　　林靓瞬间觉得头大，江宏看到她表情凝重，便上前看了袁影的答案，顿时哭笑不得。

　　江宏心想，这哪是当代军人能写出来的东西，难道袁影上政治课都在睡觉吗？也不知道袁影这种直线型思维是什么时候形成的，可一旦形成，就不好掰回来了。怪不得其他人都是一副想笑又不敢笑的样子，若真的笑出声，也太打击袁影自尊心了。

　　江宏忽然想到什么，走到李文身边道："你教教袁影吧，不然我们背也白背。"

知道他是想和林靓相处，李文心中苦笑，嘴上却一口答应："好，我尽力。"

李文走上前，林靓还在袁影身边站着，李文嗅到林靓身上有一股好闻的香气，这让他有些微醺。

李文压低声音，用只有他们三人才能听到的声音打趣道："怎么，林靓你喷了香水吗？"

林靓一愣，没有多想，回道："没有。"

林靓言语之吝啬让李文心凉，他也不再问林靓问题，转而去辅导袁影了。这倒是让袁影很高兴，一直愁眉不展的她脸色也好了起来。

林靓却察觉到了袁影心情的变化，心中顿时了然。

原来是因为李文。

忽然，林靓觉得自己看李文顺眼多了。这个男人一直跟在江宏身边，吃穿住行都在一起，这是林靓想都不敢想的事，居然被李文捡了个大便宜。

有时林靓在想，如果她是男性，是不是就能一直和江宏待在一起了。可惜也只是想想。

林靓走回窗边，伸手抬起刘旭的下巴让她看向袁影那边。刘旭眼睛忽地亮了，满脸八卦地看看袁影，又看看林靓，看到林靓点头确认之后更兴奋了。她着急地问道："哎，你说他们两个能成吗？"

林靓摇头，小声道："他们两个心意相通，不过要三年后才能公开。"

在李文的带领下，袁影终于能学进去一些了。刘旭则像老母亲一般看着袁影学习的身影，心里特别欣慰，她终于不用在吃饭的时候都思考怎样才能让袁影学进去一些了。

有了借口，袁影更是明目张胆地缠着李文不放，还号称只有李文教她，她才能听进去。

听闻此言，大家会心一笑，默契地一起离开了教室，好让他俩有更多时间单独相处。只有李文望着林靓和江宏离去的背影闷闷不乐。

就这样过了两天，袁影虽说思考上依旧直线条，但写出来的终于不再是简单的几个字，而是完整的段落了。

第三天，袁影心里还盘算着能和李文再相处两天，结果当天晚上，只听一阵清脆的哨音划破夜空，紧接着女督察就来到女飞行员寝室说了一段话——"考试提前，改成明天一早，请诸位早点休息准备考试！"

29. 蒙头作战

袁影一下就慌了神,她还没学完题,这一下就考试不是要了她的命吗？!

刘旭心里更慌，第一考大家是一个整体，只要袁影拖了后腿，大家都跟着完蛋！

现在是十点整，林靓打开门探出头去，没发现任何人才转头说道："今天晚上晚睡，给袁影恶补知识。"

再平常不过的"临时抱佛脚"行为，对于现在的林靓小队来说却像特务作战，刘旭决定在门口把风，而林靓打开手电筒给袁影补习。

藏在被窝里，袁影从未和林靓靠得如此近。可这时候哪还来得及害羞，再不努力学习明天大家就要滚蛋了！

翻看袁影今天的答案，比起昨天好了很多，只是拓展方面写得不是很好。林靓也不知道她天天晚上看《新闻联播》都看到哪儿去了。

确实，袁影天天晚上集体看新闻时都在看李文，哪知道每天时事都讲了啥。

林靓把袁影心中所想猜得八九不离十，不禁想捶她几拳，让她清醒一下。

不过现在也没办法了，林靓只能捡近三年发生的大事讲解给她听。

两人声音压得很低，又蒙在被子里，就算在门口的刘旭都听不清两人说的是啥。再加上戈壁风大，伴随着呜呜的风响，刘旭才不信外面的人能听到屋里在开小灶。

到了十点半，女督察的身影出现了。刘旭见了急忙轻手轻脚地关上门，又拍了拍林靓两人，自己翻身上了床。林靓也迅速回床蒙被，不到三秒，三人就装出了一副熟睡的样子。

透过窗户，调暗的手电扫过整个寝室，看到三人已经睡着，女督察点了点头，走向下一个房间。

袁影松了口气，刘旭快速起身来到门口，贴着门看到督察就着手中微弱的灯光向下一个寝室走去，就对两人挥了挥手。

补习继续，所幸袁影这次集中了精力边听边记，林靓的讲解简洁明了，两人的进度非常快。

刘旭有些困了，林靓和袁影弄出的窸窸窣窣的声音成了她的催眠曲。她额头抵在木头门上，眼睛困得眯成了一条缝。又看了眼时间，已经晚上十一点了，她准备再站岗半小时就回去睡觉。

然而过了二十分钟，已经在迷蒙中的刘旭忽然听到有人说话，一开始以为是林靓和袁影，就想回头让她们小点声。结果门外一道光打过来，刺得刘旭猛地清醒了，她睁开眼睛，发现竟然是女督察回来了！

这次回来的不仅有女督察，她身边还有另一个人正在小声地说着什么，刘旭定睛一看，原来是021部队的女飞行员。

她赶紧回身敲了敲林靓的脑壳，急道："021那帮作精来了！快想办法！"

林靓镇静地一巴掌把袁影摁倒在被子里，手电筒却没关，又把散乱的题库归拢到桌子上，随即和刘旭一起躺下装睡。

此时，女督察已经走到拐角处，还能听到021女飞行员的声音："督察，那个叫袁影的得知提前考试，一定会连夜学习的，这种事我怎么能骗您呢？"

"听听这个狗腿子的声音！"刘旭想着，翻了个身。

这一幕正巧被门口的督察看到，她顿时相信了021部队的话。

督察"咚咚咚"敲了几下门，说道："好了别装睡了，我都看到了。"

"你看到个屁！"刘旭咕哝着揉着眼睛起身，睡眼蒙眬地去开门。实际上整个寝室也只有她睡了一小会儿，装得最像。

门被打开，刘旭堵在门口不耐烦地问道："干吗呀？先是说明天考试，现在又来打扰我们睡觉，你们什么意思啊？"

被质疑的督察根本不吃刘旭这套，滑头的兵她看多了，岂是刘旭三言两语就能打发的？

督察推开刘旭进入屋内，先去查看了放题库的位置，三摞A4纸整整齐齐地摆放在桌上，虽然能看出翻看的痕迹，但绝不是短时间能收拾好的。

林靓也不再装睡，伸着懒腰起身，无辜地问道："怎么了督察？明天不是考试吗？"

督察瞥了林靓一眼，转身去看一直没起来的袁影："醒了还不起来？"

手电筒还在被窝里亮着呢，袁影哪儿敢起来，只能露出个头说道："白天学了太多，脑细胞都用完了，现在只想睡觉。"

而021部队的徐静怡一边探头探脑一边说道："你白天学那点够吗？以你那智商不得晚上补习啊，说不定你被子里还有题呢！"

听闻此言，再加上袁影一直不起床，女督察伸手就要掀开袁影的被子检查一番。

刘旭一看就急了，脑中闪过无数念头，忽然看到徐静怡倚着门框想要进屋的样子时急中生智，一个扫堂腿直接把人撂倒。

"砰"的一声，巨大的声响在督察身后响起，她缩回已经碰到被子的手，转身去看发生了什么。

林靓自然不会浪费这么好的机会，立刻把被窝里的手电筒关了掏出来放进背后的衣服里。督察听到后面有声音立刻扭头，只看到掀被起来的袁影和开始挠后背的林靓。

督察检查了一下摔倒在地的徐静怡，问道："怎么了？"

刘旭还没开口狡辩，徐静怡就"哎哟哎哟"地叫唤起来："督察，她打我！"

督察面带怀疑地看着刘旭，刘旭一点儿也不心虚，直接怼回去："你自己摔倒了还赖别人，谁不知道你021之前一直被我们031压一头，就因为这天天找031的麻烦，督察你别信她！"

督察狐疑地在两人身上扫来扫去，一时拿不定主意。她刚刚在徐静怡身上检查过，除了摔伤之外确实没有其他伤痕。再加上021部队和031部队确实一见面就掐架，最近几天就连吃饭都不在一起，也就信了刘旭的话。

"好了，你们两个别闹了，快回去睡觉。"折腾这一圈督察也累了，开始后悔参与进这场莫名其妙的争斗中来。

徐静怡被督察带走时恶狠狠地瞪了刘旭一眼，而刘旭则毫不在意地做了个鬼脸。

这下她也不敢睡了，老老实实地开始站起岗来。

一直到凌晨三点，林靓才觉得袁影学得差不多可以应对考试了。而这时的刘旭早就靠在门上睡得昏天黑地，还是林靓抱她回到床上去的。

袁影一沾枕头就睡死了过去，林靓熬了这么久反而不困了，硬逼着自己睡了一个小时，睁眼才凌晨五点。

林靓轻手轻脚地洗漱完毕，又坐在桌前帮袁影画出了些必考题目，这才把两人叫起来。

刘旭一脸蒙地坐在床上，颇有些不知今夕是何夕的味道。而袁影则精神多了，往脸上拍了点凉水就坐起来继续学习。

林靓看了眼天色，拿过题库不再让袁影看了。距离考试还有两个小时，再看也没有用了。

三人来到食堂，011 到 041 部队的人早就聚在一起了，一改之前的热络，都只和自己部队的人在一起吃饭，气氛非常压抑。

林靓和刘旭觉得没什么，倒是袁影有些不习惯，毕竟她之前一直和 011、041 部队的人吃饭。

食不知味地吃完早饭，一行人来到考场。这考场非常大，单人单座还加了隔板，否则以这些飞行员的视力即使隔了两米也能看到别人卷子上写的是什么。

林靓前面坐着朱信、江初和袁影，正后方坐着李文。刚到考场，林靓便看到朱信在那儿抖腿抖得整个桌子都在颤，江初则低着头嘴里不知道在念叨着什么，袁影看似镇定，实际上困得头一直在点，注意力完全不集中。

哦豁，完蛋了！

众人这样想着，监考官已经到了，她把手里的牛皮纸袋放到桌上，对大家露出一个似笑非笑的笑容来："好，我们的考试开始了。"

众人原本就不安的心一下子蹦到了嗓子眼，接过卷子的一瞬间袁影就蒙了，这和题库上的不一样啊！

实际上这些题目确实和题库内容搭不上边，题库只是迷惑众人的手段而已，目的只是为了考查心态和临时应变的能力。

还好袁影不是笨，只是不懂得变通而已。

这样想着，刘旭紧张地开始答题。虽然这些题目很简单，但也不是一时半会儿能答完的。

林靓率先交卷，在走廊外等待其他人出来。

"这不是林总女儿吗？这么快就交卷了，恐怕也没答几道题吧。"阴阳怪气的声音响起，果然是021那群人考完了试，闲得无聊开始找碴儿。

按照林靓的性格又怎么会搭理她们，021部队的人也不在意，依旧不依不饶地在林靓旁边说着关于考试的事。

门又开了，这次出来的只有李文。031又出来一个，021的人依旧冷嘲热讽了一番。

"砰！"

巨大的声响传来，吓得021的人回头去看。原来是李文打开窗户才发出了这么大的声响。

李文微微一笑，说道："怎么，吓到你们了？"

这笑容非常恐怖，021部队的人咽了口唾沫，急忙走开了。

李文叹了口气，正想把窗户关上，就看到林靓正在看他，不由得拘谨地一笑。

而林靓只是对他点了点头。

30. 垫底出局

等全部人考完已经十一点半了，袁影是最后一个出来的。

这段时间林靓是度日如年，可对于李文来说却是如此之短，恨不得再回去考一遍。

看到袁影出现，刘旭上去就是一个爆栗："你咋最后一个才出来，到底考得怎么样啊？"

见刘旭急得家乡话都说出来了，江宏跟着笑了笑："你别催她了，补习了这么久，一定没问题的。"

话虽说得信心满满，实际上江宏也没太大把握。

袁影深吸一口气，似乎想把积压这么长时间的晦气全部吐干净一样："我……我感觉考得还可以！"

朱信亲切地拍了拍袁影的肩膀，笑着说道："这就行嘛！及格万岁，我们去吃午饭吧！"说完，笑嘻嘻地搂着袁影向前走去。

大家都很快乐，林靓也就没说什么丧气话。

中午吃过饭，成绩就下来了，袁影果然是擦着及格线过的，给她感动坏了，埋到林靓胸口就开始哭。

刘旭和江宏暗叫不妙，两个人上前，江宏去拽林靓的衣服，刘旭则拉开哭哭啼啼的袁影。

这如释重负的样子可不能让021部队的人看到啊。

还没等刘旭给袁影擦干眼泪，021那三个作精果然过来埋汰袁影了："这成绩确实得哭，但凡差一分你们031的人就都得滚蛋！"

刘旭一把将袁影拽到身后，上下打量了徐静怡几眼，嘲讽道："哟，这不是我们徐大美女吗，又被人拿来当枪使了？昨天晚上没摔够啊，戈壁滩这么大，小心被人扔出去喂蚊子！"

"你！"

徐静怡明白过来自己确实被当枪使了，但这脸不能丢，上去就要和刘旭动手。

林靓眯起眼睛看着身前的徐静怡，刚要上前一步就被一旁笑而不语的女人挡住了去路："你，是林靓。"

本来是疑问句，却被她说成了陈述句。

林靓低头，正视眼前这个女人。

她个头不高，身材匀称，能看出下肢非常有力量，应该练过腿法。虽是中等姿色，却因为知性显得人很温柔。

林靓见她没再说话，便径直绕过她拉住了徐静怡，而刘旭仿佛能猜到林靓会阻拦一样，根本没打算和徐静怡动手，一直只是忽左忽右地躲闪着。

徐静怡挣扎了半天，手腕还是被林靓牢牢抓住，她愤怒地回头吼道："抓够了没有？！"被这么多人看到，丢脸死了！

林靓听话地瞬间撒开手，徐静怡一个趔趄，还没等她站稳，就看到林靓从她身边经过，看都没看她一眼。

看热闹的人逐渐散去，徐静怡扶着墙站好，回头就看见陈丽媛一直盯着林靓远去的背影。

暗道一声不好，果然，下一秒一个嗲声嗲气的声音传来："媛媛，你在看什么啊？"

徐静怡鸡皮疙瘩起了一身，哪还管得上是不是一个队的人，慌张地说道："那什么，孙小曼、陈丽媛，我中午吃坏了肚子，先走一步。"

没管慌张离开的徐静怡，孙小曼一直看着陈丽媛的背影，而陈丽媛最终被盯得无奈，回头说道："是那个在红蓝军演中声名大噪的林靓，你不是也听说过她吗？"

孙小曼毫不在意地挥挥手："这有什么！传得神乎其神的人多了，到最后还不是败在你手里。放心，媛媛你就是这一届空军里最强的人！"

这种恭维话陈丽媛听她说得太多，一开始还会解释，现在只是笑笑不说话了，因为她觉得这种无用的吹捧毫无意义。

不过这些林靓她们都不知道，回到寝室就睡得昏天黑地，醒来时都不知今夕何夕，要不是江宏给林靓打电话叫她吃饭，一寝室的人都忘了吃饭这茬。

三个女人晃晃悠悠地来到食堂，袁影也懒得和其他部队的人寒暄，老老实实坐在那里吃饭。而林靓总感觉到一双眼睛锁定在自己身上，让她心烦意乱。

袁影戳了戳林靓，不耐烦地说道："这人是谁啊，怎么一直看着你？"她袁影都没一直盯着林靓看，这人这么痴汉吗？

林靓摇摇头："是不重要的人。"

袁影转念一想，也对，如果是林靓在乎的人，也不至于和她一句话都不说。

休息了三天，上级终于又发布了关于第二场考试的通知。

第二场考试考查的是个人飞行技能，考虑到时间问题，本次考核双人同时进行，各自展示飞行技能。

这次安排倒是很合理，而且都是实飞，也不能像笔试一样出幺蛾子，袁影也能放下心来。

现在全国从011到051一共五大战区，共21支飞行大队，就算双人飞行也要飞三天，为了留给选拔成功的人回去训练的时间，上级决定第二天立刻考核。

"又是第二天！"刘旭气愤地在寝室里摔摔打打，感觉再不训练体能她身体都要发霉了。

林靓和袁影一如既往的安静，袁影觉得就算她比不过林靓、刘旭这个级别的飞行员，飞个中等成绩还是可以的。

可往往事与愿违。

第二天飞行排名，袁影被排在中段。这本来是好事，能让袁影放松一些。可林靓看到同飞的人员名单时，眉头不自觉地皱起。

孙小曼是和徐静怡同寝的人，也是021部队的精英。据朱信探听来的八卦，似乎很崇拜陈丽媛，并不停地在她身后追赶。

"啧啧啧，陈丽媛可不像你关照袁影一样关照孙小曼哦，孙小曼这女人已经钻牛角尖了，不管怎样都想让陈丽媛看到她。"朱信摇头对林靓说着，语气中颇有些同情，似乎感叹好好一妹子咋就疯了。

而现在看到孙小曼的名字，林靓立马十分警惕，郑重其事地对袁影说道："上天之后你一定要小心这个人！"

袁影一怔，随即想起孙小曼是021部队的人，以为林靓说的是这个，旋即让林靓放心："没事，在天上她不能拿我怎么样。"

林靓还是不放心，这下就连刘旭都看出不对了，笑着说她和江宏在一起时间太长，被传染得婆婆妈妈起来。

事实证明，林靓并非杞人忧天。

当看到袁影和自己同一组时，孙小曼一阵惊喜。这个袁影是和林靓一组的，据说还是林靓手把手教出来的，如果自己能在天上打败袁影，那陈丽媛或许就会高看自己一眼？

这股兴奋劲儿一直持续到两人同时飞天，两架J-10战斗机并驾齐驱，在空中互不相让。

原本以为袁影只是沾了林靓的光，没想到她还真有两下子，孙小曼不由得开始重视起这个看似柔弱的女人来，在空中慢慢靠近正常做着动作的袁影。

下方的刘旭看出不对，一把抓住林靓的手臂，喊道："那个孙小曼要做什么？！"

林靓都听到刘旭咬牙的声音了，可现在两人都在天上，她也没有办法："你要相信袁影。"

这话连林靓自己都不信。

另一侧021部队的人看到孙小曼的举动，自然清楚她要做什么，其中一人哈哈笑道："这个袁影可要倒霉咯！"

其他人跟着附和："确实，在空中被孙小曼缠上的人没有好下场！"

刘旭气得牙痒痒，要不是有督察等人看着，早冲上去和他们干上了。

韩荣也很生气，虽然他讨厌林靓一行人，但现在031是一个整体，怎么能让021的人欺负到头上来，他便愤愤道："也不知道是谁，刚刚在天上连斤斗都做不好，飞机驾驶得像个八十岁的老人家！"

021部队的人刚在天上输给韩荣，这会儿又被他嘲讽一番，脸上自然有些挂不住："你！"

"好了，胜负已分，别吵了！"督察看到031和021的人就头疼，没有一刻不在吵架的。

听到这句话，两队人马立刻向天上看去，正看到孙小曼驾驶的飞机别了袁影的飞机，弄得她连动作都没法做完。

朱信一指天上："这也可以？！"

明逸林拦住朱信，小声道："上级没说不能阻拦对方做动作。"

第二场考核的内容里确实没这么说，而且看督察的样子也没打算做阻拦，031部队的人一时沉默下来。

而021部队又开始耀武扬威："这么逊，不如让她退役吧。"

袁影刚下飞机，就听到了这句话。

孙小曼紧跟着降落，神清气爽地看着陈丽媛，结果对方连正眼都没看她一眼，只是一直盯着林靓。

这时，她才感觉到一道危险的目光紧盯着自己。身为军人的警惕性让她立刻回头去看，正对上林靓那双充满愤怒的眼睛。

督察看出情况不对，立刻出声宣布道："031部队袁影动作不合格，淘汰！"

此言一出，021部队像打了鸡血一样兴奋，袁影则立刻红了眼眶，不断小声说着对不起。

空气仿佛凝固了，所有人都看向场地中一言不发的林靓。陈丽媛眼睛立刻亮了，这让孙小曼更加气闷。

她从来没有用这种眼神看过自己！

31. 视作劲敌

孙小曼的气愤太过明显，021部队的人都注意到了，可陈丽媛就跟没看到一样继续看着林靓。

此时林靓反而冷静下来，袁影被淘汰是既定的事实无法改变了，不过并不代表021部队就没事了。

经过短暂的休息，下午比赛继续进行。

林靓并不是首飞，可和她同飞的021部队男飞行员却感到一股莫名的压力。

很快到了林靓，她神色如常地登上飞机，等J-10起飞后众人才看出不对。

徐静怡惊得下巴都快掉了："她这是什么速度？！"

陈丽媛一脸惊艳地看着林靓驾驶的飞机，而在她身后，孙小曼浑身散发着冰冷的气息，吓得021其他队员躲得远远的。

"这你们就惊讶了？更高难度的还在后面呢！"刘旭和韩荣仰着头，尾巴都要翘到天上去了。

这句话听得陈丽媛是满心期待，而林靓接下来的操作也果然没让她失望。

孙小曼针对袁影之前已经做完了自己的一套动作，而林靓完全把021部队的队员当作自己炫技的道具，刚刚上天没多久，就驾驶J-10围绕着他飞起来，完全不给他做任何动作的机会。

被阻挡的J-10只能水平飞行，稍微有一点动作，林靓就会挡住他的去路，让他回归到林靓为他设计的"正轨"上去。

地上众人只能看着林靓胁迫着对方在天空飞行，031的队员们可算出了一口气，韩荣挑眉看着脸色奇差的孙小曼道："不会吧，这就急了？我们林靓可还没拿出十分之一的实力来呢，和你比都算欺负你！"

听闻此言，陈丽媛眼神灼灼地盯着韩荣问道："真的？这还不是她十分之一的实力？"

韩荣被盯得头皮发麻，躲避着陈丽媛的目光含糊地说道："那是自然，你问这个干吗？反正你也比不过。"

此话一出孙小曼上前就要揍韩荣一拳，被陈丽媛及时拦下："如果是真的，那也要比了才知道能不能比过。"

而林靓此时已经完成了飞行，正驾驶战斗机飞回基地。

下了飞机，林靓和往常一样回到031队员身边，对所有的赞叹和质疑声习以为常，仿佛没有听到一样，也只有面对江宏的夸赞时才会笑一笑。

虽然扳回一局，可021和031部队的争斗也进入白热化阶段，下一场明逸林上场后，021部队的队员还想学孙小曼故技重施。可明逸林是什么人，同江宏、李文一起出过不知多少次拦截任务，岂是021部队的人能够阻拦的。

041、011和051俨然成了吃瓜群众，在下方看得津津有味，还时不时点评一下，让孙小曼更为火大。

等到第一天比赛结束，021淘汰了三个人，此时的朱信几人像斗胜的公鸡一样昂首挺胸地离开了赛场。

孙小曼跟在陈丽媛身后，想不明白为什么她做得这么好，陈丽媛还是只关注林靓，难道是因为林靓长得比她好看吗？

两人之间的气氛太过诡异，徐静怡完全不想掺和进去，早早跑到011女兵宿舍里唠家常去了。

陈丽媛把林靓在天上的操作复盘了几遍，这才注意到身后跟着的"怨念集合体"，开口说道："怎么，你还以为自己做得很好？"

孙小曼心想，难道不好吗？她可是让跟林靓一个编队的袁影淘汰了，为什么媛媛还这么说她？

于是她便不服气地回道："为什么？为什么你只看着林靓？我做这一切都是为了021啊！"为了你啊！

"为了021？"听到这句话，陈丽媛都被她气笑了，"真是为了021，你就不应该使诈让袁影落败。现在结果你也看到了，031的队员就是比021

的队员强，哪怕在后边的比赛里你用不光明的手段把他们都淘汰掉，这一事实也不会改变！"

"我……"

孙小曼心里委屈非常，她真的是为了021好，媛媛为什么这么说她！是林靓，都是那个林靓！如果她不在，那媛媛的视线就会一直停留在自己身上了！

孙小曼的表情都写在脸上，太过明显的憎恨让看到的人无不胆战心惊。陈丽媛对此也没有什么好办法，也不知道孙小曼是什么时候变成这种性格的，只能稍微劝阻一下："这种事以后不要再做了，不要让021部队因你蒙羞。"

可惜，孙小曼在乎的永远不是021部队。她想要的，自始至终只有陈丽媛的注意。

从小到大，林靓碰到数不清的人要跟她比这比那：小时候比玩具，比家世；上学时比身材，比成绩；到了031部队，比的又是体能和飞行技巧。

可以说她长了这么大，遇到过形形色色的人为了各种各样的原因把她视为对手。唯独这个孙小曼，她实在看不懂她为什么要和自己比。

无处宣泄的怒火化成一道尖锐的目光集中在林靓身上，就连刘旭也觉得孙小曼有病："她怎么了，都把袁影淘汰了她还想要做什么？"

开玩笑，能针对林靓的只有她刘旭，这孙小曼算个什么东西？！

李文知道陈丽媛的事，她作为021部队最顶尖的飞行员之一，会对林靓感兴趣那是再正常不过了。不过这个孙小曼是真的不对劲，即使对陈丽媛过度崇拜，也不能恨林靓恨到这个份儿上吧，况且陈丽媛还没和林靓比过呢。

朱信贼兮兮地靠过来，问道："哎，你说那个陈丽媛要是输给你了，孙小曼会不会气得像个河豚一样一戳就爆啊？"

一想到那个场景，几人便一起笑出了声。

只有林靓不觉得好笑，像孙小曼这种人是非常危险的，极端到这个程度，恐怕什么事都做得出来，她不得不提高警惕。

林靓的警惕性高到刘旭晚上睡觉时发现，林靓居然穿得整整齐齐地躺在床上，面朝上。按照朱信的说法就是，睡得很安详。

也不能怪林靓过于警惕，孙小曼对林靓的恨意已经超过了对军人纪律和荣誉的重视，她甚至想过暗地里解决掉林靓的事。

可她也知道，如果使出一些肮脏龌龊的手段，陈丽媛会更看不起她。于是她只能埋头在被窝里咬着枕巾，暗暗发誓要在天空中打败林靓。

这样一来，孙小曼便没了纠缠陈丽媛的时间，这让陈丽媛松了一口气。

她才不管孙小曼是怎么想的，只要不来纠缠她，怎样都行。

第二天是011等其他三个部队的笔试，031部队的人也去了，不过他们是为了观察其他大队飞行员的素质。而陈丽媛却没去，因为她的上级给她下了死命令。

"你是我们021大队的希望，务必要赢过林靓，争取到去亚太交流的机会！"

这是她的教官刘虹玉说的话，还给了她很多林靓的资料，031部队内部比赛、军演上与李文的缠斗，甚至和张雨比试的那段视频都有，准备得相当齐全。

陈丽媛知道刘虹玉和031部队的张雨有过节，于是想要拿自己和林靓作对比，但她不在意，因为她也想知道，自己和林靓到底孰强孰弱！

其实011、041和051部队里优秀的飞行员也很多，不过陈丽媛都没把他们放在心上。她有着绝对的自信能胜过其他人，而被她视为劲敌的只有林靓一人。

在研究林靓时她发现，林靓身体素质极佳，能够承受连续高空动作时造成的影响。她猜想林靓一定没经历过黑视这种危急情况，如果能让林靓有身体上的消耗，那么她在天上时一定会出现黑视，手忙脚乱。

那如何才能消耗林靓的体能呢？

思来想去，陈丽媛才想起她的跟屁虫孙小曼。按照孙小曼目前的心态，她肯定想要在天空上打败林靓。如果孙小曼能对林靓造成哪怕一点点影响，对她都是有利的。

一直被陈丽媛念叨的林靓打了个喷嚏，左右看了看，又摸了摸鼻子。

怎么感觉有人一直在念叨自己？

32. 勇争第二

经过上一轮的比拼，参赛人员只剩下 54 人，之前淘汰的人相继离开了，赛场显得冷清许多。没了袁影，刘旭和林靓就像没了调和剂，相处起来总有一丝别扭的感觉。

不过这种别扭感没多久便烟消云散了，因为第二轮飞行比赛来了。

这次比赛是实弹投射，通过第一轮的人再次被分成两人一组，两架飞机同时起飞，向指定靶场九个标记处投弹。每架飞机上携带五枚炮弹，谁的弹着点多，算谁获胜。

规则看似简单，实际操作起来并不容易，再加上孙小曼开的好头，后续比赛中每一组都会去干扰对方。在严重干扰下，战斗机想精准投弹不是那么简单的。

看着远处山峰上画好的投弹点，江宏和李文对视一眼：到了他们擅长的领域了。

而王日凯他们倒是有些郁闷，定点投弹一直是他们的弱项，王教官训了多少次都改不了他们的臭习惯，这下可要被淘汰了！

031 部队里忽然刮起一股不正常的风，四个小队开始较起劲来。

刘旭也察觉到了这种不正常，但她没往自己部队内部竞争这方面想，倒是觉得要和孙小曼好好比一比。

这人一直盯着林靓想找她麻烦，是不把她刘旭放在眼里吗？

抽签时，刘旭双手合十祈祷上苍，什么玉皇大帝如来佛祖通通求了一遍，就希望和孙小曼抽在同一组。

功夫不负有心人，当孙小曼拿出签，说出刘旭的名字时，刘旭就差鼓掌欢呼了。对上孙小曼不屑的眼神，刘旭脸上露出一抹冷笑。

"好小子，敢看不起我，有你好果子吃！"

她们出场顺序排在第四位，刘旭站在原地看着天空中和041队员竞争的韩荣，忽然听到耳边传来说话声："我看你还是弃权吧，我可不想看到你和那个袁影一样哭鼻子。"

刘旭扇了扇空气，皱起眉头和王日凯等人说道："你们闻没闻到，好大的臭味啊。"

又以一种疑惑的口吻对孙小曼说："你不会口臭吧？这么大的味道不会招苍蝇吧？"

孙小曼下意识地哈一口气闻了一下，还在疑惑没有味道的时候，忽然反应过来自己是被刘旭耍了，刚想发脾气又被刘旭一句话堵了回去。

"得，你还上头了。咋的，嘴那么臭还得意啦？"

此话一出，051和011部队的人都不约而同地笑出声来。而一向严肃的林靓面无表情地看着前方，可颤抖的身体还是暴露了她。

孙小曼气得连话都说不出来了，还是陈丽媛替她解的围："应该是你在厕所待的时间太长，自己身上的味儿吧。"

此言一出，正在傻乐的刘旭嘴一撇。孙小曼则非常感激地看着陈丽媛，眼神中还带着欣喜。

陈丽媛不想被这种眼神看着，稍稍挪动身体。如果不是需要孙小曼去针对林靓，她才不想管这种小孩子吵架的事情。

督察眼看着这群人在屎尿屁的道路上越行越远，急忙出声制止道："好了，少在这些无意义的事上起争端。"

有督察在，两方人马也不想把事情闹大，都是飞行员，自然是在天上见分晓。

很快便轮到刘旭两人飞行，进入飞机前，孙小曼忽然笑了："你说你要是被淘汰了，会不会和那个袁影一样哭得很惨？"

刘旭邪魅地一笑："恐怕到时候哭的就不是我了，小妞。"

第一次被同性调戏的孙小曼愣住了，等她回过神来想要还嘴时，刘旭已经在飞机中准备好了，还向她倒竖大拇指。

孙小曼气急败坏地戴上头盔，示意自己也准备好了，两架J-10并驾齐驱，飞向天空。

刘旭和林靓一样参加了这么久的变态训练，而且张雨对她的训练强度最大，身体素质自然不可同日而语。

她刚一驶出基地，战斗机便冲向蓝天，速度之快让孙小曼只能在刘旭屁股后边吃灰。

看出刘旭想要冲向其中一个投弹点，孙小曼立刻追上去，想要阻止刘旭。可刘旭忽然转了方向，飞向原本属于孙小曼的投弹点。

韩荣突然问道："是不是没说一定要在哪个点里投弹？"

王日凯点头："是的，按照要求，只要其中一方投弹多，就能获胜。"

这下所有人都知道刘旭要去孙小曼的投弹点投弹，而孙小曼为了追赶刘旭导致速度过快，无法对正下方的点投弹，错过了最佳时机。

等到孙小曼掉转机头飞向另一个点时，刘旭已经投弹完毕，完美命中靶心，孙小曼跟在她屁股后边不知要做什么。

"这是你教的？"陈丽媛的声音出现在林靓旁边，她似乎笃定地认为刘旭这一系列动作都是林靓给她补课才有的结果。不得不说，陈丽媛执拗的程度比起孙小曼真是有过之而无不及。孙小曼还会去研究其他飞行员，而陈丽媛只认准了林靓。

林靓觉得陈丽媛和孙小曼脑子都有问题，忽然有些同情起徐静怡来。相比这两位，只会挑事的徐静怡真是最正常的那个了。

抬头看天，刘旭操控J-10战斗机贴着孙小曼战斗机的肚皮飞行着，这种完全不把对方放在眼里的行为让孙小曼气得浑身发抖。

进入飞行大队这么长时间，她从来都没有受过这种屈辱！

由于刘旭的阻挡，孙小曼根本没有机会接近投弹点，而刘旭居然还有闲心来筛选投弹点，看哪个顺眼就投哪个。

"不要让021部队因你而蒙羞！"

这句话忽然回响在孙小曼耳边，她眼圈一红，加大推力，机头向左偏移，擦着刘旭的机翼飞过！

"哟，那个叫孙小曼的来脾气了啊！"

"再不来点儿精彩的我都要睡着了！"

"哎哎！你快看，刘旭又追上去了！"

041和051部队的人议论纷纷，而陈丽媛也看出孙小曼终于动真格的了！

两架飞机在空中做着桶滚式盘旋追逐，毫不相让。林靓无力地摇摇头，她看出孙小曼想要甩开刘旭，可刘旭在天上缠人能力一绝，要甩开她相当困难。

孙小曼确实想逃离刘旭飞机所笼罩的范围，她在一个180°下降翻滚后继续下降，几乎紧紧贴着地面向前飞去。

刘旭一时间没跟上，还真让孙小曼逃了出去。

虽然距离并没甩开多远，但对于现在的孙小曼来说已经足够了。

上升，航向迅速转变，她对着半山腰一处投弹点飞去，完美的俯冲后，投弹成功。

这是孙小曼第二次投弹成功，021部队的人都为她捏了一把汗。陈丽媛也看出来，刘旭这些完全不是林靓教的。在之前研究林靓时，她都是通过超高难度的操作克制对方，而不是用一个"缠"字消耗对手。

"不愧是和林靓一个编队的成员，各有自己的本事。或许正因如此，林靓才有这么大的发挥空间吧。"

陈丽媛酸溜溜地想着，在她自己的编队里，徐静怡永远跟不上她，而孙小曼则是处处学习模仿，导致三个人的编队飞得像两个人。

陈丽媛忽然有些嫉妒林靓，能有配合得这么好的队友。

如果张雨和刘虹玉都在此地，张雨一定会仰着头不屑地说："这都是我训练得好，和她林靓有什么关系。"

而此时刘旭已经通过压低机头调整航速重新追上了孙小曼，各种操作缠得孙小曼脱不开身，令她找不到下一次投弹的机会。她本以为刘旭追得这么紧，一定没有投弹。等她升高后才发现，地面上一共五个红点，那就证明刘旭已经投了三个导弹下去！

瞥见后方咬得死死的刘旭，孙小曼一咬牙，操纵着战斗机在空中如蛇般扭动起来。

眼看对方使幺蛾子，刘旭怎么能放过她，立刻跟上，却没想到孙小曼飞机忽然垂直上升，一个大仰角向后方翻去。

　　刘旭减速不及，迅速冲到孙小曼前方。

　　等她回头，发现孙小曼的飞机已经不见了！

　　耳边传来"嘀嘀"的警报声，刘旭知道，孙小曼第三次投弹成功了！

33. 掌上明珠

刘旭立刻俯冲，对着身下的投弹点冲去。而此时已经完成投弹的孙小曼立刻跟上，盘旋而来的战斗机成功阻挡刘旭，两人在天上斗个没完。

督察看了眼手边，无奈地在对讲机里说："再给你们五分钟，五分钟后投弹最多的人获胜。"

这次设置的投弹点一共九个，为了争取时间尽快找到最后一个，刘旭甩开孙小曼，拉杆到底，副翼角度改变，一个 45° 倾斜躲开孙小曼的追踪。躲开后立刻松杆，飞机向下俯冲而去。

孙小曼像是忽然和刘旭有了默契，也不再追她，反而向另一个投弹点飞去。

几乎是同时，两人显示投弹成功。

在这一刻，陈丽媛知道，真正的角逐开始了。

她不禁看向林靓，发现她还是一脸镇定，似乎还和旁边的男飞行员说着什么。

林靓确实在和江宏聊天，但谈的不是家长里短，而是袁影。

江宏这边接到消息，袁影已经回到 031 飞行大队，正在被张雨体罚二十公斤负重跑，飞行训练的时间也被缩短，余下的时间都用来补充理论知识。

没办法，第一轮考试袁影垫底，那卷子张雨看完之后差点吐血，完全不敢相信这是自己教出来的兵写的。

当时，张雨摸瓜一样摸着袁影的头，声音异常温柔："袁影啊，想吃什么啊？"

知道这是自己的"断头饭"，袁影脖子一梗，要求出门去吃。

张雨成全了她,请她吃了一顿海鲜,吃得袁影感激涕零,结果第二天就被带去越野跑了。

林靓听到这里笑了笑,只要袁影还有精神就好。

而天上的争斗已经到了白热化的地步,时间仅剩最后两分钟,可最后一处投弹点还没找到。

横向翻滚180°,孙小曼操控战斗机在天上飞成了麻花,可就是摆脱不了刘旭的追击。她横向改出,旋即松杆保持水平,战斗机在天空中旋转下降,身后还是紧跟着另一架J-10战斗机。

陈丽媛兴致高涨,如果刘旭都这么强,那林靓得厉害成什么样子?

她那兴奋的神色看得一旁021部队的其他人寒毛直竖,这些人相互看了看,不约而同地退后一步。

"她也太可怕了,这有什么好兴奋的,孙小曼从入伍的时候就跟着她,现在人都要被淘汰了,陈丽媛却一点都不难过,她还是不是人啊!"

"嘘!小声点,别让她听到。她可是刘教官的爱将,惹到她可没咱们好果子吃!"

对于背后的嘀嘀咕咕陈丽媛从来都不在意,她的目标永远是当人群里最优秀的那个,其他的全都不值一提。

林靓的目光一直跟随着刘旭的战斗机,当她看到一个45°的横向改出时忽然说道:"胜负就要分出来了。"

众人急忙抬头看去,果然,两架战斗机似乎找到了最后一个投弹点,正在做最后的争夺。

刘旭驾驶的战斗机加速在前,孙小曼紧跟在后,两架飞机的身影眨眼消失在了山后面。

此时,督察看了眼仪器说道:"胜负已定,刘旭获胜!"

此话一出,031部队欢呼起来,而陈丽媛脸上虽有懊恼,但也转瞬即逝。

孙小曼只是个可有可无的棋子而已,即便没有她的打头阵,对战林靓,陈丽媛也是不怵的。

没人知道山后发生了什么,但孙小曼知道,这场比赛她输得心服口服。

原本在高空中纠缠的两人在山的背面发现一处不寻常的地方,而雷达上却显示此处并无异常。可飞行员比起雷达，更相信自己的眼睛。所以两人当即就确定，这个地方就是最后的投弹点。

刘旭立刻驾驶战斗机向前冲去，同时压低机头，防止孙小曼比自己俯冲得更快。

可孙小曼也不是吃素的，拉杆到底，梯度翻转至最低，同时压低机头，使飞机快速追上了刘旭。

眼看孙小曼就要追上自己，刘旭轻蔑地一笑，将航道改变180°，横向翻滚后忽然下降。反向翻滚的同时向后一拉操纵杆，战斗机以极快的速度向下飞去。

在孙小曼眼里，这已经不是俯冲了，这叫坠落！

她不要命了吗？！

孙小曼心中狂叫，一个犹豫没有跟上，只能眼睁睁地看着刘旭飞快靠近那个点。

垂直下降，保持拉力，刘旭在距离投弹点二十米的距离成功使战斗机改为水平向，并投弹成功。

这一系列不要命的举动让孙小曼无法接受，难道她就止步于此了吗？

此时已经没人理她了，因为她是一个失败者。

下了飞机，031部队的人都围着刘旭为她庆祝，而021这边，由于孙小曼人缘并不好，一个来安慰她的人都没有。

还是刘旭看不下去了，走过来道："飞得不错，再好好练练就能赶上我了。"

朱信和王日凯一捂脸，杀人还要诛心啊，这孙小曼不得被刘旭气死。

果然，听了这话的孙小曼就像被点着的炸药包，"砰"的一下就炸了："我只不过是不在状态而已，有本事就和我再比一场！"

本来刘旭是真的有点欣赏孙小曼的，可听了她这番话，忍不住也火了，恶狠狠地说道："再比一场？就凭你？再比多少场也是我赢！"

此话一出，孙小曼上来就要给刘旭一拳，却被一直观察的林靓迅速挡下。

林靓的手很大，完美地包裹住孙小曼的手。如果是一男一女，这个动作还有点暧昧，可握住孙小曼拳头的人是林靓。

林靓暗暗发力，只听得孙小曼的骨骼一阵咯吱作响，刘旭还有离得近的江初和韩荣都听到了，看向林靓的眼神也不由得带了点惧意。

江宏上前一步，伸手包裹住林靓还在用力的手，轻轻说道："好了，小心督察过来取消你的参赛资格。"

站在后面的朱信给江宏比了个大拇指：不愧是你，一针见血。

果然，听了江宏的话，林靓立马甩开孙小曼的手，又在刘旭的衣服上擦了擦，掉头就走。

"哎！你在我身上擦什么！"刘旭转身就追，好你个林靓，孙小曼一手的汗，你嫌弃就擦我身上！我让你为我出头了吗？！

看着林靓和刘旭离去的背影，孙小曼忽然觉得心中泛酸，凭什么她刘旭就能得到林靓的庇护，而她不管再怎么努力都没法让陈丽媛正眼看她！

小时候，她看到天上飞过的飞机都能兴奋很久，唯一的梦想就是当飞行员。好不容易等到年纪够了，她便不顾家人反对毅然决然进入了021部队。她家境不好，本以为努力和认真就能成为优秀的飞行员，成为家人的骄傲，可陈丽媛的出现打破了一切幻想。

原来，丑小鸭再怎么努力，都赶不上天生丽质的白天鹅。

为此，她发疯一般追随着陈丽媛，卑微到尘埃里，将所有的不甘心都转化为动力去学习和模仿她，为的就是有朝一日能得到陈丽媛的青睐。

可此时才发现，自己不过是个小丑。

刘旭也知道些孙小曼的事，她觉得，追随一个人可以，但她已经把那个陈丽媛当成信仰了，真是有病。她本以为这个人还有救，结果发现治不了。

刘旭回头看了眼还站在原地被孤立来的孙小曼，耸了耸肩，这又关她什么事。

成绩出来，孙小曼被淘汰已经是既定事实，不过除了她自己也没人在意。大家更关注的是之后其他人的投弹飞行，毕竟已经淘汰的人不需要被研究了。

孙小曼依旧站到陈丽媛身后，她低着头，目光第一次没有落在陈丽媛身上。

徐静怡这时小心翼翼地靠近她问道："你没事吧？"

孙小曼愣了一下，没想到还会有人关心自己，头一次对徐静怡笑了，她说："我没事。"

34.降维打击

徐静怡一惊，孙小曼还是第一次对她和颜悦色，她有点受宠若惊。

不过她也知道，孙小曼完全不在意她，所以只是说了些话就赶快离开了，生怕哪句话说错了再挨一顿骂。

看着徐静怡如避蛇蝎般离去的背影，孙小曼自嘲地一笑，抬头看向一直没说话的陈丽媛，小声道："媛媛，我输了，明天就回021部队了。"

陈丽媛头都没回："嗯，我知道了，你路上小心。"

这是已经默认她一定会回基地了吗？

孙小曼不甘地咬着下唇，为什么，她连一句安慰都如此吝啬！

看向不远处正围在林靓身边发脾气的刘旭，孙小曼深吸一口气，试探性地问道："我刚刚表现怎么样，有什么不足吗？"

听到这话陈丽媛气就不打一处来，孙小曼什么动作都是学她的，现在她的动作已经被下方一直观察的林靓研究透了，那她研究林靓那些视频还有什么用，两人不就又站在同一起跑线了吗？

想到这里，陈丽媛转过头冷冰冰地说道："你唯一的缺点就是什么都是学我的，难道你就没有自己的东西吗？"

孙小曼退后一步，全身都在发抖，最终只说出一句"对不起"后转身就走。

徐静怡伸手想要抓住孙小曼，可还没碰着她的衣服就把手收回了。

之前她不是没有劝过孙小曼，可结果呢？只换来一顿冷嘲热讽，现在又何必用热脸去贴她的冷屁股呢？

一旁041部队的女飞行员戳了戳徐静怡的肩膀，指着031部队正准备比赛的王日凯说道："喂，你快看031部队这个帅哥好不好看！"

徐静怡转过头去，忽然发现戴上头盔的王日凯侧面看起来非常俊美，立刻点头附和："是啊是啊，之前怎么没发现他长得这么好。"

一群人叽叽喳喳地说着什么，好不热闹，可孙小曼站在一边却觉得自己和他们仿佛处在两个世界。

刚刚陈丽媛的话像刀子一样刺入她的心里，让她彻底陷入自我怀疑之中。难道她真的再怎么努力都做不好吗？难道她真的不能站在和陈丽媛一样的高度吗？

戈壁滩的太阳如此炙热，令孙小曼头晕眼花，眼前的世界对她而言已不存在了。恍惚间她仿佛还在天上驾驶着飞机，但这次赢的人是她。

旁边经过的炊事兵看出孙小曼不对，刚想问她怎么了，就看到孙小曼忽然倒在地上，脸色煞白，吓得炊事兵大喊："有人晕倒了！快送医务室！"

眼前的一切幻化成光怪陆离的幻影，孙小曼完全不知道医生给她做了什么检查。

医生摇摇头，叹了口气："她给自己的压力太大了，让她好好休息吧。"

孙小曼晕过去的事情传入这些飞行员耳中，刘旭切了一声，说："这种打击都承受不住，当什么飞行员！"

韩荣瞥了一眼刘旭，哼了一声道："看把你牛的，不过是赢了一个孙小曼而已。"

刘旭才懒得搭理他，专心等到林靓飞完，然后一行人高高兴兴地回去吃饭了。

直到这时，林靓才知道孙小曼的动作都是学陈丽媛的。说实话，她根本不知道陈丽媛为什么一直针对她。看她的样子也不像是单纯地想要切磋，更像是有任务在身的样子。

远在031部队的张雨打了个喷嚏，奇怪地摸摸鼻子。

自己没感冒啊？难道有人念叨自己？

这一轮比完，031飞行大队依旧只有袁影被淘汰，相比其他部队要幸运很多，只是刘旭和林靓心里都有些不好受。

回到寝室里，林靓说道："如果孙小曼真的是模仿陈丽媛，那我们应该去模拟飞行室对练一下。"毕竟她们也不知道下一个面对陈丽媛的人是谁。

刘旭同意林靓说的话，两人决定立刻去模拟飞行室对练。谁知刚一拉开宿舍的门，就看到孙小曼脸色很不好地站在门口，也不知道刚刚的对话她有没有听到。

刘旭歪头，疑惑地问道："你来这里做什么？"按照孙小曼的习惯，现在的她应该留在陈丽媛身边像个苍蝇一样转来转去才对。

孙小曼没有理会刘旭，把视线锁定在林靓身上："林靓，你敢不敢和我比一场！"

刚打瞌睡就有人送枕头，林靓本想让刘旭模拟孙小曼来进行对抗，没想到本人来了，自然不能放过这大好机会。

林靓来到孙小曼身边说道："走吧。"

听到林靓应战，孙小曼忽然有些兴奋。如果她能赢了林靓，那是不是就能证明自己比陈丽媛还要厉害？

时间已是下午四点，模拟飞行室里早已聚集起不少看热闹的人，所有人都好奇，孙小曼已经被淘汰了，为什么还要找林靓的麻烦。

江宏也来了，一脸担忧地看着林靓。孙小曼也不是没有眼力见儿的人，说道："我先进去等你。"

此时的江宏也发现了孙小曼的异常，可他依旧放不下心，问林靓道："她明天都要走了，还找你做什么？"

林靓安抚他道："她来找我其实是好事，一会儿跟你解释。"

绕过江宏，林靓奇怪地看了眼李文，他这是什么眼神？

李文也不知道怎么回事，看到林靓安抚江宏的情景，心中又莫名地一动，恨不得和林靓说话的人是他。

看着林靓进入模拟舱，李文对江宏说道："你有个好女友。"

这句话说得莫名其妙，但江宏还是很高兴地回道："那是自然，我看那袁影喜欢你，不如你也和她把关系定下来，咱们亲上加亲？"

李文像吃了苍蝇一样难受，哪儿来的亲上加亲，他一口回绝道："不用了，收起你的想法，千万不要和林靓说！"

江宏当李文不好意思，拍了拍他的肩膀："不会的，我又不是长舌妇。"

李文轻哼一声不做评价，甩开江宏的手："比赛开始了，少说这些有的没的。”

投影大屏幕上出现了两架 J-10 在空中盘旋的身影。

林靓什么都没做，她想先看看孙小曼要对自己做什么。此人和刘旭性格相似，一定会先一步动作的。

果然，看林靓没有行动，孙小曼立刻跟在她身后，想要进行攻击。

模拟舱中进行空中拦截模拟时，战斗机本身是携带武器的。除了机枪之外，还有更精确的雷达和红外制导装置。

所以林靓根本不会让孙小曼在自己身后，在大过载盘旋时，立刻通过盘旋中的一个桶滚来延迟了她的速度。几乎是瞬间，孙小曼就因为自己本身的加速来到林靓身前。

孙小曼一惊，战斗机无论如何都不能在敌方身前，她立刻想要调整角度再次回到林靓身后，可林靓怎么会给她机会。

朱信激动地拍着刘旭肩膀喊道：“哦哦！真正的空中战斗！开枪了！开枪了！跟看大片一样！”

刘旭的肩膀哪能承受大老爷们这一顿拍，顿时叫喊起来：“你轻点！”可视线也没有从林靓驾驶的飞机身上移开。

只见战斗机在天空中纠缠盘旋，林靓的战斗机始终处于有利位置，虽然没用导弹，可单纯的机枪已经让孙小曼应接不暇。

想起之前特种训练时林靓下手的狠辣程度，刘旭忽然想起来，林靓可是从来不懂得手下留情的。

果然，在把孙小曼的所有机动动作都摸清后，林靓直接锁定孙小曼驾驶的战斗机射出一发追踪导弹。

一直疲于奔命的孙小曼哪里还有力气躲闪，被一击命中，模拟舱内发出警报，把孙小曼强行弹出控制界面。

孙小曼摘掉头盔，满头是汗，本就虚弱的身体更是摇摇欲坠，扶住模拟舱的外壁面如死灰：“我输了。”

这三个字出口，孙小曼不仅没有如释重负，反而觉得像死了一样难受。

所有人的目光像一把把利剑刺在孙小曼身上，让她本就岌岌可危的自尊心完全崩塌。孙小曼只觉喉头一甜，却硬生生咽下去这股血腥气，强自镇定地缓缓离开。

完全不把孙小曼放在眼里的刘旭兴奋地走上前，叽叽喳喳地跟林靓说着什么，可这些孙小曼已经听不清了。

她走回宿舍，正看到陈丽媛在看林靓飞行的视频，更是让她难以接受，倒在床上就晕了过去。

陈丽媛看到了孙小曼，但没有理她，刘教官的话像座大山一样压在她心上，逼得她不得不努力研究林靓的操作，力求能够淘汰她。

天色已经不早，徐静怡吃过晚饭才发现陈丽媛没有去吃东西，而孙小曼躺在床上一动不动。

她上去推了推孙小曼的身体，才发现不对劲，着急地喊道："丽媛，小曼她晕过去了！"

"嗯。"

冷漠的一声让徐静怡心惊，也不管陈丽媛是否会帮忙，赶紧出门叫了别人，把孙小曼抬到医务室。

陈丽媛依旧看着视频，连余光都懒得施舍。

35.孤注一掷

在医务室休息了两天，孙小曼才逐渐康复。

可她逗留的时间已经够久，需要离开了。

晚间，孙小曼收拾着自己的行李，动作迟缓像是在等待着什么。可到了晚上临睡觉前，孙小曼也没看到陈丽媛。

孙小曼难掩内心的失望，合上眼，强迫自己入睡。

而另一边，陈丽媛刚从模拟舱内出来就接到了刘虹玉的电话。

刘虹玉言语中难掩愤怒之情，压低了声音问道："孙小曼怎么回事？！怎么会被张雨手下的那个飞行员淘汰！？"

陈丽媛下意识地点头，才发现这只是语音通话："是的，一个叫刘旭的人，在天上的缠斗里输了，不过孙小曼淘汰了她们之中的袁影。"

这句话无异于火上浇油，刘虹玉直接吼出了声："一匹中等马对战对方的劣等马，赢了有什么好骄傲的！我教了她这么久，就是让她和对方同归于尽的？"

刘虹玉完全没把孙小曼当人看，陈丽媛自然也是事不关己高高挂起："现在只剩徐静怡了，她本来是用来对付袁影的，不过现在只能用她略微牵制刘旭了。至于031部队其他人，我会找其他队员来制约的。"

对于这方面，刘虹玉还是相信陈丽媛的，放缓了语气说道："好，这件事你自己看着办吧，我在部队等你的好消息。你也要注意身体，不要过度劳累。"

轻柔的语气更让人觉得沉重。自入伍起，刘教官就对她照顾有加，满足刘教官的期望已经成为陈丽媛在021部队中最重要的事了。

当然，陈丽媛在021部队中也听到不少关于林靓那神乎其神的传闻。她也想知道，自己和林靓比，到底谁更加厉害。

回到寝室，徐静怡两人都已经入睡。

陈丽媛冷哼一声，一边腹诽两人的懒惰，一边也准备上床睡觉。

孙小曼听到那声冷哼，睡意全无，瞪大眼睛看着天花板，脑中一片空白直到天亮。

第二天中午，送回淘汰人员的车已经准备好了，收拾完一切的孙小曼站在基地门口，身后只有零星几个021部队的队员来送行。

孙小曼勉强笑了一下，还不想让自己显得很难看："你们回去吧，明天就是第三场比赛了，好好准备。别……别像我这样。"

021的队员都知道平时孙小曼如何努力，如何对待陈丽媛。可时间过了这么久，他们依旧没看到陈丽媛过来送行，心里都有些不满。

"小曼回去也要加油啊。"

"是啊是啊，至少你淘汰了031部队的一个人，刘教官不会为难你的。"

一行人说着，想起刘教官的脾气，不约而同地闭了嘴。

孙小曼向后方张望，一直没看到陈丽媛她彻底死了心，挥手告别队员，坐车离开了。

人已经走了，他们自然不用在门口晒着。

回去的路上，其中一名队员实在气不过，小声嘟囔起来："这陈丽媛也真是的，以前部队里训练，都不去食堂吃饭，还是孙小曼给她打饭打水。现在小曼被淘汰，连送都不来送，什么人啊！"

另一个人对刘虹玉的偏心也颇有微词："被伺候惯了，当自己是大小姐呗。刘教官也向着陈丽媛，别人体能训练累死累活，她倒能因为学理论知识减少体能训练。一天天在屋里不出来，谁知道她到底有没有在学习。"

徐静怡在身后跟着，听到这话，猛地一拍那人后背："少说点！隔墙有耳，小心其他021的队员听到去刘教官那里打小报告！"

那人立刻闭上嘴，紧张地左看右看，双手合十紧张地说："童言无忌，童言无忌，我才十八岁我什么都没说！"

众人被他逗笑了，沉闷的气氛有所缓和。

021部队被淘汰了太多人，所有人都觉得现在的作战方针和心态都出了问题，应该开个小会商量一下后边该怎么做。

于是午饭过后，徐静怡凭借自己过人的交际手腕定了一间偏僻的小型会议室，把021部队的人全都约了过来。

众人一进来，就看到陈丽媛愁眉不展地坐在那里，似乎在思考021部队到底出了什么差错，旁边投影仪亮着，也不知道她要放什么影像。

众人莫名其妙地互相看看，心想，就算021队员心态出了问题，也不是你陈丽媛能左右的吧，你愁什么？

等到人齐了，陈丽媛在投影仪上开始播放剩下的飞行员的资料以及他们比较出彩的视频，并着重介绍了031部队的那几个。

本来以为是战术研讨会的021队员渐渐看出不对头，把仅剩的飞行员战略资料看一遍没问题，可是这个叫林靓的播放时间也太长了吧？！

虽说能把钟式机动和普加乔夫眼镜蛇机动等各种高难动作连续做出的人比较少，但也不是没有，有些动作他们当中的人就能做出来，也不知道陈丽媛给他们放这种表演性质的视频有什么用。

陈丽媛从021队员的表情上就能看出他们在想什么，虽然她手中有林靓和孙小曼在模拟舱内比赛的视频，可她并不打算给他们放出来，那是她要自己研究的。

看完后，陈丽媛抬起头来扫视一圈所有人道："这是我们之后会遇到的对手，我希望大家好好研究，争取不再被淘汰。"

这种傲慢的表情激怒了其他队员，其中一人一拍桌子站起来道："陈丽媛你什么态度！大家过来是商讨事情的，而不是看你在这里颐指气使，还给我们放电影！"

面对队员们的怒火，陈丽媛不紧不慢地回答道："收起你们的暴脾气，啧啧，这就是021部队成绩集体下滑的原因。"

陈丽媛将视频停在林靓参演红蓝军的视频处，指着画面中实弹造成的坑道："我们021多久没有进行红蓝军演了？执行任务也少了很多，更是只有训练性质的试飞，除了能让你们不会有间断飞行的症状外，还有其他用途吗？不说别的，你们能在这种地面上起飞吗？"

　　说完，又把视频停在林靓与蓝方四名战斗机队员纠缠的画面上："看看人家031的队员，再看看你们，你们敢说自己面对四架战斗机能从容不迫吗？"

　　这些话一字字砸在021队员的心上，有几个人恼羞成怒道："你呢，你陈丽媛就可以？天天把林靓挂在嘴边，别想了，人家身边有人，看不上你的！"

　　"没错！就算她林靓很强又如何？还不是被整个031部队拖后腿？"

　　"陈丽媛你少来这套，想让我们给你当炮灰？！门都没有！"

　　谁都不是傻子，陈丽媛那些小心思大家都知道。本来为了能参加交流会大家的忍让已经要接近极限，而陈丽媛对孙小曼的凉薄更是让他们心寒。现在更是高高在上地指点江山，她算什么东西？！

　　021部队把你当个宝，你就这么对待大家？

　　眼见陈丽媛引起众怒，徐静怡赶快出来平复众人心情："好了，大家不要吵。丽媛你少说两句，现在咱们把其他人的实力分析一下……"

　　"不用了！"没理会徐静怡的打圆场，陈丽媛蓦地站起身道，"刚刚是我说话方式不对，我向大家道歉，请大家不要放在心上。"

　　说完她就出了门，把所有人扔下。

　　"陈丽媛！"

　　众人的声音在背后响起，陈丽媛完全不在意，这些人都不行，之后的比赛还要靠她自己。

　　想到这儿，陈丽媛准备去模拟舱内训练一下："小曼，我们去模拟训练室。"

　　脚步一顿，她这才想起来孙小曼已经不在这里了。

　　她啧了一声，没有对练的人，自己单飞也没有意义。陈丽媛只能转身回寝室，看能不能再从林靓的视频中研究出什么。

36. 四人成双

第三场比赛终于开始，本来轻松的气氛逐渐变得紧张，几个战区的人都觉得自己还没有休息够。

五大战区已经淘汰了不少人，现在只剩下 32 个人，其中 031 部队剩的人最多，成了各方嫉妒的对象。

不过光嫉妒有什么用，实力不足还不是乖乖被淘汰。

一时间咬牙切齿者有之，暗暗记恨者有之。尤其是朱信这一队，陈林和朱信两人都是好惹事的，再加上刘旭和韩荣，休息这段时间把其他几个战区的人得罪了个遍。

刘旭似乎看出林靓会保护她，惹了事就往林靓身边蹿。一开始不明所以的林靓还会出手帮忙，后来李文告诉林靓实情后，林靓就再也不管她了，惹急了还会自己出手教训这几个到处惹事的人。

在孙小曼走后，021 部队的人就很少出来了，那个陈丽媛更是很少看到。

可临近比赛，林靓心中的不安越加严重，就连李文都看出不对头了。

江宏找到林靓，问道："怎么了靓靓？你可从来没有这样过？难道是身体出了状况吗？脸色这么差。"

被江宏一打岔，林靓身上的不安顿时消失，微笑着对他说："没事，倒是你，怎么跟个小媳妇一样。"说完，还捏了捏江宏的腮帮子。

江宏闹了个大红脸，拍掉林靓的手，埋怨道："我只是担心你而已，什么小媳妇，你才是小媳妇。"

不远处，李文看着两人打情骂俏，不禁握紧了拳头，身体倒退一步，却不小心直接撞到刘旭的身上。

刘旭拍了拍李文的肩膀，贱兮兮地靠过来问："哟，怎么，吃醋了？哎！可惜你晚来一步，江宏早就是林靓的咯！"

本来打趣的是江宏和李文，但看李文的表情，刘旭渐渐感觉到不对劲来。

"呃……"

倒吸一口冷气，刘旭继续问道："怎么，被我说中了？"

此时李文才反应过来，笑了笑："怎么会，我只是感觉我一个单身狗在被迫吃狗粮而已。"

刘旭狐疑地看着他，半晌后才说道："你最好是你说的这样哦！"

李文急忙走开，怕再慢一步，就会在刘旭面前露馅。

好在比赛马上就要开始，给李文解了围，不然他真不知道面对刘旭的追问要再想出什么借口。

台上，督察看着仅剩的飞行员说道："现在我来说一下第三轮比赛的规则，这次比赛以个人实力决出胜负，由于时间原因，从两架飞机改为四架飞机一起比赛，你们要在对方的干扰下在规定时间内找到迫降地点并完成迫降，到时没有完成迫降或迫降失败的全部淘汰！"

宣布完比赛规则，督察示意大家按照规定的分组排队准备比赛。

陈丽媛知道刘虹玉给了一些小小的帮助，果然在排队时，林靓、江宏、李文和陈丽媛被分到了同一组。

"喂喂！凭什么我被分开了啊？"一直和林靓在一起的刘旭非常不习惯，完全忘记她以前是怎么嫌弃和林靓一起行动的。

江宏一挑眉毛，非常傲娇地问道："我这次可是和靓靓一起飞哦，你嫉妒了吗？"

一看江宏这样子，刘旭的劲儿也上来了："我嫉妒什么？我还天天和你的靓靓睡在一起呢。"

见这两人又要掐起来，林靓颇为头疼地捂住脑袋，李文则上前拦下这场无意义的对话："好了，你们两个年龄加起来都快四十岁了，怎么看上去跟三岁小孩一样。"

刘旭和江宏相互吐着舌头，到底没有再吵，林靓对李文投以感激的目光，让李文心跳骤然加快。

陈丽媛在一旁看着，有些不屑，也有些羡慕，毕竟自己和021部队的队员们从来没有这样相处过。孙小曼对自己的崇拜让她不耐，而徐静怡则对她们两个都是避之唯恐不及。类似朋友之间的打闹和玩笑，她们三人之间就没出现过。

不管陈丽媛怎么想，她现在也只能待在林靓他们身边，等待比赛开始。

011和021的队员陆续被淘汰，但比起021的队员，011部队的人显得很轻松，还有心思留在原地看其他人比赛。

后来林靓才从刘旭那里知道，011部队一直都是垫底的，非常有自知之明，所以才这么不在乎。要是哪天011忽然有人和021那样争强好胜，才是人间奇观。

很快轮到林靓他们队，四人登上飞机，驶出基地，一切看起来都很顺利。

李文和江宏特意飞在林靓身边保驾护航，倒是让林靓有些不耐，在对讲机里问道："你们是什么意思？"

"呃……靓靓，你看你要迫降在哪个点？"江宏小心翼翼地问道，似乎不知道哪里惹到了林靓。

林靓还没回话，对讲机另一边就传来女声清脆的笑声："哈哈哈，林靓，你在天上也有护花使者吗？"

江宏又不傻，自然知道陈丽媛的意思，但他只想让林靓赢而已，别的也没想太多。

反而是李文，沉吟了一会儿后，忽然掉转方向来到江宏上方，硬是把他从林靓驾驶的战斗机旁别开。

气得江宏在对讲机里大喊："喂！李文你干什么！自己找地方迫降云！"

李文就像听不见一样，战斗机垂直挡在江宏和林靓之间，硬生生把两人隔开。

"谢了！"林靓的声音出现在对讲机里。

李文脸一红，随即更加贴近江宏，把他逼迫得更远，给予林靓广阔的舞台。

陈丽媛看到了李文的举动，也不管他为什么会这么做，直接对林靓说道："哦，碍事的护花使者走了，我们可以开始了！"

没有回答，骤然加速的飞机给了陈丽媛最好的回答。

陈丽媛笑出声来，紧跟着林靓加速，只恨战斗机上没有机枪，不然林靓也不敢飞在她前面。

她忽然有些后悔，如果是在模拟舱中，她和林靓的较量是不是会变得更加精彩。

时间没有给陈丽媛答案，追上林靓成了她目前最重要的事。隐藏在戈壁滩和远方树木中的迫降地点是上级预先安排好的，还有些地方伪装出了房屋的残垣断壁，就是为了给他们迫降造成困扰。

为了不让林靓率先找到迫降地点，陈丽媛将战斗机机头压低至地平线以下增加速度，虽然因为转弯半径增加造成了追击上的延迟，但增加的速度也让她以非常快的速度追上了林靓。

两架飞机并驾齐驱，陈丽媛似乎看到林靓对她笑了笑。

实际上林靓确实笑了，因为她已经看到不远处的迫降地点了。但陈丽媛也不是吃素的，几乎同时也看到了那个迫降地点。

林靓自然看出陈丽媛要和自己争抢这个地方，立刻掉转机头向陈丽媛飞去。可陈丽媛哪里会让林靓得逞，直接调整副翼，整个飞机侧翻躲过了林靓的飞机，同时向那个迫降点飞去。

林靓的机头再次掉转，她将拉杆一拉到底，增大的推进力量让飞机速度骤然增加，几秒就飞到了陈丽媛的飞机下方。此时战斗机机头上挑，缓慢地把陈丽媛的飞机逼向高空。

"又是这种不要命的打法！"陈丽媛心里想着，却对这种飞行方式无可奈何。毕竟这只是部队内的比赛，没有实枪实弹，被这样逼迫完全没有应对方法，只能暂时跟着对方的步调走。

为了不让林靓有快速迫降的机会，陈丽媛直接增加高度，远离林靓的战斗机。

无法和陈丽媛的飞机紧贴，林靓调整改向，让飞机在空中做出一个桶滚动作，降低了自身速度。

陈丽媛发觉不对，立刻调整飞机速度，学着视频中林靓的样子，垂直向地面飞去。

可她忘了一件事，这动作是学习林靓的，林靓又怎么可能让她成功呢？

37. 胜负在心

林靓驾驶战斗机飞得很低，在陈丽媛做出俯冲动作时，飞快调整角度向她冲去，速度非常慢地围绕着下坠的陈丽媛做着桶滚动作。

这样一来，陈丽媛根本没有办法进行迫降，而且如果她不立刻调整速度和方向，那她的飞机就会坠落！

陈丽媛银牙一咬，拉杆向后，强行减速，并在林靓给她预留的空间里逐渐改向水平。

看出陈丽媛的意向，林靓自然不会放过这个机会，硬逼着她改到水平升空，保持在距地面八百多米的高度飞行。

这种角度别说寻找地点，就是找到了也没法迫降。林靓和那个刘旭一样像个狗皮膏药，粘住了就甩都甩不掉。

这是林靓跟刘旭学的，毕竟在飞行大队训练时，就连她都甩不脱刘旭，想必陈丽媛也没什么应对方法。

虽然陈丽媛研究了很多遍林靓的飞行视频，可到了实际操作，还是对林靓无可奈何。

引以为傲的飞行被比了下去，陈丽媛无论如何都不能接受。

飞机横向90°改出，陈丽媛想要突破林靓的包围圈。可林靓哪会让她如意，360°围绕陈丽媛的战斗机飞行，如铜墙铁壁般完全不给她机会，哪怕陈丽媛降低高度至五百米，林靓依旧我行我素。

就在陈丽媛懊恼之际，对讲机里传出督察的声音："江宏迫降成功"

原来李文逼走江宏后，两人就处于一种伪和平的状态，直到江宏忍不住问："你干什么？难道你不想让咱们031的人去亚太交流会吗？"

李文暗叹一声，有时候真想撬开江宏的脑子看看里面到底装的是什么："你傻？如果林靓是在你的帮助下迫降成功的，你觉得她会认可这个成绩吗？"

江宏自然明白这个道理，但他就是看021那几个女人不顺眼，凭什么一直针对林靓，当他死了吗？！

"我只是想让林靓赢而已。"

李文哼了一声："大男子主义。"

两人没有竞争，谁去亚太交流都是可以的，谁先看到迫降点就直接迫降了。

李文看着地面上向他挥手的江宏，自嘲地一笑："毕竟是他先来的。"

是啊，江宏和林靓十几年的感情，外人是插不进去的。这些天的相处里，无论他做什么林靓都只是淡淡的，简短的话语和动作也是看在江宏的面子上。所以他决定把这份感情藏起来，反正没人知道，就当作一段不存在的记忆好了。

而林靓这边在听到江宏迫降成功时看了一眼，却发现地点距离树林非常近，一个慌神，就被看准时机的陈丽媛突破了包围圈。

这时林靓已经追之不及，眼看下方平原上最好的迫降点被陈丽媛占去。

"陈丽媛迫降成功。"

对讲机中督察的声音毫无感情，林靓嘴角抽了抽，也决定当一个没有感情的机器，朝着江宏迫降的地点飞去。

空中，李文看着林靓直冲江宏而去，眼睛有些发酸。

而基地内自然不知道这些，更多的是惊呼声。

"树林迫降！这个林靓是怎么想的？"

"哪儿来的天才，没看到平原没地方了吗？"

"不是，那就向远处飞一飞，也许还有其他地点呢？"

众人议论纷纷，031的队员们却悠闲地靠在墙上不说话。对他们来说，林靓做出什么稀奇古怪的操作都不意外了。

徐静怡就是看不惯031队员们的样子，忍不住说："战斗机在树林里迫降极容易坠亡，你们就不怕林靓的飞机爆炸吗？"

韩荣翻了个白眼，刘旭紧接着骂道："呸！你个乌鸦嘴，就不能说点好听的？那你同寝的陈丽媛还油箱直接爆炸呢！"

祸从口出，徐静怡话音刚落就知道说错了话，可放不下面子，只能和刘旭、韩荣他们对峙起来。

王日凯几人看着他们三个，忽然觉得这三个不是人，像是三只羊驼，就差相互吐口水了。

督察看了他们一眼，见没有动手也就由他们去了，眼睛还是锁定在比赛上，说道："林靓、李文，迫降成功！"

刘旭精神一振，也不搭理徐静怡了，看着大屏幕中林靓从飞机上下来的身影，高兴得直拍韩荣后背。

韩荣龇牙咧嘴地躲着刘旭，两人闹作一团。

明逸林也松了口气，江宏和李文没事就好。他在之前的迫降比赛中成绩最差，已经被淘汰了，他希望李文和江宏还有机会。

此时林靓已经和江宏会合，两人在树林里等待地勤人员来接应。

江宏看林靓的眼神满是崇拜，他忽然觉得自己在飞行领域已经比不过她了，害怕林靓会去往更广阔舞台的他只能紧紧抓住她的手，生怕人一转眼就消失了。

被捏得有些疼，林靓回头就看到江宏那张小媳妇一样的脸："我又不走，你怕什么？"

"啊？啊！没什么，捏疼你了吧，不好意思啊。"江宏慌张地甩开林靓的手，又被林靓反握住，往自己身边一拉。他挣了一下没挣脱，也就低着头红着脸在林靓身后站着。

刚刚迫降其实非常危险，这里树木很高大，每一颗至少有十五米高，非常粗壮。伸出的枝丫带着新生的叶子，遮天蔽日，林靓根本无法看到下方地表。

正常执行起落，不放出襟翼，林靓未收油门直接加速。在战斗机下方贴近树冠时断掉了油门，拉住拉杆保持节律，飞机保持慢速水平的姿态擦着树冠不断下降，最终停在一处树木稀少的地方。

说着简单，现在林靓回想起来还是一身冷汗。因为一个失误，就有可能机毁人亡。

也不知道这地点是谁设定的，这么变态。

可外人不这么想，林靓临危不乱的操作大家都通过屏幕看到了。刘旭像只翘着尾巴的猫，昂首从021队员面前走过："就这？就这？你们的陈丽媛就这？"

徐静怡就差冲上去和刘旭打一架了，被021的队员们拉着，咬牙切齿地说道："又不是你飞的，你神气什么！"

她越气急败坏，刘旭越开心："现在我们031部队是整体，赢了的可要去参加交流会的，我怎么不能神气了！"

韩荣及时制止了她们的争吵："好了，林靓回来了。"

听到这个名字，刘旭立即抛下徐静怡来到地勤车旁，里面是已经被接回来的林靓等人。

徐静怡远远地看着陈丽媛下车，若有所思地看着一旁被众人簇拥着的林靓，半晌才回过神来。

她觉得陈丽媛怪怪的，但没敢问，毕竟不知道输赢，说错话倒霉的又是自己。

021的队员们无比安静，和031部队的热闹形成鲜明对比。陈丽媛看着不敢接近自己的徐静怡，忽然奇怪地问道："你不想说些什么吗？"

徐静怡怔了一下，旋即像明白过来一样说道："丽媛辛苦了，这次肯定是我们021部队获胜了。我就说那个林靓名不副实，怎么可能比得过我们丽媛呢？"

陈丽媛摇了摇头，她要的不是这个。

那自己想要的是什么呢？

陈丽媛又回头去看林靓，猛地知道自己要的是什么了。是众人的欢呼，众人的敬仰，是那种不管你是输是赢，都会有人来安慰。

她依稀记得以前是有的，刚进入021部队时，大家都很友善。孙小曼还没那么极端，徐静怡也没有这么畏首畏尾，偶尔还会溜须拍马，逗大家一乐。大家都充满着朝气，一心一意想做好飞行员。

是什么时候变了呢？

想到这里，陈丽媛转头对徐静怡露出笑容："今天晚上一起吃饭？"

这转变让徐静怡摸不着头脑，但她习惯性听从陈丽媛的意见，点头道："好啊，一起去食堂呗，今天晚上据说有道菜可好吃了。"

两人一起走着，陈丽媛忽然觉得，这样比以前好。

她想起孙小曼，觉得之前应该去送一下的，那时候自己在做什么呢？

当然是在研究林靓啊，结果呢？

督察此时已经统计出结果，宣布："陈丽媛、林靓、江宏三人成绩合格。"

欢呼声在背后响起，陈丽媛没有回头。

看似平局，但她知道，这一局是她输了。

38. 爱意缠绵

选拔终于结束，最终确定的人选是 021 部队的陈丽媛以及 031 部队的林靓、刘旭和江宏。

刘虹玉为此大发雷霆，打电话骂了陈丽媛半个小时，连带徐静怡一起中枪。陈丽媛已经习惯了刘虹玉的脾气，左耳进右耳出，晚上还有心思和徐静怡搞好关系，倒是让徐静怡弱小的心灵有了个依靠。

至于林靓，陈丽媛一直没想好怎么去面对她。之前明里暗里的挑衅一定让她不耐烦，泥人尚有三分土性，更何况林靓是个大活人。

林靓确实是个大活人，所以她在知道陈丽媛也会去参加亚太交流会的时候，挑了一下眉。

刘旭跟她都相处多久了，林靓一撅屁股她都知道要拉什么屎，立刻凑过来问道："咋的，你要替袁影报仇啊？"

没说话，林靓把通知单往桌上一放，起身去洗漱。

刘旭拿着东西跟在林靓身后，说："啧，还装高冷，你这把戏也就在之前有用，现在我都知道你本性了。陈丽媛和你一见面就想要找你麻烦，被你这面瘫脸骗了，我就不信你不想还她一脚。"

林靓拿起牙缸，好心情地给刘旭水杯里倒上水："刷牙吧。"

可刘旭哪是刷牙就能堵住嘴的人啊，满嘴牙膏沫含糊地继续："你说，交流会上有没有淘汰赛啊，我们再淘汰她一次吧。"

林靓当没听见，刷完牙上床睡觉，拿刘旭当蚊子拍了一巴掌。

打听不到林靓想做什么远比被打了还难受，刘旭在床上翻来覆去睡不着："林靓，靓靓，你跟我说说呗。我保证，你今天跟我说了，我一星期都不烦你。"

黑暗中，林靓睁开眼，对目光炯炯的刘旭招了招手。

两人嘀嘀咕咕说了一通，虽然不是刘旭猜的那样，但也差不离，心满意足地去睡觉了。

第二天一早，刘旭果然按照她说的，一点没烦林靓。甚至吃饭的时候也一句话不说，一举一动都像极了林靓。

韩荣一拍刘旭的脑袋瓜，贱兮兮地凑过来问道："俩呆瓜凑一起了？"

刘旭和林靓看都没看他，一起擦嘴，起身放餐具，转身出食堂，连迈的脚都一样。

韩荣在背后嚷嚷着，也没人搭理他："嘿！这俩，复制粘贴的？"

也是，两个人住在一起也快大半年了，对彼此生活习惯摸得透彻，再加上张雨刻意引导培养的默契，刘旭对林靓还是能模仿个十成十。

选拔结束，众人自然是各回各家各找各妈，这个场地之后也要给其他部队人员训练用。可这么好的模拟舱只被林靓和孙小曼用一次也太可惜了，所以很多人趁着最后这两天扎在模拟舱里不出来。

林靓也是如此，在模拟机舱中练习真正的导弹投射和机枪攻击。不过这次和她对练的不是刘旭，而是陈丽媛。

想要修复自己与其他人关系的陈丽媛自然不会拒绝这样的机会，本性要强的她还真想知道在实弹环境下，她和林靓到底谁强谁弱。

可惜她小瞧了林靓的训练强度，早中晚，除了吃饭、睡觉、上厕所，林靓都在训练。

陈丽媛本身就因为之前恶补理论知识而忽略了体能培养，如今根本跟不上这种高强度的训练。可看林靓和刘旭都是一脸漠然的表情，根本没往其他方面想，只认为是自己疏忽造成的身体不适。

模拟室外，看着满头大汗的陈丽媛，韩荣抹了抹眼角不存在的泪水，虚情假意地说："哎，陈丽媛真是可怜哦。"

一旁的江初忍不住吐槽："得了吧，之前孙小曼和徐静怡挑衅她们的时候你可不是这么说的。"

一听这话韩荣就急了："这话说的，那时候我们是一个整体，怎么能让别人欺负呢。现在不同，我们都被淘汰了，酸两句咋了！"

就没看过这么理直气壮的柠檬精，江初无话可说："好好好，你酸着，我先走了。"

韩荣是非常直性子的人，他能看出林靓是故意找陈丽媛做这种训练的，也乐得看陈丽媛吃瘪，对这种节目百看不厌。

晚上吃饭前，今天的训练告一段落，出了模拟舱的陈丽媛累到虚脱。一开始她还能赢几局，可后面林靓把她的套路摸清后就一直在输。

林靓贴心地递给陈丽媛毛巾，那惜字如金的口里蹦出三个字："擦一擦。"

陈丽媛接过擦着汗，忽然觉得自己以前挺可笑的。都是军人，何必把关系搞得这么紧张。看看林靓，就算之前自己招惹过她，还是来找自己训练，或许这种气度自己真没有。

想到这儿，陈丽媛把毛巾还给林靓，还说了句："谢谢。"

韩荣一捂脸，这人也不聪明啊，这要不是进了军队，在外面被人卖了还得帮人数钱。

两天时间很快过去，有了相互了解机会的陈丽媛更是觉得林靓是个好人，走的时候依依惜别，搞得021和031的其他人莫名其妙。

韩荣在队伍最后方，捂着嘴拼命控制自己不要笑出来，而江宏几个大直男自然不知道林靓这几天做的事，还以为韩荣抽风了。

车上，几个男人讨论之后江宏去E国要是看到好看的E国女兵记得拍几张照回来给兄弟们一饱眼福之类的，搞得江宏很尴尬，时不时用眼睛去看林靓。

林靓能有什么表情，即使有，依江宏的智商也看不出来。

刘旭戳了戳林靓，小声问道："咋的，你不怕江宏被其他美女拐跑啊？"一边说还一边用眼睛斜看向窘迫的江宏。

只听林靓冷笑一声，用所有人都能听到的声音说道："他是我的，别人夺不走，也没能力夺走。"

这话一出，江宏瞬间闹了个大红脸，其他人面面相觑，除了觉得男女角色互换之外，还感觉自己被塞了一嘴"狗粮"。

刘旭倒是习以为常，只是看了江宏的反应，忽然觉得找一个性格温柔腼腆的男性当未来伴侣也不错。

当然不是和林靓抢江宏了，谁敢啊，林靓不得和自己玩命。

别看林靓平时不说话，遇到挑衅也是沉默应对，这人鬼着呢，啥都给你记着，尤其是关于江宏的事。就像龙有逆鳞触及者死一样，谁要是敢碰江宏，林靓保证变成行走的炸药包。

不想再吃狗粮的一行人立刻转移了话题，被放过的江宏也松了口气。

回到 031 基地，张雨迎面就是一个大熊抱把林靓和刘旭全都抱在怀里，而被晒黑不少的袁影正在一旁傻乐。

几日不见，张雨消瘦了不少，反观袁影，不仅黑了，也变壮了。

刘旭一拍袁影的肱二头肌，还没从模仿林靓那个状态里出来，面瘫着说道："这块头不错，一会儿咱俩打一场。"

袁影嘿嘿一笑："那可就不一定谁输谁赢咯。"

林靓倒是有个疑问："张教官，你和 021 部队里的人有过节吗？"

张雨点了点头，和几人边走边说："那人叫刘虹玉，之前我们在一个大队时经常不对付。现在她应该和我一样当了教官，所以一直找你们麻烦的人大概率是她教出来的。"

这样一来，陈丽媛先前的纠缠就能解释得通了。

这次 031 部队有三人参加亚太交流，算是给部队长了脸。上级特地给三人休了假，让他们好好放松一下。

刘旭没什么地方可去，也不想跟着林靓和江宏当电灯泡，直接拉着朱思彤和袁影几人一头扎进训练场，天天驾驶战斗机飞得不亦乐乎。

江宏自然是选择和林靓粘在一起，两人的恋情虽说在一些人眼里不是秘密，但二人仍格外珍惜相处的机会，借此也过了两天情侣应该有的生活。

比如逛街。

林靓看着江宏手里拿着的粉色裙子，头都痛了："我在部队只能穿军装，穿不了这个。"

可最终，林靓在江宏"你穿给我看看"的眼神中败下阵来，在试衣间里换了这套在她眼里很丑的裙子。

一出试衣间，林靓就看到江宏眼睛亮了，暗道一声糟糕。

最后出了商场，看着手中五颜六色的衣服纸袋，林靓忍不住扶额，这都什么跟什么啊。

39. 繁花迷眼

凛冽的寒风刮在脸上，还未入冬，E国已经变得寒冷。

江宏给林靓买了很多秋冬衣服，不过林靓嫌麻烦，只带了一套过来。

E方也很重视这次交流会，为他们准备好了住宿和训练场地，林靓他们直接到了宿舍。

林靓和刘旭已经不适应住单人寝室了，刘旭放完东西就从隔壁探头探脑地瞅过来，想说什么又不好意思开口，磨磨唧唧不肯离去。

林靓被磨得没了脾气，伸手像拎猫一样把人拎了出去，再顺手关上门。

刘旭自讨没趣，摇摇头只得转身离开。

林靓刚洗完澡，就接到了江宏的电话："靓靓，这几日是这里难得的好天气，我们出门去玩吧。"

虽然林靓想的是去场地里转一转，但又不想拒绝江宏的好意，只能答应："好，我这就下楼。"

江宏生怕林靓穿着作战服出来，忙补充道："你带我之前给你买的衣服了吗？"

想到那套很有女人味的厚实裙子，林靓叹了口气，说："带了，那你等我一会儿。"穿裙子总不能随便就下楼了，至少要弄一下头发。

江宏也松了口气，他们在一起之后每次约会出门林靓比他还快，每次都是停好了车在楼下等他。如今，他总算有了等女朋友的感觉。

江宏站在林靓住所楼下，美滋滋地想着，这种感觉还不赖。

林靓一直是短发，这段时间又是训练又是参加比赛，头发才稍微长了些。但就算长了一些，也没法像长发姑娘一样梳成辫子，所以她简单梳了几下，然后将与裙子配套的发饰戴上就下了楼。

小皮靴的声音传来，一直看着楼梯的江宏在见到林靓的瞬间眼睛就直了，饶是林靓这种迟钝的人，也有些不好意思起来。

不过她可没有江宏脸皮薄，迈着轻快的步子来到江宏身边，笑着问道："很好看吗？"

江宏忙点头，呆呆地说："好看，靓靓穿什么都好看。"

由于林毅和自身原因，林靓不爱穿裙子，即使是小学的校服也一定要短裤版。一开始于丽莲还能强制她穿，后来长大会拒绝之后就再也没穿过了。江宏见她穿裙子的样子也是屈指可数。

林靓牵起江宏的手，走在异国的大街上。

虽然没有雪，但异国风情也让两人感到新鲜。林靓和江宏从小接受训练，莫说出国，十八岁之前连旅游都没有过。

他们漫无目的地走了半天，江宏才想起来要带林靓去哪里。

最近刚过完节日，街上还弥漫着热闹的气息，有些树上还挂着彩灯。林靓跟着江宏向前走，也不问他到底要去哪儿。

江宏回头看着默默走路的林靓，笑道："你就不怕我把你卖掉？"

林靓"扑哧"一声笑了出来，摸了摸江宏的额头，靠近他的耳边呵气道："你舍得吗？"

江宏倒退几步，捂着耳朵看向林靓，"你你你"了半天什么都没说出来，倒是眼睛有点红，搞得林靓又笑了好久。

江宏做这种调戏不成反被调戏的事好多次了，就是没记性，总要撩拨一下林靓，然后被调戏到脸红。

他们边走边四处看，林靓在路边发现一家装饰甜美的店，里面飘出浓郁的香味儿，应该是糖果或蛋糕店。

她拉住江宏，看着店铺道："我们进去看看吧，听说这里的甜点很好吃。"

江宏自然没意见，他有些好奇林靓怎么有兴致去这种地方，毕竟她从不爱吃甜点之类的。

小时候林靓拒绝吃糖，说甜腻的味道她不喜欢，而且会蛀牙。小小的人儿一本正经说出这番话，萌翻了大人。可江宏爱吃糖，每天晚上都要偷偷藏一些在枕头下面，牙疼到脸颊都肿了还要被林靓说教。

推门进入，里面是蛋糕店，浓郁的巧克力味道充斥着两人鼻腔，刺激得江宏打了好几个喷嚏，不好意思地看着店主报以歉意的微笑。

店主看上去三十五岁左右，对江宏毫不在意地摆摆手，用蹩脚的中文问道："你们是情侣吗？"

林靓点点头，看她说中文不是很流利，转用当地语言问："你们这里哪个比较好吃？"

女人看林靓会当地语言，脸色好了很多，她立刻给林靓介绍起来。

江宏在屋子里东瞅瞅西看看，觉得这些蛋糕看上去很好吃，但应该很甜。

江宏被拍了一下，他一转头，开口说话的瞬间嘴里被林靓塞了一颗糖。顿时，甜腻和果香填满了口腔。

江宏咂咂嘴，笑了："很甜，很好吃。"

林靓见他喜欢，便说："这是店主自己做的糖果，不售卖的，我知道你喜欢吃这东西就要了一颗。"

江宏一边感受着在嘴里化开的甜，一边遗憾地说："真的不能卖吗？"

林靓自然明白江宏的意思，转头又去和店主沟通了一番，最后买了很多蛋糕，也得到了店主赠送的糖果。

林靓把糖果塞到江宏兜里，一手拎着蛋糕一手牵着江宏问道："接下来我们去哪儿？"

江宏把糖咬破，指着前方："前边有一个很大的广场，是我来之前打听好的，有很多白鸽，外国游客也很多。"说着就拉林靓往前走。

没走几步，江宏装作不经意地问道："你买蛋糕做什么，你不是不喜欢甜食吗？"

林靓如实回答："给刘旭买的。"

"啊？"

要不是糖被咬破，依照江宏嘴现在张开的弧度糖就掉出来了："你给她买蛋糕做什么？她不是视你为竞争对手吗？"

虽说如此，但两人一起生活了这么久，该有的队友关爱林靓自然不会吝啬："我们是队友啊江宏，不能出来一趟什么都不给她带吧。"

江宏觉得嘴里都是醋味，又从兜里掏出一颗糖塞进嘴里，咬得咯吱作响。

　　林靓拿手扇了扇，笑着说道："好大的醋味，这糖还甜吗？"

　　江宏把头扭向一边，说道："不甜，是酸的！"

　　林靓站定，转过身搂住江宏的脖子，边说边凑了上去："店主告诉我很甜的，你是不是在骗我？"

　　江宏脸被掰正，看着林靓凑上来，想躲开已经来不及了。

　　双唇相贴，在风中变得干燥的唇被林靓润湿，在江宏恍惚的瞬间，糖已经被林靓夺走咬碎了。

　　清脆的声响传出，江宏还听到旁边有人欢呼吹口哨，双手僵住不知道怎么办，最后小心翼翼地揽住林靓的腰将两人贴近。

　　少顷，双唇分离，林靓舔了一下江宏的下唇，笑道："你骗我，是甜的。"

　　江宏脑子已经宕机了，哪还能分辨出林靓说的是什么，干巴巴地说道："嗯，我骗你了，对不起。"

　　被江宏逗笑了，林靓转身去拉他的手，继续向前走去。

　　缓了一会儿，反应过来的江宏才明白刚刚他和林靓做了什么，这个有些传统的男人红着脸，低着头，小声说道："以后不要在外面做这些，怪不好意思的。"

　　"怕什么。"林靓边走边说，"我们是情侣，这又不是国内，我亲你一口还要先写个报告吗？"

　　江宏挠挠头："哎呀，我不是这个意思。"

　　"你怎么跟个娘们似的。"林靓把有些冷的手伸进江宏衣服里取暖，"我又没对你做什么过分的事，有什么好害羞的。"

　　说话间，江宏说的广场已经到了，果然有很多外国游客在这里拍照合影。还有很多人拿着摄影机帮忙拍照，当然要照片的话就要付钱了。

　　林靓取了些粮食喂白鸽，江宏兴冲冲和一个男人说了什么，拉着他来到林靓身边："靓靓，我们拍照。"

　　林靓自然答应了，两人站在一起，恰逢中午十二点，广场上钟声响起，白鸽被惊扰纷纷飞走，男人觉得这个场景很好，立刻按下快门。

　　江宏付钱拿到照片，喜滋滋地收好。而林靓只觉头疼，过年时江宏绝对少不了把照片拿出来显摆。到时妈妈看到照片里她穿裙子的样子，又要惊叫连声地买裙子给她穿了。

40. 一马当先

短暂的休假结束，所有人都到了，交流活动正式开始。

真正看到 E 国人，江宏才觉得王日凯他们说的没错，确实是男的帅气女的美艳。虽说大家个子差不多，但从体型上比较，对方代表队的男性还是比自己大了一圈不止。

此时江宏注意到，对面那名个子很高的男性正在用那双浅蓝色的眼睛看着林靓，回头却发现林靓居然也一眨不眨地盯着对方，忙轻咳一声唤回林靓视线。

林靓转头，不禁怀疑是不是昨晚回来得晚，江宏感冒了。

对面那个人是张雨口中所说的 E 军著名飞行员——巴洛夫·伊万诺夫，此人有着非常高超的飞行技术，算是 E 国空军中一等一的人才。

没想到这次交流会居然会让这样的士兵参加，可以说很重视此次活动了。

林靓想着，自然盯着巴洛夫出神，急得江宏加大了咳嗽的音量。

林靓疑惑地转头，说了句很经典的话："你感冒了吗？多喝点热水。"

江宏表示自己就算喝岩浆也没用，他这病只有林靓治得了。

而在巴洛夫眼中，这个外国女人一直在盯着自己，感觉有被冒犯到："她怎么一直盯着我看？"

旁边的叶莲娜看了眼林靓道："她哪是在看你，你看她眼神都没有聚焦在你身上，少自作多情了。"

他动了一下身体，果然林靓的眼睛并没有追随他，依旧固定在一个点上。巴洛夫又不满地说道："那她也太轻浮了。"

他那个极端排外的父亲已经把巴洛夫教坏了，叶莲娜懒得理他，反而对旁边一直对林靓使眼色的江宏很感兴趣。听说这个国家的男性很温柔，今天看到果然是这样。

还不知道已经被人讨厌且男朋友还被盯上的林靓脑子里想着如何向对方请教一下飞行技术，沉浸在一些空斗场景中不可自拔。

散漫的状态在双方负责人到来后改变，两排士兵站好，听着台上双方领导讲话。刘旭和江宏的 E 国语言都不好，只能听个大概。但林靓却听出，这次交流会似乎没那么简单。

两国一直是密切合作的关系，空军一起执行任务也不是没有过，之前张雨便和 E 国空军一起执行过拦截任务。

看样子是想培养一下双方顶尖人才的配合，加强合作，顺便让自己这边摸摸另一边的飞机。至于为什么，就只可意会不可言传了。

简单的欢迎仪式后，就是室内讲解。E 国军方会将自己总结的经验传授给我国，之后我方也会为 E 方讲解一些专业知识。

高大的 E 国人经过江宏身边时，刻意撞了上去，江宏一个踉跄，直接倒在林靓身上。

林靓一把扶住江宏，仔细观察面前这个人，发现对方根本不在张雨给她列的名单里。

林靓脸上露出一丝冷笑，既然不是什么重要的人，那就不要怪她不客气了。

她上前一步，快速绕到对方身后，右手钳住他的手臂扭到背后，一脚踢在对方膝窝想让对方跪倒在地。

但 E 国人生来高大，又是男性，力量更加雄厚。早在林靓动手的一瞬间，双腿发力早早稳住身体，不仅没让林靓踢动，反而用空余的手抓向林靓，想把林靓整个人扔在地上。

林靓早有防备，扭身躲开的同时抓住对方身体不稳的瞬间，对着膝窝又是两脚。

这下对方站不住了，膝盖一弯跪倒在地，头向着江宏低了下来。

这一套动作不过瞬间，本来撞江宏也只是这人自己的意思，E 国人并不知情，所以等这个人跪倒在地后才有人发现这里出了问题。

叶莲娜几人并不知道之前发生的事，他们只看到林靓动手制服了他们的人，便不悦地用中文说道："你做什么！放开！"

"放开他？可是他先动的手啊！"刘旭想了半天决定不用一些奇怪的词语来讽刺，即使用了对方也听不懂。

叶莲娜怎么可能相信刘旭的话，安德森是个木讷的人，怎么可能先动手挑衅。

眼见刘旭和叶莲娜要打起来，一直不语的陈丽媛眼睛看向不说话但戾气十足的巴洛夫，用本地语言说道："大家都是空军，用这种体力上的角逐不觉得太过肤浅吗？不如我们在空中进行较量，哪方赢了，另一方就道歉，如何？反正你们之中一直有人看我们不顺眼。"

确实如此，巴洛夫的父亲之前就是空军，一直看不惯孱弱的我国士兵。再加上多年前两国关系没那么好时，他在天空上没胜过我国，反而被逼得迫降被生擒，更是对我国没有好感。

在这样的父亲影响下，巴洛夫对林靓他们自然充满了敌意。陈丽媛的话一出口，正合了他的心意，立刻点头答应："好，那就现在去模拟舱。"

两方教官都在教室等待两国飞行员的到来，可等了十五分钟都不见人影，只得出门找人。结果听队里其他人说，才知道他们跑去模拟舱比赛了。

两名教官对视一眼，忽然感觉自己接的不是什么好差事，犹豫再三还是向上级做了汇报。

而此时的林靓他们已经到达模拟舱了，模拟室内虚拟机是 S-27，不过因为是学员交流，所以数据上未显示带有实弹。

不得不说，两方人员对于这种配置表现得惊人的一致——失望。

刘旭咋咋呼呼刚要钻进去，却被陈丽媛拦了下来，刚要发火却顺着陈丽媛的视线看到了林靓的表情。

林靓生气了！

林靓站在那里，第一次对对方飞行员说话："你们，谁先来？"

狂妄的口气无疑惹怒了巴洛夫，他径直走到模拟舱旁，给了林靓一个不屑的眼神。

江宏拦住林靓："这违反纪律，你要被处罚的。"

叶莲娜看出江宏对林靓的感情，还未来得及悲叹自己从没有被这样对待过，就被巴洛夫吼了一嗓子："叶莲娜，你也来！"

"二对一？巴洛夫你也太不是人了。"

这样想着，叶莲娜还是屁颠屁颠地来到另一台模拟舱前开始调节数值。

江宏自然不能让林靓独自面对两个人，立刻说道："我也一起！"

林靓答应下来，两人分别做着"战前"最后的调试。

安德森见只剩刘旭和陈丽媛两个女人在，又想靠过来，却被刘旭瞪了一眼。她侧身站在陈丽媛身前，早就压制不住心中的怒火了，要是安德森靠过来，她一定会下狠手。

这架势吓住了安德森，他怀疑刘旭和林靓一样厉害，一时间和刘旭僵在原地。

两方领导来到模拟舱外看到的就是这副场景，刘旭护住陈丽媛，而安德森面对着刘旭不敢上前。

画面显示江宏已经拖住叶莲娜，而巴洛夫则在另一边紧追林靓，却总是差一点。在场的人都相信，如果不是模拟机已经卸掉了机枪和导弹，巴洛夫一定会按发射的。

E方头都大了，指着显示屏问安德森："这是怎么回事？！"

安德森哪敢说实话，支支吾吾，避重就轻，还是刘旭上前一步把事情经过说了一遍。

知道巴洛夫性格的E方领导和教官都清楚现在已经晚了，如果不让他们决出胜负，巴洛夫和叶莲娜是不可能停下来的。

此时江宏和叶莲娜分别来到林靓和巴洛夫的身边，两两对峙变化出的编队看得下方人员眼花缭乱。而安德森似乎也看出林靓和江宏不好招惹，想到万一巴洛夫输了，回去他少不了挨骂。

看着明显占据上风的林靓和江宏两人，我方领导笑着说道："哎呀，年轻人，脾气都很差，但我们有句话叫不打不相识，这次比试下来，双方关系一定会更进一步的。"

对方看到被逼退的巴洛夫和叶莲娜，脸上表情不是很好："是啊，看来我们有很多要学习的地方啊。"

　　此时巴洛夫和叶莲娜已经被林靓和江宏以两面夹攻之势夹在中间。无论巴洛夫想从哪方突围，林靓都会比他快一步进行拦截，而江宏只是作为辅助，配合林靓调整飞机角度。

　　透过玻璃，能看到巴洛夫那张气急败坏的脸。

　　我方领导笑笑说道："哎，林靓就是这样得理不饶人的性格，惹到了你们队员实在抱歉啊。"

　　E方听出话语中嘲讽之意，又碍于理亏不好发作，只能摸摸鼻子忍了下去。

　　此时胜负已出，巴洛夫脸色奇差地出了模拟舱，叶莲娜站到他身边担忧地看着他，却听他对林靓说："你，很强，我输了。"

　　见人出来，两方领导又是一番批评教育。巴洛夫才知道是安德森惹出的事来，很痛快地道了歉。

　　江宏也不是得理不饶人的人，接受了道歉，又看林靓不说话，拽了她两下。

　　领导也在场，林靓不好发作，这才嗯了一声作为回应。

　　"好了好了，闹完了吧。"我方领导笑了笑，说出林靓意料之中的话来，"既然这样，违背纪律就接受惩罚吧。"

41. 古怪之家

现在的情景就变得很奇怪了，四个人围着训练场不断跑圈，按照上级的意思是没有指令就不许停下来。

在跑了近十公里后，叶莲娜靠近江宏问道："你们的领导都爱做这样的惩罚吗？"

江宏没有回答，他觉得叶莲娜的眼神似乎要把他吃掉，急忙加快速度跑到林靓身边去。

看了一眼江宏，巴洛夫呵斥道："你一个大男人怎么爱躲到女人身后！还有你叶莲娜，没长眼睛吗？他们是情侣！"

叶莲娜吐了吐舌头，乖乖跑起来不说话。

倒是林靓，听到巴洛夫的呵斥后瞪了他一眼："少拿你个人主义那套用在别人身上，你会对叶莲娜说让她回家看孩子吗？"

巴洛夫看了眼叶莲娜，发现她正对着自己眨眼，就信誓旦旦地说："怎么不敢，叶莲娜你就回家看孩子去吧。"

可惜，这个男人会错了意，叶莲娜根本不是这个意思。

叶莲娜一脚踹到巴洛夫屁股上，阴阳怪气地回答："你胸这么大，你怎么不回家看孩子？"

江宏忽然看出不对劲，问："你们也是情侣吗？"

叶莲娜点了点头："我们在一起很长时间了。"

江宏难以置信地看着叶莲娜，心想那你还来纠缠我？巴洛夫不吃醋吗？这种相处模式也太奇怪了。

又跑了二十多公里，饶是巴洛夫和江宏这种体力好的男人也有些顶不住。

等到了中午，领导才大发慈悲让四个人回去吃饭。

躺在床上，已经累到有些虚脱的林靓接到叶莲娜的来电："哦，林靓，明天休息日要不要来巴洛夫家做客啊？"

这邀请太过突然，林靓犹豫了一下直接拒绝道："不去了，休息日我们打算再出去逛逛。"

"哎呀，自己出去逛有什么意思，来我们这儿还有真枪呢，你不想拿来玩游戏吗？"叶莲娜声音里充满了诱惑，"巴洛夫也联系江宏了，他已经答应了哦！"

听到江宏要去，林靓只能答应下来，与叶莲娜约好明天早上八点在门口集合。

一大早林靓收拾完就听到楼下有人按喇叭，穿好之前的裙子出门，便看到一辆SUV停在前方，巴洛夫探出头来对她挥了挥手，副驾驶上坐着叶莲娜。

打开车门，江宏坐在后边对林靓笑了笑。毕竟他先答应巴洛夫的，所以现在有些心虚。

本以为会去什么别墅区的林靓还是低估了巴洛夫家里的大，当SUV开上山坡时，巴洛夫装作不经意地说："这座山都是我家，半山腰上还有一小片湖，你们如果喜欢的话可以直接去游泳。"

江宏听到这里忍不住嘀咕一声："万恶的资本主义。"说完就被林靓给了一手肘。

巴洛夫就当没听见，又开了半分钟才停下来，还很绅士地帮林靓开了门："欢迎你们来我家。"

下车，林靓发现这里是一片树林，半片山林被砍倒又种植了很多，剩下另一半似乎是为了保护那个湖，没有被砍伐。

巴洛夫的妈妈站在门口，围着围裙，看到林靓和江宏后非常热情，用蹩脚的汉语说："欢迎你们，孩子们快进来吧，山上冷。"

林靓和江宏还没遇到过这么热情的长辈，在她面前有些拘束。叶莲娜似乎来过很多次了，非常开心地上前抱住了巴洛夫的妈妈说："叔叔去哪儿了？在家吗？"

巴洛夫妈妈犹豫了一下，说："他知道今天有客人来，特意在家准备了东西等……你们。"

被这样怜悯的眼神看着，林靓和江宏都有了不祥的预感。

推门进入房内，热气扑面而来。虽然是现代化装修，可内部装饰依旧有着 E 国特色。桌子上摆着转盘和酒杯，还有三瓶被擦得锃光发亮的伏特加。

看到伏特加，江宏忽然感觉胃有些疼，有种转身就走的冲动。

"来了？"巴洛夫的父亲大马金刀地坐在主位上，眼神灼灼地盯着林靓和江宏，有一丝兴奋，还有一丝诡异。

"这算什么？鸿门宴？"林靓这样想着，拉着江宏打了声招呼："叔叔好，打扰您了。"

没想到对方摆了摆手："不打扰，不打扰，你们来了我很高兴啊！"

叶莲娜打了个哈哈，把两人拉到屋子拐角处说道："完蛋了，你们只看到那三瓶酒，实际上在房子下还有个酒窖，今天你们不被喝倒是不会停的，找个机会认怂就可以了。"

除了这个忠告，叶莲娜还介绍了巴洛夫的家人，母亲叫玛丽娅，父亲叫伊凡。伊凡之前在军队工作，也是出色的飞行员，而玛丽娅只是普通市民，没有任何政治身份。

不过叶莲娜说了一点，就是伊凡非常讨厌林靓他们国家的人，这次也是听到他们要来，做了特别准备。

江宏更想回住所了，忍不住 45°角仰望天空，直到人被巴洛夫拽走。

两人一边走，巴洛夫一边对江宏说道："我已经改变了我之前的想法，视你们为朋友。可我的父亲还是老样子，所以我希望你们也能改变我父亲的想法。"

江宏想到那三瓶伏特加，有些为难地说道："伊凡先生年事已高，我恐怕没有这个能力来改变他根深蒂固的思想。"开玩笑，那三瓶下去他人就折在这儿了！

巴洛夫自然知道那些酒，他面露难色地说道："伏特加只是压轴的而已，在它之前还有其他项目。放心，你们有两个人，只要能打败我父亲，他就会听劝了。"

江宏脸色变得更差，不禁回头想向林靓求助，可他看见三个女人围在一起不知说些什么，笑得很欢畅，只能仰天长叹："我命休矣。"

两人来到湖边，发现伊凡已经脱掉上衣在热身，巴洛夫回头问江宏："你会游泳吗？"

听闻此言，江宏感觉有些奇怪，还是如实回答："游泳还是会的。"

此时，伊凡已经来到两人身边，听到江宏的话露出满意的笑容，拍了拍江宏的肩膀说道："小子，还是很厉害的嘛。既然这样，我们来比一比。"

林靓猜到伊凡会针对他们，但具体会做什么不是很清楚。而此时，她正被叶莲娜带到地下酒窖。毕竟林靓看起来没把那些酒当回事，叶莲娜决定吓一吓她。

到了地下室，林靓才发现这个酒窖真的很大，里面装满了各式各样的木桶，浓郁的酒香扑鼻而来。而此时叶莲娜转头对林靓说："这里都是酿制很久的高浓度酒，你们今天完蛋了。"

林靓挑眉不作回答，反而打开木桶上的开关接了酒尝了一口，发现酒的度数大概在 75 度左右。看来叶莲娜说的没错，伊凡是想喝倒他们。

话已至此，叶莲娜也不再劝说，本想带林靓去靶场打枪，上楼却发现江宏捂着被子缩在沙发上哆嗦。

林靓紧张地上前，搂住江宏，眼睛却锁在巴洛夫身上："这是怎么回事？"

一番解释下来，林靓才知道，这跟所谓的"冰桶挑战"差不多，是伊凡想和江宏比试一下身体素质。

比都比完了，林靓也无话可说，只能无奈地用毛巾帮江宏擦拭，说道："你就这么傻，他们说什么你就做什么？"

江宏身体缓过来一些，还是嘴硬地说道："怎么也不能丢了我国军人的脸！"他也确实赢了，被冰桶浇过后，在湖中待的时间比巴洛夫和伊凡两人都要长。

没能赢过江宏，又看他被冻成那个样子，伊凡就将视线转到林靓身上："和你不能比游泳，那我们来玩转盘吧。"

刚好玛莉娅已经把饭做好了，一行人来到桌前准备吃饭，而伊凡也介绍了一下转盘的玩法。

巨大的转盘前放了二十一个空杯子，转盘转到谁面前，谁就要向杯子里倒酒，如果里面有酒就要把酒喝光再倒。

林靓心知江宏不能喝酒的，自然主动坐在伊凡面前，转盘"咕噜噜"转起，很快，酒杯被倒满，林靓还倒霉地先喝了三杯。

伊凡才不管自己是不是长辈，完全没有让着林靓的意思，两人也不吃饭，随着转盘一杯一杯向肚里灌着酒。

一开始巴洛夫还关心林靓，后来却开始担心起伊凡来。

玛丽娅抓住叶莲娜的袖子小声问道："这个林靓酒量很好吗？看伊凡脸已经红了，她怎么没有反应啊？"

叶莲娜哪里知道，看林靓都看傻了，这人的胃是无底洞吗？她都下去搬了三次酒，算起来都能有六升了，怎么就不见林靓醉呢？

这场酒局持续了三个小时，最后以伊凡醉倒不省人事告终。而此时的林靓脸上才带了一丝红晕，对玛丽娅笑了一下："不好意思，麻烦您了。"

玛丽娅像看怪物一样看着林靓，喃喃道："没事，不麻烦的。"

两人就在巴洛夫家里住下，第二天早上起来就看到伊凡时不时看一眼林靓，脸色比昨天好上太多。看林靓望向这边，巴洛夫甚至给她竖了个大拇指。

哦，E国人就是这么容易搞定。

42. 严阵以待

回到寝室，江宏毫不意外地感冒了，在医务室里挂了三天点滴才好。所幸不是实机飞行学习，他这个重病号倒也没有落下学习进度。

刘旭对林靓出去玩不带她颇有微词，可一听是 E 国人的家，又非常感谢林靓没有通知她。否则按照她的脾气，在江宏开始冰桶挑战时就已经发作了。

陈丽媛真的收敛了自己的脾气，认认真真参加学习活动，对刘旭和江宏也颇为照顾。林靓发现，她的理论知识非常丰富，举一反三能力也很强，倒是省了她给刘旭讲解的时间。

在模拟机的训练上，林靓和巴洛夫成了劲敌，两人在空中眼花缭乱的操作让双方领导非常满意，也给两方学员提供了更多观摩机会，一到训练时间，一群人就在屏幕前看林靓和巴洛夫比试。

不过 E 方领导几次拒绝了巴洛夫申请的实弹安装，还罚他背了半天的理论题。

总体来说，这段学院生活两方都很满意。尤其是林靓，她从来没有和这么多优秀的飞行员一起比试过，虽然不是实机，但这种经验对她来说也弥足珍贵。

在这近乎完美的学习生活中，受伤的只有江宏和刘旭。

一周前去伊凡家留下的后遗症还在，江宏隔三岔五就要感冒一次。加上天气越来越冷，江宏课后补习又和刘旭一起，成功地把刘旭传染成重感冒。

医务室内，刘旭躺在病床上打着吊瓶，听着护士似乎在说她和江宏身体虚弱。刘旭表示，要不是她真的难受，早就起身反驳了。

好在护士们没说多久便出去了，不然刘旭还要接受精神上的摧残。

"砰砰！"

两声闷响在门外响起，护士们叽叽喳喳的声音戛然而止。刘旭正疑惑，医务室大门被一脚踹开，呼啸而来的冷风吹动病床隔断帘猎猎作响，令她一下就清醒过来。

刘旭立刻拔掉针头，借着帘子的掩护快速来到窗边。她探出头去发现下方没人，三层楼也不算高，旋即翻身吊在窗户上，露出半个头观察内部情景。

这一探头，就看到五名身穿特种衣的男子正在检查她输液的针头，刘旭暗道一声不好，双手一松，脚踏着二楼仅五厘米的外窗沿进了二楼房间，她记得这里是护士们存放盐水和药物的储藏室。

果然，储藏室只是被翻看了一下，里面没有任何人。刘旭紧贴着墙面向外走去，就听到靴子踏在大理石上的声音，方向正是朝着储藏室而来。

刘旭有心想躲，正巧看到一个装床单敷料的巨大纸箱，没办法，只能钻进去，手紧紧抓住开启面，祈祷对方没有红外设备。

或许是祈祷有了效果，那个脚步声只是进来看了一眼便转身离开。刘旭等对方走出很远，又听了一会儿见他没有回来才从纸箱里钻出来。

完全不知道发生了什么事，刘旭一头雾水地待在储藏室不敢随意走动。外面都是监控，如果对方已经掌握了监控室，自己出去无异于找死。

她听不到声音，只能把头探出窗口。之前没有仔细看过学院外围，连监控地点都没有记住。此时，刘旭看到在这一侧的楼外有两个监控，而下方花圃则是监控死角。

她翻了翻储物室，在盒子里找到一把剪刀。想着有总比没有好，将剪刀揣在怀里，刘旭翻身跳到一楼便侧身滚进花圃中，整个动作不到三秒。

监控似乎感应到什么转了过来，但它只是普通监控而已，只能监测到风吹得花圃哗哗作响，除此之外什么都没有。

到了地面刘旭的心中就踏实很多，拿出手机伸出去拍了一下监控，发现它又转了过去，立刻借着花圃的掩护离开了医务室这栋楼。

到了平时的教学楼，刘旭还来不及兴奋就发现这里已经被控制，那边很多飞行学员都抱头蹲伏在玻璃前。可观察了一圈儿，刘旭都没发现林靓她们。

"难不成林靓没有被控制？"

这样想着，刘旭忽然安心不少，至少她不是一个人在战斗，还有自由的同伴在。

当务之急就是找到林靓，刘旭沿着墙根，躲避着监控和对方的巡查人员，向寝室方向靠去。

忽地，有人一把抓住刘旭的手向外扯去，巨大的力量就算刘旭想挣脱都没有办法，只能用另一只手从怀中掏出剪刀，转身瞬间向对方眼睛刺去。

逆风而来的剪刀带着破空声，吓得林靓用左手挡住刘旭的攻击："是我，林靓！"

刘旭感觉自己肾上腺激素分泌到顶端了，缓了一会儿才反应过来，立刻收了力气："你叫我一下啊，我还以为是对面的特种兵！"

"要真是特种兵，你用剪刀有什么用，送人头吗？"林靓难得地调侃她一句，仔细收好剪刀又递给刘旭一把三棱刺，"你用这个，是我在教学楼的一间储物室里拿到的。"

教学楼储物室里能有这东西？

刘旭来不及细想就被林靓拉走，顺着寝室北侧的窗户向上攀爬，直至来到顶楼，在最高处俯瞰整个教学楼。

"现在就剩我们了吗？江宏和陈丽媛呢？巴洛夫和叶莲娜我也没看见。"刘旭焦急地问着，当务之急是尽快出去寻求援助，不然以她们二人之力根本无法完成营救任务。

林靓边看边摇头："陈丽媛一大早就出去了，江宏联系不上，我是饿了，去厨房偷东西吃才躲过一劫的。"

"什么？"惊讶于林靓的话，刘旭一下反应过来现在不是说这些的时候，"那我们现在怎么办？对面这些人来做什么？什么目的，多少人，我们都不清楚。"

刘旭感觉她都快急死了，却听林靓冷静地说道："你仔细看他们的衣物，除了武器，像不像他们的正规军。"

刘旭定睛一看，这种深蓝色带着袖标的装扮确实和记忆中屏幕上的 E 国军人对应上了，但他们绑架学院里的学员做什么？！

林靓似乎知道刘旭心中的疑惑，解释道："如果我所料不差的话，应该是政变。这里距离 E 国首都很远，很多时候调兵到这里都需要一天时间，再加上这里一直是争议地区。"

林靓顿了顿，眉头深锁，语气中带着沉重："你所在的医务室距离太远，我可是听到了枪声，应该是反抗者被他们击毙了。"

此话一出，刘旭的心也跟着沉了下去。如此一来，那剩下的人……

她摇头把脑海中不好的念头全部甩掉，强打精神问道："我们现在要怎么出去？"

林靓借着地上的尘土开始画地图，随着她的话语，一幅完整的地图出现在刘旭眼前："他们已经控制了监控室，并把所有人都集中在教学楼里，方便看管的同时应该也已经统计出来少了我们几个。现在他们必定把控着出入口，我们没法从那边突围。"

刘旭感叹自己有些方面确实不如林靓，这种细致的观察她平时根本不会去做。

刘旭指着学院门口，问道："我们驱车硬闯呢？还能帮教学楼里分散压力。"

林靓握住刘旭的手指，把它放在教学楼的上方："这不是军事演习，已经有人失去生命，如果让对方知晓还有人没被控制，难保对方不会恼羞成怒直接'撕票'。"

这话说得很严重，也让刘旭那一点军事演习的侥幸心理彻底垮掉。

刘旭双手挠头，一屁股坐在地上："那我们现在怎么办，坐以待毙吗？"

"当然不是。"林靓不去看突然变得颓废的刘旭，探出头去又看了一眼教学楼，"我们要出去找 E 国军方来帮助我们。"

那不还是要出去，刘旭翻个白眼道："你不是说不能走正后门吗？"

忽然，刘旭似乎想到什么，蓦地转头看向林靓。

而此时林靓也做出回应："刘旭，我们是军人，之前二十米徒手攀岩你白爬那么多次了？"

43. 整装出击

计划一定，林靓和刘旭不准备在这里继续待下去，立刻从北侧下楼准备离开学院。

依旧是顺着大楼外侧爬，两人压低身形，借着花圃掩护迅速向一侧墙壁跑去。也亏得是女性，身材娇小不容易被发现，若是巴洛夫那种粗壮的汉子就没这么好躲了。

刘旭跟在林靓身后，紧张地问道："你知道这侧外面是什么吗？别我们翻过去人家正在底下等着呢。"

林靓自然不会犯这种低级错误："外边是山林，非常偏僻，就算有人在里面巡逻也能逃掉。"

听闻此言刘旭放心下来，可又转念一想道："你怎么什么都知道？！"

"我这叫细致入微，高瞻远瞩。"其实这也算林靓的老习惯，到什么地方去一定要仔细观察才安心。否则她那个父亲不一定在什么地方放点"小惊喜"给她。

"又来了。"

压制住内心想要暴起和林靓打一架的冲动，刘旭选择闭上自己的嘴，不给林靓机会。

越向墙边靠，巡逻的士兵越多，刘旭都纳了闷了，怎么这么多人，他们不用去占领其他地方吗？

她们贴着一栋楼房的外侧，林靓探出头去，正看到两名特种兵在墙下端着枪。

"这里是监控死角，怪不得他们站在这里。"林靓叹了口气，赤手空拳和枪较量，她们又不是超人，看来要想其他办法了。

正想着，林靓就看到巴洛夫和叶莲娜从阴影中蹿出，一人扣住一个向后拉去。

见此，林靓只愣了一瞬，便拉着刘旭冲出来，帮助两人打晕两名特种兵。刘旭还想做掉两人，被叶莲娜拦了下来。

刘旭不解，叶丽娜为难地说："他们隶属我方，就算有罪，也要交给我方处置。"

刘旭跺跺脚，"唉"了一声，转过头去不想说话。

林靓没管这两人，反而对巴洛夫道："你们发现什么了吗？"

巴洛夫摇头，看着十米高的墙壁道："我和叶莲娜昨天晚上就没回来，谁知道今天到正门就发现学院已经被控制，街上气氛也不对，就和叶莲娜偷偷潜进来了，没想到……"

巴洛夫神色复杂地看着地上已经晕过去的特种兵，颇为难过："当务之急是找到电脑查询他们的意图，否则我们出去也是找死。"

按照巴洛夫的说法，外面街道也被他们的人控制，那确实不能现在就出去。

"你有办法窃取到对方的机密文件吗？"林靓想着，如果巴洛夫技术不够，可以让陈翰文帮一下忙。

巴洛夫点头道："可以，不过我们要去模拟训练室才行，那里的电脑连了网络，更容易突破。"

林靓很着急，毕竟从早上开始她就没看到江宏了，非常担心他的现况，因此毫不犹豫地说："好，我们现在就去。"

敲定计划，四人联手进度就快上很多，一路上只要是监控死角，所有特种兵都被解决。可惜为了轻装上阵，几人没法拿重武器，只能顺些冷兵器来。

来到模拟训练室楼下，巴洛夫深吸一口气，说："只要我们进去就会被发现，估算距离，他们过来只需要五分钟。如果他们到了而我还没有破解，就需要你们来拖延时间了。"

林靓点头答应，率先向上攀爬。

四人出现在监控里的瞬间就被发现，指令下达，一支十人小队立即出发向模拟训练室跑去。

计时开始，林靓和叶莲娜守在门口，刘旭站得更远。三人躲避着监控潜伏起来，毕竟对方拥有实弹，硬碰硬非明智之举。

倒数到两分钟时，林靓额头滑下一滴汗，叶莲娜更是紧张得连后背都湿透了。刘旭探出头去，在大门口已经看到不远处特种小队跑来的身影。

她对后方的林靓比个手势，林靓会意，估算着时间快到三分钟了，转身跑到巴洛夫身边问道："还需要多久？"

巴洛夫也急得一身是汗，口中略带不耐地说道："这个防火墙我无法突破，对面似乎有人在加强这张网。"

是黑客，林靓心中了然。看着电脑上不断弹出的数据和巨大的图标，似乎能透过这些看到对面黑客嘲笑的脸。

"你继续，我先出去了。"林靓决定不打扰巴洛夫，回到叶莲娜身边，对两人问道："你们谁有手机？"

叶莲娜不明白林靓的意思，还是摆手表示自己没有。而刘旭直接把手机扔了过来，眼睛继续锁定越来越近的特种小队。

接到手机，林靓打通了陈翰文的电话："翰文，有事要你帮忙。"

林靓来到巴洛夫身边，将电脑上一连串的代码报过去："你现在立刻协助巴洛夫突破防火墙，这件事非常紧急。"

陈翰文刚把电脑打开，听到这话差点没把笔记本扔出去："老大，我就算再厉害也不能短时间内就攻破一个国家的网络啊，而且你不是说对面还有黑客阻拦吗？"

可此时林靓已经把电话挂掉了，对巴洛夫道："有人帮忙，你需要多久？"

此时，巴洛夫已经看到代表陈翰文的那组代码闯入视野，在虚拟世界中横冲直撞，把对方逼得节节败退。

巴洛夫一喜，语气明显轻松了不少："这人很厉害，有他的帮助，再有三分钟就能突破！"

也就是说她们还要坚持三分半的时间。

林靓点头，转身出门越过叶莲娜来到刘旭身边，此时特种小队已经进入大楼，估计在一层。

手势做出，刘旭立即知道她的意思，去了电梯口埋伏起来。

这种惊人的默契让叶莲娜感到心惊，如果不是她阻止了她们，她毫不怀疑这支特种小队会全部死在这里。

细微的脚步声传来，林靓躬身，右手抓住三棱刺，大腿肌肉绷紧，就等第一个人露头了。

特种小队非常谨慎，连枪管都没有露出来。可叶莲娜隐藏的地方太"对"了，特种小队一眼就看到了她，火力瞬间倾泻而出，密集的子弹打在模拟训练室门上，要不是玻璃防弹，叶莲娜早就被打成筛子了。

叶莲娜此时才反应过来，好家伙，这两人故意让她藏在这里的。不管特种小队是走楼梯还是坐电梯，总有一队能看到她！

而在枪声响起的时候，林靓和刘旭同时出手从侧面拽住其中一人的步枪向自己拉去。不同的是，刘旭自己扣住扳机，随着两人动作让枪走火，惊得特种小队四下散开寻找掩体。而林靓这边则只用了一秒就卸掉了弹夹，还推倒对方来堵枪眼。

气氛一下诡异起来，林靓这边藏得严严实实根本找不到。而刘旭手里拿着枪和人质，特种小队一时间也不敢上前。

剩下叶莲娜一脸蒙，只能跑到室内问："巴洛夫，你还要多久，外面坚持不了多久。"

密集的枪声巴洛夫也听到了，可他现在正在关键时刻，也想不出其他好办法。

大洋另一头的陈翰文咬着笔，电子设备全开，嘴里喃喃道："嘿，小子，还敢嘲讽爷，爷一锤子塞你嘴里！"

巴洛夫这边还在头大，就看到对方的防火墙像被什么东西砸了一样忽然出现破损，如此机会他怎么可能放过，调动庞大的数据流冲进去，把破洞扩大。两人协力，终于查到了他们想要的信息。

而此时的刘旭已经无法钳制住对方了，干脆放手，带着枪一顿扫射后和林靓在掩体处会合。

"现在怎么办？"刘旭靠着墙，感觉活了十八年从没这样刺激过，肾上腺激素过度分泌已经让她忘记什么是害怕，反而有点抑制不住的兴奋。

　　林靓相较刘旭就冷静很多，比了一个手势让她不要说话，又指了指枪，问子弹还有多少。

　　比了一个手势，刘旭依旧非常兴奋，脑子里满是自己神勇的样子。

　　林靓探头出去，发现那些特种兵已经出现，一方人马来找她们，另一方则打算突击进入模拟训练室。

　　林靓一手指窗，另一只手挥了挥。刘旭立刻拿枪打在玻璃上。同时两人分别行动，翻滚着躲避子弹，到了不同的掩体后。

　　枪声吸引了特种小队的注意，就在他们注意力分散的一瞬间，巴洛夫从里面冲了出来，和叶莲娜分别挟持了一名特种兵并抢下了他们的枪。

　　一时间枪声四起，四人在特种小队寻找掩体时会合，分别翻窗逃离。

44. 半数沦陷

林靓快速跑过，此时也不管是不是会被对方发现，身后密集的子弹擦着她耳朵划过。刘旭手里的步枪早就没了子弹，被她扔到一边。

墙壁就在前方，几人加速冲上去，只用了三秒便全部逃出，也不敢停留，继续向山林深处跑去。

空气中带着湿气，腐烂的落叶非常湿滑，阻碍了几人的奔跑速度。

林靓回头观望，发现特种小队也翻墙而出，在他们身后追赶而来。不过借着高大的乔木掩护，不多时就将他们甩开了。

四人聚在一起，刘旭和叶莲娜瘫坐在地，就连巴洛夫也非常疲惫，喘着粗气道："短时间内他们应该追不上了。"

话音刚落，武装直升机的声音就从他们头顶传来。透过斑驳的树叶缝隙，可以看到浅蓝色涂装的直升机正在山林上方盘旋，如一座大山压在心头，众人心中无比沉重。

林靓扶着树干，累得直不起腰："先说说你在电脑上查到什么了吧。"

从巴洛夫的描述中林靓得知，这次政变是他们蓄谋已久，再加上外国和E国有着紧密联系，正好借此机会一网打尽。林靓他们几个本来也是要被控制的飞行员，只不过因为各种意外让他们逃脱罢了。

目前，整座城市六个大区已经有一半沦落到敌方手里，第四个大区正在争夺中，坦克、火箭弹等武器全部调动起来，这架来寻找他们的直升机应该就是从战场调来的。

这种消息让林靓他们心惊，而且叛军手中掌握着如此精良的武器。

这倒是林靓想错了，巴洛夫所说的武器在E国算是烂大街的东西，哪个有家底的军队手里没个几百件。

"那我们现在怎么办？"生活了这么久的城市发生这种突变，叶莲娜心理上无法接受，就如同她不让刘旭杀掉对方特种兵一样，都是"一家人"，为什么要打来打去呢？

巴洛夫看出叶莲娜心里难受，上前拥抱了她："之前军方活动的卡纽基大道正在被争夺，根据他们的内部消息，卡纽基沦陷只是时间问题。"

听出巴洛夫的意思，林靓接口道："那就是说，如果我们现在去卡纽基大道，应该能碰上撤退的政府军是吗？"

巴洛夫点头，而在他怀中的叶莲娜已经哭了起来，低低的呜咽声顺着风传远。林靓觉得此时什么安慰都是苍白无力的，也只能拍了拍叶莲娜的肩膀。

刘旭已经休息够了，扶着树站起来，看了眼上方徘徊不去的直升机，有些煞风景地问道："如果要去卡纽基大道就要尽快，我们现在要怎么离开？"

天上的直升机确实令人头痛，看着巴洛夫和叶莲娜手里的枪，林靓想了一下说道："既然如此，我们分开行动吧。"

这种情况下分开行动不失为一个好主意，巴洛夫说道："这样我和叶莲娜一组，你和刘旭一组，分开前往卡纽基。"说着，便将前往卡纽基的路线在地上画了出来。

林靓自然没有意见，巴洛夫参与了突破防火墙的行动，他要是能够到军方说明情况，总比自己先到复述一遍强太多。

她拿出手机，不意外地看到信号全无，直升机上带着信号干扰装置，如此一来她也无法联系到大使馆了。

不过她相信我国应该已经有所行动，或许已经派出特种部队来营救他们了。

想到狼牙小队，林靓紧张的心有所舒缓，她相信如果徐海来了，一定能营救成功，现在她唯一能做的就是帮助巴洛夫他们脱险。

从叶莲娜手里拿到的步枪还剩二十来发子弹，对于她们二人来说足够了。

照巴洛夫画的地图显示，下山道路有四条，如果每个地方都派人拦截的话，兵力必定削弱，而且应该还有特种兵在山上搜寻他们。

所以林靓对刘旭指明路线："你先去这条河边等我，沿途留下记号，我去相反方向。如果河边有人，你就先躲起来等我。"

刘旭知道这不是逞能的时候，立刻答应下来，把枪扔给林靓就跑远了。

林靓等了五分钟，才向另一方向跑去，跑了约有三分钟，才在一片比较宽敞的地方停下，随后抬起枪。

"砰砰砰！"

三声枪响过后，林靓还在原地等了一会儿，才听见直升机声音缓缓靠近。她定睛一看，直升机已经增加到三架了。

眼前一道红光闪过，是瞄准器的红点！

她就地一滚躲开瞄准，同时听到三声枪响，分别通过前后和左侧打来。

这三架直升机上都有狙击手！

林靓额头上冒出冷汗，立刻钻进树林中隐藏起来。不过按照对方特种兵的行进速度，应该很快就会找到她。

本以为直升机上只有突击队员，没想到配备了三名狙击手，还真是下了血本！

林靓在树林中快速穿梭，三架直升机紧跟在她身后，所幸她速度极快，乔木又非常粗壮，否则早就被狙击手击倒了！

隐隐的脚步声传来，心知是对方特种兵已到，林靓头也不回地继续向前跑去。此时她完全不能靠近刘旭的方向，只能向山顶跑去。

这座山很高，越到山顶树木越多，并且河流也是自山顶而下，到了那里或许能有一线生机！

这样想着，林靓奔跑速度更快，还不忘抽出三棱刺在树上刻下记号来混淆视线。如果自己被抓了，刘旭还有脱险的机会。

喉头涌上腥甜，呼啸的冷风顺着鼻腔灌进肺里，林靓只觉眼前发黑，后边脚步声却越来越近，直升机轰隆的声响似乎就在她的头顶。

树叶被刮过的声音响起，林靓想也不想便躲在树后。几乎是同时，两颗子弹打到她刚刚走过的地方。

她无法探头出去，便脱下外套，以树枝撑起肩膀后用三棱刺钉在树上，然后手脚并用地爬到树冠上。

好在树木的宽度能将林靓完全遮挡，没有人发现林靓已经离开。

又是一枪，刚好打在衣服露出的肩膀上。衣服应声飞出，被靠近的特种兵又打了一枪。

这下对方才发现不对，可此时林靓已经隐藏在树冠中跳到另一棵树上了。

听着对方交流的意思是继续向前追查，林靓不敢怠慢，连跳几棵树后才回到地上继续向河流进发。

在树上浪费体力，还容易被对方狙击手发现，林靓不打算做浪费时间的事，一分一秒都要抓紧。

河流湍急的流水声逐渐传来，林靓心中一喜，加快了脚步。

"砰！"

不知从什么地方飞来一枪，身体下意识翻滚去躲，可已经晚了。子弹擦过林靓肩膀，带起的血花溅在她脏兮兮的脸上。

林靓一声不吭，快速向河中跑去，身后枪声接连响起，受伤的身体躲闪不及，腿部又是一弹擦过，子弹落在水中，溅起的水花落到林靓头上。

林靓一边费力向下游靠去，一边估算着距离。可河水流速极快，林靓感觉自己比刘旭更靠近山脚一些。

林靓上岸后简单用撕碎的衬衣包扎一下，在树林中寻找刘旭留下的痕迹。

走了大概三百米，终于看到刘旭做的标记。林靓顺着标记一路来到河边，就听见树上一阵响动，刘旭探下头来："你受伤了！"

来不及细说，林靓急忙招呼刘旭下来："这不重要，刚刚我应该吸引了全部直升机和一部分特种兵，按照巴洛夫的速度，不出意外的话他们应该冲出包围圈了。"

所以，现在只剩她们两个还没走。

看着冰冷的河水，林靓和刘旭对视一眼直接跳入水中，顺着河水来到山脚。

此时天气虽不至于结冰，可潮湿的衣物贴在身上更让人感到寒冷。两人上岸后被风一吹就开始打冷战，不得不活动身体让关节保持灵活。

这里守军非常少，两人小心潜伏，终于来到小镇上。

此时镇上空无一人，两人还想着找辆车开走，就发现一辆坦克从远处靠近，在马路上横冲直撞。

"……"

近距离观看这种杀人武器，刘旭头都大了，正想着自己会不会被一炮轰飞时就看到坦克一个急停，然后舱门打开，叶莲娜探出头来："愣着干吗？上车啊！"

45. 地下转移

钻到坦克里，好奇心压过了寒冷，刘旭东瞅瞅西看看，这里摸一摸那里摸一摸，心里想着天上飞的和地上跑的就是不一样，这玩意儿要是玩碰碰车，撞起来可太带劲儿了。

这边叶莲娜正在给林靓包扎，所幸都是皮外伤，处理起来很简单。

伤口被水泡得泛白，寒意席卷而来，林靓都感觉不到疼痛问："我们要多久能到卡纽基？"

"按照这辆坦克的速度，需要半个小时。"巴洛夫开惯了飞机，坦克这种慢悠悠的东西让他很不适应。

半个小时？

估算着时间，林靓问："不能再快点？如果对方有轰炸机和战斗机我们就是活靶子。"

巴洛夫也知道这铁盒子没啥大用："没办法，街上连辆车都没有，就连坦克也只剩这一辆好的了。"

兴奋劲儿一过，刘旭也感到了寒冷，缩在一角打着哆嗦："太冷了，就没有什么取暖设备吗？"

坦克上哪有取暖的东西，叶莲娜控制不住脾气道："不然你钻炮管里去吧，开火的时候能暖和点儿。"

太冷了，冷得刘旭懒得还嘴。

叶莲娜也不是真的生气，在坦克上找了一圈儿，只找来一套衣服。林靓没要，全给刘旭穿上了。

林靓尽量活动身体，凑到巴洛夫身边看他开坦克，问道："有什么是我能帮上忙的。"

巴洛夫观察着前方，呵了口气："有，到上面去做车长看我们是不是被跟踪。"

随着巴洛夫手指的方向，林靓看到上面的指挥塔，那里是整个坦克视野最开阔的地方。

林靓答应下来，却略过了指挥塔，先开坦克舱门探出头去观察外面。

巴洛夫一开始还没发现，拐弯时林靓让他慢点才看到她半个身子都在外面，气得大吼："探头出去是什么操作！给我回来！"

林靓没有被巴洛夫的怒火吓到，反而冷静回答："我在里面看不到天上，你仔细听，后边有驾直升机在跟踪我们。"

这句话吓得巴洛夫差点踩了刹车，急忙问："那你还不回来！"这种直升机虽不配备导弹，可机枪还是有的。

"等一下。"林靓眯起眼仔细观察，终于发现逐渐靠近的直升机是之前带有狙击手的那一架。

而就在林靓看到他时，他的枪也瞄准了林靓。

瞳孔骤然缩小，林靓立刻缩头进入坦克内部。同时，跳弹声响起，旋即子弹打进未来得及关闭的舱门中，幸好没打中任何人。

刘旭一看到子弹就坐不住了，惊声尖叫道："12.7毫米子弹！他们疯了吗？！"这玩意儿别说打人，就算打装甲车也够了。

惊魂未定的林靓被刘旭这一嗓子叫醒，立刻关上舱门："巴洛夫，快开！"

根本不用林靓提醒，巴洛夫把马力开到最大，刚前进不足五十米，就听到外面传来密集的"雨点"声。

这哪里是雨点，分明是机枪打在坦克外壳的声音。亏得这辆坦克是Z-95型号的，是防御性最佳的坦克之一。

刘旭突然想起什么一样，说道："你说，他们会不会有火箭弹啊？"

叶莲娜立刻瞪她："呸呸呸，乌鸦嘴！你快闭上你的嘴吧！"

刘旭还来不及道歉，就听到指挥塔上林靓说："巴洛夫，快躲闪，他们拿火箭推进榴弹了。"

话音刚落，坦克就向旁边开去。几乎同时，一发火箭榴弹就炸在刚刚坦克前进的位置。再晚一秒，这辆坦克直接就成了他们四人的骨灰盒！

不过对方的榴弹似乎就这一颗，之后就一直在用机枪扫射。

"砰！"

对面狙击手开了一枪，正中履带！

察觉到对方意图的巴洛夫骂了一句脏话，掉转方向将坦克驶入建筑较多的街道，也算阻挡了对方的视线。

"砰！"

又是一枪，刘旭觉得奇怪，问："这狙击手打履带做什么？难不成打的是同一地方？"

见叶莲娜和林靓沉默，刘旭狠狠打了个哆嗦："这么厉害？"

对方狙击手确实很强，第三枪巴洛夫就看到数值上显示坦克履带受到损伤，速度略有减缓。

"叶莲娜，看看坦克里有什么弹药！"巴洛夫被打火了，也不管对面到底是什么人，是否认识，准备向对方开火。

就在林靓想帮助叶莲娜装填弹药时，车声响起，林靓立刻在指挥塔观望，就看到后方四五辆装甲车以极快的速度向他们冲来。

"来不及用坦克回击了。"

林靓手里拿着叶莲娜找出来的火箭筒就要上去对直升机来一发，却听巴洛夫道："给我，这东西的后坐力能让你的腰断掉。"

林靓只犹豫了一秒，就和巴洛夫换了位置。虽然显示的很多数据看不懂，但简单的刹车油门和方向林靓还是能操控的。

装甲车的速度很快，短短几分钟时间和坦克就距离一百多米了。由于层层建筑阻隔，狙击手很难打出第四枪。而这时他们发现坦克的舱门又打开了。

巴洛夫速度极快，几乎是舱门打开的瞬间就站起来，怒吼着向直升机发射出一枚榴弹。可惜直升机速度很快，迅速升高躲掉了致命一击。

同时，一辆装甲车来到坦克前方想要阻挡，林靓哪会管他们，一脚油门踩到底，直接撞了上去。要不是装甲车向前开了一段距离，林靓这一下就会从它身上碾过去。

撞开装甲车，坦克的速度又减缓了很多。

而巴洛夫却在指挥塔神色激动地说道："卡纽基到了！就在前面！"

此时对方的装甲车已经不敢上前，只有直升机还继续跟着。狙击手端起枪，终于看到他选择的那一点，开出第四枪。

"砰！"

履带应声而断，坦克在巨大的惯性下向右侧翻，来不及撤退的民众四散奔逃，场面乱作一团。

此时，广场上的大屏幕一阵雪花过后，一个带着面罩的男人出现在大屏幕上："咳咳，我现在很遗憾地宣布，第四区也沦陷了。不想死的，现在就给我老老实实待在家里，所有出现在街上的人，一律按反叛军处置！"

此话一出，民众更加恐慌，坦克里林靓等人心也一凉，看来卡纽基也不安全了，而且之前停留的装甲车也跟了上来。

巴洛夫扔掉没了弹药的火箭筒，一脸颓然道："我们还不能放弃，我的上司还在等我拯救，我们不能在这里停留。"

林靓拍了拍这个男人的后背安慰道："还有其他地方能去卡纽基吗？第四区刚刚沦陷，或许我们的军队还没完全撤离。"

这句话让巴洛夫重新燃起希望："有的，我们可以通过下水管道过去，只是管道弯弯曲曲，用的时间更长。"

"这有什么，快点联系上增援才是正经。"刘旭通过指挥塔看向外面，发现直升机在不远处准备降落，装甲车也逐渐靠近，看来是要生擒他们。

林靓能理解，毕竟巴洛夫是有名的飞行员，只要他投敌，天空上就会更领先一步。

打开舱门，一行人借助坦克和其他车辆的掩护爬出，巴洛夫和林靓一起打开下水管道，叶莲娜和刘旭先跳了下去。

臭味难挡，还有沼气存在，但也顾不上那么多。盖上盖子后，四人凭借之前确定的方向向前走去。

入目漆黑一片，所幸叶莲娜手里还有个手电筒能看清前方的路。

不知走了多久，在一个井盖前，林靓伸手制止了一行人前进，并指了指上面。

脚步声由远及近，士兵的话语声隐约传来。

"这次丢掉第四区，我们就只有两区可守了。"

"是啊，他们准备非常齐全，进攻猛烈，我们看来要丢失这座城市了。"

"你少说丧气话！"

巴洛夫和林靓对视一眼，同时摇头，四人继续向前走去，直到听不见任何声音才打开井盖翻身出去。

在两栋楼之前探出头来，巴洛夫确定了对面是政府军，众人终于松了一口气。

四人同时出现，双手举过头顶，被士兵押送到暂时看管的阵营中。

46. 全盘崩溃

他们被关押起来了，刘旭小声抱怨道："他们这些人就没有内部消息网吗？我们是客人知不知道。"

林靓与她一墙之隔，听到抱怨没有回答她的问题，转而问道："你不冷吗？听你说话都在哆嗦。"

刘旭满不在乎地摆摆手，才想起来林靓看不到，有些郁闷地说道："冷啊，那有什么用，还不是在这里挨冻。"

"小心咬到舌头。"

刘旭这才反应过来，林靓压根就没在关心她，而是嫌她烦，脾气一下就上来了："林靓，你不会说话就不要说话！"

没想到林靓听及此言真的就不再出声，靠在墙上任凭刘旭怎么叫喊都无动于衷。

这边刘旭的气还没消，门就被打开了，一群人走了进来："你们是林靓和刘旭？"

"是的。"林靓回答，并站起身来观察着对方。

目光扫过对方肩头代表着上尉军衔的徽章，林靓心放下了一些，和他们走出房门。

午后的阳光照在身上，林靓感到暖和了些，这时对方开口说道："由于不知道你们的身份，把你们关了起来，实在抱歉。"

刘旭没有出声，安安静静跟在林靓身后。而林靓只感觉到头有些晕，轻声回问道："巴洛夫把事情经过说清楚了吗？"

对方点头，他没想到这样两位瘦弱的异国女性能爆发出如此惊人的力量，还能帮助巴洛夫逃离控制，不由得对她们二人高看了一眼。

被带到休息的地方，林靓和刘旭便分开了。林靓不敢直接躺到床上，先观察了一眼房间的布局，然后脱掉衣服进入浴室。

先是温水，后是热水，林靓一点点温暖了自己的身体。寒意顺着骨缝向外溢出，林靓头顶在浴室的瓷砖上，长长舒了口气。

感觉终于活过来了！

房间内准备了女兵的衣服，只是尺寸有些小了，显得林靓的身材……非常好。

不是很适应这种服装，林靓左看右看，总觉得哪哪都很别扭。

困意袭来，林靓躺在床上刚闭眼便睡着了。不知过了多久，敲门声响起，惊得林靓一下坐起了身，才想起已经安全了。

林靓暗中责备自己太过放松，居然在这种地方睡着了。她起身打开门，发现是之前那个上尉。

上尉看出林靓刚睡醒，腼腆地一笑："你好，我来带你去找巴洛夫他们，罗杰洛夫少将要见你们。"

这是正事，两人接了刘旭之后，一同向营地中最大的房子走去。

营地中的设备清理得差不多了，只剩下一些重型武器还没有拿走。再看时间，她睡了不过几分钟而已。

房间中设备还算齐全，一位戴着少将军衔的人正在低头看作战图，发现林靓他们到来后也没有多寒暄，直接进入主题："你们把学院里发生的事仔细说一遍。"

虽然之前听过巴洛夫的解释，但学院内还有他国人在，少将不得不谨慎一些，因为这会影响外交关系。

相比巴洛夫的笼统，林靓这边说得很详细，甚至精确到了之前交手的每一个特种兵的编号。

罗杰洛夫深深看了一眼林靓，摩挲了一下手中的电子笔后说道："你们来到这里之前应该听到了大屏幕上那个人说的话，现在城市刚刚沦陷，我们佯装撤走，实际上在其他地方设了埋伏，只是兵力不够，需要上级派人来增援。"

说到这儿，罗杰洛夫叹了口气，电子笔在作战图上画出几个点道："这几个地方，一些是我们之前囤积重火力武器的仓库，还有一些是之前战争时期遗留的地下防空洞。因为这里是争议地区，所以这些地方我们保护得很好，可是现在已经落入对方手里了。"

林靓看着这几个点，脑中将它们连成线，果然像一张巨网一样将整个城市笼罩在其中。在这样的布局下，这些地点一旦丢失便很难夺回，怪不得少将一直在看作战图。

见少将不再讲话，巴洛夫接着解释道："现在我们手里连战斗机都没有，无法突破敌方空中的包围圈。不过幸好对面也没有战斗机，否则我们将面临导弹的轰炸。"

这词儿听着新鲜，之前无论是军事演习还是比赛，都只有林靓炸别人的份，现在听到自己要被轰炸，林靓心中骤然升起一种怪异之感。

巴洛夫与林靓不熟，不懂她表情的含义，继续说道："我们当务之急是与上级沟通，可我们的通信系统被对方破坏，根本无法联系外界。"

罗杰洛夫指着地图上一个圆点，接着说："我军目前仅剩的紧急通信设备在这个地下基地里。可此地有重兵把守，我们根本无法进去。"

林靓听及此言，心中暗道一声糟糕。若是这样，即使我国派来特种增援也不能联系上了。毕竟比起这里的特种兵，她还是更相信狼牙小队一些。

林靓不死心地问了一句："只有这一个通信系统可用了吗？"

罗杰洛夫的话打破了林靓最后一点幻想："是的，只有这一处了。"

领导被擒、江宏失踪、陈丽媛生死不明，这些像大山一样压在林靓心上。她深吸一口气说道："不管那里有多少看守者，这个通信设备我们一定要抢回来！"

罗杰洛夫等的就是林靓这句话，当即拍板决定整理一批人马由巴洛夫和林靓带领去抢夺通信设备。他查过，林靓小时候受过非常严苛的特种训练，能完成一定的特种作战任务，而巴洛夫前去则是看能否抢夺一架武装直升机回来。

小队有二十人，算是罗杰洛夫手下最精锐的一支队伍了。除了十余名突击队员外，还有一名通信兵、一名狙击手、一名医务兵和一名爆破手。这种非常专业的特种任务林靓也是第一次参加，更不用说刘旭。但此时刘旭感觉身体已经完全正常了，且异常亢奋。

罗杰洛夫手下的人虽然对林靓担任队长有些微词，但还是听从上级安排，跟着她准备潜入。本来巴洛夫制定的计划是驱车前往城市边缘，在建筑之间潜行。可林靓直接否决，决定从下水道进去。

既然以林靓为主，众人还是听从她的安排由下水道进入城市之中。

下水道臭气难闻，巴洛夫忍不住说："这里这么黑，你还能记得路？"

刘旭听到这句话一捂脑袋，完了完了，那熟悉的场景又要来了。

果然如刘旭所料，林靓并没有回答巴洛夫的话，而是带领小队在管道中左转右转，选定了一个出口，直接爬了上去。

推开盖子，林靓确定这里是距离坦克侧翻不远的一个街区，便从下水道中爬出，招呼全部人上来："走过的路线我都记得，前面就是我们之前开过的坦克，现在距离那个地下军事基地还有多远？"

通信兵看了眼地图："还有四公里。"

天上听不到直升机的声音，目力极佳的林靓和巴洛夫一眼就看到不远处巡查的叛方士兵。

击杀不是他们的首要任务，林靓决定绕开这些士兵，不打草惊蛇，尽量不起争斗，否则会吸引对方更多的增援。

街上车辆很少，不过此处并不像国内到处都是监控，只要没有士兵，他们就能快速通过。

可越靠近地下基地，对方士兵就越多。五人一个小组，在街道中隔十米站立，眼睛四处看着。

看来这里不仅是他们唯一的通信设备，叛军也在这里设立了重要据点。

直升机旋翼声响起，林靓侧耳去听，这架直升机应该在大楼另一侧。

与巴洛夫对视一眼，他小声道："我还有别的任务，联系外界这事得你来。"

林靓点头，对那名爆破兵道："你跟着巴洛夫，我带着通信兵和少量突击兵就可以。"人数太多，对潜入反而不利。

两人商量好，十分钟后，巴洛夫将在叛军飞机存放地点发起爆炸，到时林靓趁机潜入，向外界发送消息。

计划敲定，林靓带着五名突击士兵和通信兵爬到楼房内部潜伏起来，等待巴洛夫的消息。

47. 指派增援

身处高位，林靓俯瞰整个街区，发现越靠近地下基地的地方兵力就越多，显得这个基地非常"打眼"。

这倒让林靓感到奇怪，她转身问通信兵："你确定地下基地就是这里吗？也太过明显了。"

面对林靓的质疑，通信兵显得很不快，但他还是回答道："我们调查的基地就是这里，而且我之前在这儿出过任务，不会是诱饵。"

疑虑稍稍减轻，最主要的是现在他们没有退路，必须潜入地下基地中。否则等到剩下两区全部沦陷，就不是简单的政变问题，而是变成领土纠纷了。

时间一分一秒流逝，十分钟过去了，巴洛夫那边还是没有动静，林靓有些焦急。

忽然，巨大的爆炸声在远处响起，林靓精神一振，对后面的突击队员们招了招手，准备从另一侧下楼。

下方站岗的士兵全部被爆炸声所吸引，不一会儿，地下基地中开出了两辆车，向爆炸方向疾驰而去。轮胎被压得很低，看来车上装了不少士兵和装备。

林靓他们潜伏在一楼，逐渐靠近这些士兵的背后。每人捂住一名士兵的口鼻，将士兵拖进房中。

解决掉这些士兵，林靓他们小心翼翼地翻出窗口，弓身快速向另一侧楼房内跑去。

如此反复，林靓他们解决掉三条街道的士兵，终于靠近了地下基地的入口。就在林靓准备想办法进入基地时，两架武装直升机从基地内飞出，向发

221

生爆炸的方向飞去。

"看来巴洛夫他们遇到麻烦了，这边要抓紧。"

这样想着，林靓向身后打了一个手势。

看到这个手势，一路上默然不语的刘旭挪到林靓身后戳了戳她："你又想出什么幺蛾子？"

地下基地大门严防死守，林靓想不到能从正门进去的方法，但武装直升机的出现给了她思路，便对刘旭说道："我们现在有两种潜入方法，你应该知道我说的是哪两种吧？"

刘旭当然知道，第一种就是正面突入，人都杀光了自然就没有人知道他们进来了。第二种就是从武装直升机出来的地方进去，虽然有些风险，但更加稳妥。

不过刘旭看林靓的表情，似乎更加倾向于第一种，估计现在正在想为什么不多留些突击士兵。

最终林靓还是决定从直升机出入口潜入，这种地方遇到的几乎都是技术人员，打起来也容易。

而巴洛夫那边就没有这么容易了，一场爆炸几乎摧毁了叛军全部直升机，只留下几架还能飞行。

子弹擦着直升机外壳弹开，蹦出的火星溅在他脸上带来丝丝痛感和肉烧焦的味道。

巴洛夫也不管是不是武装直升机了，招呼队员都登上一旁完好的运输机，抢到一架就跑。毕竟运输机容量大，能帮罗杰洛夫搬走那些重武器。

运输机起飞慢，对方子弹打在运输机身上。幸亏前方玻璃是防弹的，不然巴洛夫早成筛子了。

飞机还在上升，巴洛夫眼睛扫到角落里落灰的加特林，喊道："拿起这个给我扫！"

突击队员们眼中闪过一丝兴奋，其中一人跑快了一步，端起加特林探出头去就是一顿扫射。

哦，这玩意儿可比步枪转数快多了。

顿时，子弹像雨点一样从运输机上落下，也亏得下方直升机已经是残骸，否则又要引起一轮爆炸！

但笨重的加特林无法做到精准扫射，敌方士兵还有人隐藏在残骸后，等待加特林换弹。

可巴洛夫哪会给对方再次反击的机会，运输机径直升起，机头转向就要离开。

而此时，林靓看到的那两架武装直升机已经赶到，黑黝黝的机枪口对准了运输机，要强迫巴洛夫降落。

巴洛夫哪会听他们的，依旧向前飞去，而突击队员狞笑着将刚刚换弹的加特林对准了对方，看那样子是准备拼个你死我活了。

这边僵持不下，林靓那边也卡在管道中。

由于是地下基地，直升机出入必定有地面开口，旁边一般都会有通风管道。林靓他们现在就卡在通风管道里，寻不着出去的方向。

刘旭推了一下前面通信兵的屁股，有些不耐烦地说道："你不是说你在这里工作过吗？怎么不记得去通信室的路？"

通信兵强壮的身体蜷缩在管道里非常难受，刘旭的推搡让他感到害羞，又向前挪了挪："这是管道里，又不是在地上走，我能记到这儿就已经很厉害了！"

刘旭气结，脚向后蹬了蹬，差点踹到林靓脸上："林靓，我们现在怎么办？"

林靓握住刘旭脚踝向前一推，小声问通信兵："这里距离通信室还有多远？"

"不远了，但……"通信兵看向前方三条管道，为难地说道："我不确定这几条管道到底哪个是通信室的。"

林靓点头，先让后方士兵后撤，然后对刘旭说："你打通排风口，先跳下去。"

刘旭对这个安排没有意见，她也不希望在管道里继续蜷缩着。用拳头打松排风口后，一点点把拦网拽上来，刘旭观察一下情况后握住两侧直接跳了下去。

刘旭迅速观察完四周，对林靓打了个手势。林靓了然，带着剩下的人也跳下来。

到了下方，通信兵迅速看出这里方位，对林靓道："通信室就在左前方，需要再穿过一个走廊。"

林靓看了眼后方的摄像头，语速加快："那快点前进，我们已经被发现了。"

众人没走几步，刺耳的警报声响起，林靓敏锐地听到警报中夹杂着笨重的脚步声。

喊一声快走，林靓用枪打烂了后方升降门的门卡锁将门锁住，随后跟在突击兵的身后解决掉入目所及之处所有摄像头和门禁。

来到通信室门前输入密码，大门打开才看到里面还有几名工作人员，看到林靓他们进来后吓得抱头鼠窜，林靓向天花板开了几枪才让他们冷静下来。

林靓用枪指着他们的头，道："你们不想死，就过来帮忙。"

工作人员相互看了看，只能点头答应，配合通信兵向政府军发送消息。

有人配合，通信兵的效率高了不少，短短一分钟内便将所有信息发出，并得到令人振奋的回应。

"援军已经派出，希望罗杰洛夫少将坚持到援军到来。"

消息虽是好的，但林靓清楚最近的一个驻地派兵赶过来都要一天时间，对于他们来说形势依旧不容乐观。

伴随着巨大的爆炸声，又一道门被破坏，林靓皱眉来到门前，看着房间最高处的通风管道，对突击队员们说道："你们先上去，刘旭最后。"

队员们没有意见，先将通信兵送进去，剩下的鱼贯而入，而刘旭在最后看着林靓："你快过来！"

话音刚落，林靓瞳孔一缩，飞快离开门口，并扑倒了一名工作人员。

"轰！"

耳朵出现短暂失聪，林靓脑子昏昏沉沉分不清东南西北，她身下的工作人员更是直接晕了过去，也不知这些人用什么炸的门，威力这么大。

不过正是因为威力巨大，他们也躲得很远，现在正好在烟雾中谨慎前行。

刘旭的影子变得十分虚幻，林靓意识到这是爆炸引起的后果，即便身体不协调，也努力站起身握住刘旭递下来的手爬到通风管道中。

等那些人进入通信室，只能看到满地晕过去的工作人员，林靓他们早就不见了踪影。

林靓费力地跟在刘旭身后向前爬着，脑子还不是很清楚。就算如此，她也看出队伍方向不对，及时纠正了过来。

又爬了五分多钟，林靓才缓了过来，仔细听着下方士兵的动向，最终和通信兵一起找到了出去的路。

他们费尽周折回到和巴洛夫分开时的楼房中，林靓靠着门柱闭目休息。时间一点点过去，晚霞透过玻璃照在林靓脸上，巴洛夫也没有回来。

正当林靓纠结要不要先行离开时，巴洛夫带着伤从窗户爬了进来。

相比他的狼狈，身后队员更加凄惨。人伤了一半不说，狙击手都不见了。

林靓清楚现在不是解释的时候，等巴洛夫休整完毕后，一行人准备离开。

48. 身陷困境

远离地下基地，林靓才询问巴洛夫遭遇到了什么。

原来在和直升机对峙时，对面的机枪打中了运输机。虽然飞机没有爆炸，但一半的人还是受伤了，那名狙击手更是遭遇不测。

林靓自然知道对一个部队而言，一名成熟的狙击手意味着什么。但现在任何安慰都是苍白无力的，千言万语也只能化为一个拍肩的动作。

在身后，那个被刘旭"非礼"的通信兵更是默默流泪，之前在队中他和狙击手关系最好，现在人死如灯灭，而且死在运输机下，说不定连尸体都没有了。

刘旭从没经历过生离死别，在这种悲伤气氛下，她的眼眶也湿润起来。

在这种过于沉重的气氛下，林靓的冷静就显得格格不入："我们当务之急是尽快回到少将所在的营地之中。"

听闻此言，巴洛夫露出为难的神色："我没能抢来直升机，无法给上级派来的增援做接应。"

说话间，旋翼带来的轰鸣声再次响起，林靓他们无法，只能再次躲进房间中，商量出城的方法。

不能这样坐以待毙，林靓看着外面不断增多的直升机，神情凝重地说道："巴洛夫，在我去之前，罗杰洛夫少校和你说了什么？"

这也没什么可隐瞒的，巴洛夫如实说道："少校和我说，城市的交通枢纽已经被对方掌控了，就连乡间小路也增派了兵力。少校的意思是抢来直升机接应增援的飞机，对敌方进行轰炸后陆地部队再进来。"

计划是好的，可惜赶不上变化。巴洛夫并没有抢到直升机，还损失了一名珍贵的狙击手。

林靓揉了揉眉心，有些头痛地问道："我们潜入基地之后闹出这么大的动静，对方不可能不做出反应。现在我们恐怕连下水管道都没法走了，你们前去抢夺直升机时有看见陆地部队吗？"

巴洛夫想了想回答道："自然是看见了，不过都是些装甲车，你若是想凭借这个突围恐怕不行。"

没想到叛军对陆地载具把控如此严格，连一辆速度快些的车都没留下，这样一来他们真的被困在这座城市里了。

刘旭坐在地上，揉了揉酸痛的膝盖问道："这座城市这么大，他们居然能把所有车辆全部控制，执行力也是很恐怖了。"

对此，巴洛夫也感到十分头痛。战斗机没有就算了，就连他之前那辆SUV都不见了，真不知道敌方是怎么做到的。

直升机的声音逐渐远去，林靓来到窗前低头看向街道。现在实行宵禁，没有人出门，就连写字楼里都是空荡荡的。

宵禁？出门？林靓杵着下巴似乎想到了什么，转头问巴洛夫："这座城市很大吗？我看附近这种商业楼很多。"

"那是自然，这座城市是世界有名的旅游城，只不过最近是旅游淡季没什么人来而已。"巴洛夫有些自豪地说道，只是疑惑林靓为什么要问这些。

林靓来到刘旭身边，踢了她一脚，蹲下说："没有战斗机，我们还可以去开民用的客机。"

想到林靓之前那个三等功，刘旭警惕地问道："难不成你要开着客机去撞对面的地下基地吗？"

巴洛夫倒是猜出了林靓的意思，他惊喜地说道："既然这样，那我们出发吧，具体怎么行动路上再说。"

街上巡逻部队增多，一行人只能再次钻入下水管道中前行。

借助手电微弱的光，林靓看清眼前的道路，她问通信兵："你知道去民用机场的方向吗？"

通信兵拿出自己的电子地图翻看了几眼，只用了几秒钟便规划出一条最短路线："按照我们在下水管道中行进的速度，到达机场我们需要走三个小时。"

"太慢了。"林靓听着这个时间就有些发愁，"没有更快一些的方法吗？"

失去了同伴的通信兵脾气本来就不是很好，被林靓这么一问，翻了个白眼说道："最快的方法当然是飞过去。"

林靓也不生气，反而开始认真思考这个办法的可行性。

根据巴洛夫的说法，他们之前几乎炸毁了所有的直升机，但看现在天上的飞机数量，对方似乎还有另外的基地。

看出林靓又要冒险的刘旭急忙拉住她："林靓啊，你可让我省点心吧。"

也不怪林靓如此着急，和她一同来的人只有刘旭还在身边，其他人都被扣押在学院中，慢一步都有可能造成伤亡。

林靓几乎不敢想象，如果江宏出了什么意外，她会做出什么样的事来。

见林靓似乎冷静下来了，刘旭放开手，用蹩脚的当地语言说道："我们加快行军速度，争取在一个半小时之内到达民用机场。"

快速行军意味着减负，好在这些突击士兵也不是矫情的人，只留了一些近战武器，大家便出发了。

下水道中氧气稀薄，跑了没多久林靓便感觉呼吸急促起来。这时她看了一眼时间，刚过十五分钟。

大家都被下水道中的沼气熏得头晕眼花。通信兵更是如此，被巴洛夫搀扶着还大喘气。

这样下去不行，林靓看了眼精神百倍的刘旭，对巴洛夫说道："队伍中有人体能不佳，驾驶客机这件事还是我和刘旭去吧。你们上去找地方隐藏起来，等我和刘旭驾驶客机吸引他们注意时再找机会离开。"

此话一出，特种兵里的人面露不悦之色："我们是被少将派来帮忙的，并不是你们的累赘。"

林靓自然不是这个意思，她解释道："我没有觉得你们是累赘，相反你们帮了很大的忙。只是现在情况紧急，这是根据战况做出的不得已的调整。"

巴洛夫也明白，在这种事上人多并不是好事，便出来做和事佬："好了，少将让我们听林靓的指挥，我们照做就是了。"

其实他也明白少将的意思，有些事情由林靓这个外国人做更方便一些，之后首都那边也好解释。

就这样，巴洛夫将所有特种队员带走，只给林靓留下了地图。

对林靓和刘旭来说，这就足够了。

只有她们两人，在下水管道中也前进得飞快。等到身体承受不住沼气的侵扰，两人再次停下时，虽然过了二十分钟，可也走了近五公里！

断断续续的休息，两人成功地在一个半小时内到达了地图上的民用机场。

林靓推开井盖，呼吸到久违的新鲜空气，和刘旭一起瘫在地上大口大口地喘气。

她很快翻身站起，拉着不愿起来的刘旭向民用机场走去。

应该是没有料到有人会用民用机作战，这里空无一人。塔台全部关闭，机场的维修也停止了，只有一架架孤零零的飞机停在场中。

刘旭把塔台的灯全部调亮，指着窗外一架绿色的民用机道："从参数上看，这架飞机是最好的。"

林靓看了一眼飞机数值，体型小巧、速度很快，似乎是哪个土豪的私人飞机。

两人驱车来到飞机前，升起直梯爬进飞机中，看到熟悉的仪器，林靓的心情莫名放松了一些。

刘旭对民用机不熟，自然不会跟林靓争抢机长的位置。

坐在副驾驶上，刘旭握着手柄兴奋地说道："起飞喽！"

被她这种乐观感染，林靓难得地露出笑容。

飞机平稳驶向跑道，林靓将马力调大，飞机缓缓加速，向天空飞去。

深入云层中，熟悉的白云和阳光让两人颇有种守得云开见月明的感觉。

民用机与直升机不同，它可以到达直升机无法到达的高度。林靓也不再耽搁时间，调整方向向罗杰洛夫所在的方位飞去。

等两人飞到市中心时，林靓竟然发现雷达失去了作用，看来是有反雷达装置。

"他们还有这种东西？！"刘旭的声音都破音了，她感觉自己现在就是个瞎子，下方随时有可能射一发导弹上来。

林靓还没回答，便听到对讲机里出现模糊的声音："请飞到坐标

113.149，请飞到坐标113.149！"

　　听到久违的电磁声，林靓的心却一下悬了起来，这时候怎么会出现塔台音？

49. 真假难辨

与刘旭对视一眼，林靓立刻掉转机头远离市中心。而塔台声还在不断传来，扰得两人不得安宁。

刘旭一气之下关掉对讲机，盯着失去作用的雷达道："我们现在怎么办？"

"等。"林靓驾驶飞机压低高度，飞机刺破云层暴露在外。几乎同时，警报声响起，刘旭的心也跟着紧张起来。

见目的达到，林靓再次飞入云层之中，向城市边缘飞去。

没有雷达，刘旭完全分不清方向，焦急地说："林靓，你要去哪里？不和罗杰洛夫少将会合吗？"

林靓调节数值，又将飞机升高四百米后道："当然不，我们要远离他，给巴洛夫时间。"

这时刘旭才想起巴洛夫，不由得奇怪："就算巴洛夫他们能突破重围回去，又能帮我们什么忙？"

林靓叹了口气，转头看了刘旭很久，在刘旭炸毛之前说："现在我们要做好最坏的准备，如果我们被导弹击中，那就真是'落地成盒'了。"

一想到那个场景，刘旭感到凉意顺着脚底板来到天灵盖，仿佛下一秒就会被导弹从正下方击中。

而林靓所料不差，地面确实想用导弹将她们击沉。黑黝黝的炮管立起来，在雷达中锁定她们的飞机，就差一声命令。

巴洛夫听到警报声时早就离开了城市，正赶往罗杰洛夫留守的营地。

被警报声惊到，他回头看了一眼，此时爆破手说道："这警报声听起来不对劲！"

巴洛夫哪敢耽搁，加快速度向营地跑去，边跑边问："怎么个不对劲法？"

爆破手想了一会儿说道："警报分不同等级，等级不同声音也是不一样的。按照之前我学过的知识来看，这个并不是警告、报警的意思，而是……有导弹发射，提醒己方人员的警报。"

"什么？！"

巴洛夫一个踉跄差点摔倒，将导弹发射和林靓驾驶民用飞机联系起来，得到的答案变得非常可怕。

此时巴洛夫恨不得自己会飞，近在咫尺的营地也变得遥远起来。

其他没听到爆破手话语的特种兵就看到巴洛夫发疯一般向前跑去，不明所以地跟着向前跑，心中还奇怪出了什么事。

几乎是冲进营地，巴洛夫一把推开房门道："少将，林靓他们要中导弹了！"

"什么？！"罗杰洛夫都破了音，他来到作战图前仔细观看曾经做下的标记，没有一处显示敌方拥有导弹。可刚刚的警报他也听见了，自然知道巴洛夫说的是真的。

巴洛夫觉得嘴里要起泡了，他不想让自己刚认识不久的朋友就这么死在天上："我们就没有什么反制的办法吗？"

罗杰洛夫为难道："我们确实有反导系统，不过缺少地面引导雷达和远程导弹，毕竟我们不知道对方在什么地方发射导弹，不好反制啊。"

可巴洛夫哪管那么多，焦急地说："有就可以，其他交给我来处理！"

罗杰洛夫哪容巴洛夫胡来，一拍桌子："简直胡闹！没有引导雷达你怎么发射导弹！你以为你在玩电子游戏吗？这是战场，你的一点失误都会造成大规模死亡和损失，这个后果谁来承担！"

"我来承担！"巴洛夫眼睛都红了，想起和叶莲娜分离前她的眼神，他缓缓吐出胸中浊气，"有后果，我来承担。少将，你清楚林靓在他国是怎样的人才，她的父亲还是他国总司令！如果她伤亡在这里，那两国关系怎么弥补？！"

罗杰洛夫清楚巴洛夫的意思，可没有雷达的反导系统就是摆设，难道要用肉眼去瞄准吗？

看看巴洛夫的表情，罗杰洛夫暗叹一声，看样子如果他不同意的话，这人也会自己找到反导系统发射的。

罗杰洛夫按住太阳穴，为难地说道："好，既然如此你就去吧，如果出了差错，我会帮你圆回来的。"

巴洛夫一喜，连道谢的话都没来得及说便冲了出去。晚一分一秒，林靓和刘旭会遭遇什么后果他不敢想象！

其实，林靓这边没巴洛夫想的那么严重。

高压之下，刘旭整个人有了非常明显的变化。如果袁影在这里，只能用两个字形容她——疯子。

因为刘旭在哼歌，哼的还是《聪明的一休》的主题曲。

林靓一开始忍了，可刘旭声音越来越大，最后甚至在抖腿。

一脚油门下去，林靓忍无可忍："你能不能别哼了？！"

"一休"停止歌唱，没过半分钟又开始唱别的："再过一小会儿，阴间来相会；送到火葬场，全都烧成灰；你一堆，我一堆，谁也不认识谁，全部送到农村做化肥……"

林靓嘴抽了抽，这都什么歌词。

此时她们飞在城市边缘，警报声早已停止，寂静让刘旭心中更没底，只能做些什么分散自己的注意力。

远离了市中心，飞机上的电子设备逐步恢复正常，而在雷达刚刚亮起的一瞬间，林靓看到一个诡异的点在向自己靠近。

手要比大脑更快一步行动，调节飞机数值到最大，客机升高并向左侧倾斜，变化之快让刘旭猝不及防，身体跟着倾斜起来。

短短三秒，林靓完成了这一套动作，此时她才想起来，那个点应该是导弹！

在这个念头闪过的瞬间，导弹擦着飞机而过，如果两人能看到的话，导弹距离飞机舱底只有十厘米！

惊出一身冷汗，刘旭声音都发抖了："导弹！林靓这是导弹啊！"

"我知道，你别慌。"

林靓声音非常沉稳，握住操纵柄的手却不断颤抖，刚刚的操作全都是身体下意识的反应，现在让她再做一次都做不出来了。

然而对方可不止一枚导弹，林靓估算，下一次导弹发射是三分钟之后。

汗顺着后背滑下，林靓清楚这架客机承受不住再次加速飞行，之后的导弹她绝对躲不过！

紧张之下，刘旭看向在她眼中一直运筹帷幄的林靓，却发现林靓双眼发直，面色苍白，与之前镇定的样子大相径庭。

刘旭这才知道林靓也不是无所不能的，这种情况下也只能做一个普通人。

还想开玩笑问林靓要不要留个遗言，两人同时看到雷达中出现的光点，什么话都说不出来了。

然而就在这个光点出现的瞬间，另一个光点正以非常快的速度向她们飞来。

"难不成有两颗导弹？"

刘旭还有时间打趣，现在她是债多了不怕，一颗两颗都是死，甚至还觉得赚了。

"不对！"林靓忽然说道，同时驾驶飞机降低高度。虽然这点高度对导弹来说无济于事，可林靓还是不断下降速度，甚至改道飞向罗杰洛夫所在的营地方向。

就在林靓改道的瞬间，两枚导弹相遇了。

"轰！"

爆炸声震耳欲聋，掀起的气流让飞机左右摇晃，电子警报杂乱响起，外皮还被掀掉一块儿。刘旭更是东倒西歪，头磕到舱壁上撞的眼冒金星。

而营地中，罗杰洛夫目瞪口呆地看着巴洛夫，半晌都没缓过来。

这是拼死一搏，巴洛夫拼赢了，成功救下林靓她们。

罗杰洛夫猛地一拍巴洛夫肩膀，兴奋地吼道："小子，你可以啊！"

巴洛夫倒没觉得开心，林靓她们驾驶的飞机距离导弹爆炸地点太近，不知会不会有危险。

危险暂时是没有，只是少了一块外皮，飞得更不稳了。林靓一咬牙加快飞行速度，摇摇晃晃的飞机在低空向营地飞去。

　　距离越来越近，看到林靓她们安全的巴洛夫瘫坐在地上，露出哭笑不得的表情："成功了，我成功了！"

　　这人居然现在才反应过来！

　　罗杰洛夫也松了一口气，不禁感叹林靓她们福大命大，经历这么多波折后居然还能活下来。

　　当然，他没有否定林靓和刘旭，她们所有的表现包括临时反应都近乎完美。罗杰洛夫参军半辈子，遇到的这样的士兵屈指可数。

　　此时，巴洛夫忽然说道："我们有迫降地点吗？"

　　明白他的意思，罗杰洛夫说道："有的，前面有一大片空地。"

　　说完，就安排特种兵前往空地给林靓她们打信号。

50. 心怀怒火

林靓接到指引，迫降在营地前方。

她刚下机，迎面而来的巴洛夫上来就要拥抱她，惊得林靓转身躲开，还下意识给了他一脚。

想起国俗不同，巴洛夫不好意思地挠挠头，上去和刘旭对了一拳，开心之情溢于言表。

反而是林靓已经平复了心情，来到罗杰洛夫身前敬礼道："少校，我们抢夺回飞机，完成任务。"

罗杰洛夫点点头，看着有些残破的飞机，眼中闪过一道光："干得不错，接下来需要你们前往第五区接应援军，辛苦了。"

听出罗杰洛夫言语中的歉意，林靓不在意地说道："我们是军人，军人就是服从命令和保卫祖国，没有辛苦可言。"

林靓再次敬礼，转身就要拉着刘旭上飞机。可从逃出学院开始，这一系列的刺激再加上劫后余生的喜悦，大喜大悲之下，刘旭再也挺不住，两眼一翻晕了过去。

重量带着林靓右臂下坠，对刘旭的这种表现在意料之中的林靓只托着她的身体对罗杰洛夫道："少校，麻烦您了。"

罗杰洛夫摆摆手，派人接过刘旭："你放心，我会照顾好你朋友的。"

对朋友这个词不置可否，林靓打起精神准备上机，却被罗杰洛夫喊住："带上巴洛夫一起吧，也好有个照应。"

巴洛夫也说道："是啊林靓，你不要逞能，还是我来开你接应吧。"

林靓并没有感觉到疲惫，对他们说的话感到有些奇怪，但巴洛夫能来帮忙她还是愿意的。毕竟她和第五区的援军不熟，有巴洛夫在好办事多了。

两人登上飞机，巴洛夫完美地让这架摇摇欲坠的飞机平稳飞在空中。林靓感叹，自己还是有很多要学的东西。

巴洛夫不知林靓的感慨，略轻松地问道："林靓你累吗？不如休息一会儿，等到了第五区上空我叫你。"

林靓摇头，甩动着有些僵硬的双臂来到副驾驶座帮忙："怎么只剩你了，叶莲娜呢？"

巴洛夫看林靓真的没事，也放下心来回答道："这里很危险，我让她先回去了。"

时间过得飞快，巴洛夫看到眼前熟悉的建筑兴奋地说道："这就是第五区！"

随即又疑惑起来："援兵呢？为什么空无一人？"而且也太热闹了吧，完全没有第四区的荒凉感，简直和战前没什么两样！

怎么回事？林靓惊疑不定，一时间分不清到底哪边是现实，难道之前经历的艰难险阻都是假的吗？

就在这时，一架 S-27 战斗机从远处飞来。巴洛夫和林靓心都凉了，才听到对讲机里传出："巴洛夫！林靓！是我，叶莲娜！"

"什么！"

两人异口同声喊出来，对视一眼，都在对方眼中看出疑惑和不解。

林靓脑子转得飞快，下一秒就反应过来到底发生了什么事："巴洛夫，你们战斗民族还真是厉害啊。"

听出林靓言语中的调侃，巴洛夫心中闪过不祥的预感："你不会认为这是场演习吧！"

林靓没说话，眼神高深莫测地看了巴洛夫一眼，而对讲机里也传来叶莲娜兴奋的声音："演习结束！巴洛夫你们表现得太好啦！"

不好，巴洛夫和林靓一点都没感觉到好，尤其是巴洛夫，气得想把控制台掀了。

自己费时费力，损兵折将，忍受这么大的悲伤后却告诉他这是演习？！

巴洛夫掉转机头，操控飞机向远方飞去，不管去哪儿，他都不想看到自己的领导。

林靓捏了捏眉心，E方乱来就罢了，自己上级为什么还要跟他们搞这种声势浩大却无厘头的军事演习？

什么玩意儿啊！

虽然经历过这一切的林靓和巴洛夫一样生气，但该劝还是要劝："巴洛夫，我们是军人。既然是军事演习就不要再闹别扭了，你想让江宏和陈丽媛看热闹吗？"

巴洛夫也知道他在发脾气，可他就是控制不住："死人了林靓！那么多士兵都死了啊！"

听闻此言林靓一挑眉道："你下死手了？我可没杀一个人啊。"

这话让巴洛夫愣住了："你没杀人？之前潜入地下基地时难道你没解决过对手吗？"

林靓摇头，面色古怪地说道："叶莲娜之前说过这些兵由你们上级处置，再加上我是外人，不好真的杀人，只能把人敲晕。"

巴洛夫更傻眼了，他现在感觉全世界都在欺骗他。也不逃了，老老实实跟着叶莲娜回去。一下飞机，就看到江宏、陈丽媛他们站在机场鼓掌迎接，就是都有些心虚。

林靓不至于生气，只是走到领导前敬礼。巴洛夫可就没林靓这么好说话了，上去就给了叶莲娜一个熊抱，紧接着就给了她一拳，问道："你是不是早就知道了！"

罗杰洛夫也在，笑着替叶莲娜解释："那你可冤枉她了，要不是你让她撤离，她也和你一样蒙在鼓里。"

这个解释让巴洛夫好受了些，这才想起来对上级敬礼。

上司也不是很在意，毕竟他们隐瞒在先，这次演习意在训练各个学员的反应能力，还有便是试探林靓一行人的能力。

结果出乎意料，林靓和刘旭的强悍程度甚至不输E方特种兵，这种恐怖的能力，幸好不是敌人，不然……

想到那两枚未击中的导弹，E方领导也不知是庆幸还是遗憾。

演习成功，一到四区的恢复工作也已开始。

晚宴上，巴洛夫见到了之前运输机"坠毁"时阵亡的狙击手，看到他还活着，巴洛夫差点哭出来。

一群 E 国人在酒堆里不醉不归，林靓这边就显得文静很多，除了刘旭。

在军区医院里醒来的刘旭还不清醒，恍惚间以为自己被导弹炸死了，看到护士才反应过来自己在医院，又以为自己被俘虏了，差点就把护士脖子扭断。

后来知道是军事演习更是不信，直接就问那导弹怎么回事，犀利的言辞让护士哑口无言，还是己方领导呵斥才停下来。

刘旭喝了口酒，醉醺醺地靠近林靓："他们那一刻绝对是想杀了我们。"

林靓挑眉，拿了一块儿蛋糕塞进刘旭嘴里："就你会说话，天天叽叽叽！"

刘旭嚼着蛋糕，又喝了口酒，装傻笑呵呵地钻进巴洛夫那堆人里要和他们拼酒。

又是一阵欢呼声，林靓晃着酒杯，觉得这种热闹的气氛不适合自己，便远离人群来到窗边。

江宏看林靓似乎不高兴，跟在她后边问道："靓靓，有些事情不要想得太复杂，会变傻的。"

林靓自然知道江宏话中含义，她将红酒一口喝掉，佯装喝醉般倒在江宏身上，嘴中却冷冰冰吐出四个字："希望如此。"

江宏揉了揉林靓的头发，笑着说："还有我在，不会有事的。"

51. 全新演习

经过这次军事演习，双方精英可算是进行了深入的军事交流，对方的技能和作战能力也摸得门儿清。

刘旭在庆功宴后又晕了过去，紧急抬到医院，诊断后发现是因为紧绷了的神经突然放松，加上喝了很多酒，睡着了。

看到刘旭这个熊样，江宏强迫林靓进医院检查，林靓百般拒绝，为此两人还打了一架。

江宏没法制服林靓，跑去找巴洛夫，两人一起把林靓抬到了医院。

这一检查，林靓不要紧，巴洛夫和江宏却被吓了一跳。紧绷的神经从未放松过，子弹擦过的地方已经化脓，身上还有大大小小的磕伤。

巴洛夫目瞪口呆，见江宏见怪不怪的表情忍不住问："林靓一直这样吗？如果是叶莲娜早就向我哭诉了。"

听到这话，江宏苦笑一下："莫说向我倾诉，从小到大林靓连哭都很少，这种伤只能说是小意思，更严重的你都没见过。"

想到飞机上林靓对自己说的话，巴洛夫拍拍江宏肩膀道："林靓很坚强，但这样的女人更需要你去心疼。"

江宏翻了个白眼："这还用你说？！"

两个男人在病房外说着，病房内林靓听得一清二楚。

旁边刘旭笑道："哦哦，不像我，只会心疼靓靓。"

被她的语调恶心到，林靓抓起枕头砸在刘旭身上，面无表情的脸上什么情绪都看不出来，可刘旭就是知道她害羞了，于是一边躲着枕头一边嘴里喋喋不休，还说要回去跟袁影说。

懒得再理她，林靓开始闭目养神，实则思考为什么还不离开。

按照上级说法，这次军事演习非常完美。按理说学习交流已经结束，他们也该回国了，为什么要在这里养伤？

难不成又有什么特殊任务？

吃了药，林靓脑子昏昏沉沉的，想了一会儿便觉得疲累，合眼睡了过去。

江宏进屋时，就看到已经熟睡的林靓和看书的刘旭。

见江宏进来，刘旭很有眼力见儿地把帘子拉上。江宏腼腆一笑，来到林靓身边握住她的手。

"她瘦了。"

这样想着，江宏将手贴在林靓脸上，仿佛在摸一件无价之宝般轻轻摩挲。又怕惊醒林靓，只贴了一会儿便放开。

每次单独面对林靓，江宏都有些局促，现在林靓睡着了，倒是能够放开。

江宏把林靓的手放在自己脸旁，满足地叹了口气。在学院里被俘的瞬间，他真的非常恐慌，想着以后见不到林靓，甚至想到林靓有可能因为反抗被杀，他的心仿佛都被冻结了。

到达教学楼后才告知是演习，可他依旧看不到林靓。想来也是，像林靓那样谨慎的人，怎么会像他一样轻易被抓呢？

想到他当时的惊慌失措，江宏忍不住笑出声来，只觉得自己痴傻，林靓怎么可能有事呢？

这样盯着林靓看了半晌，江宏一根根捏着林靓的手指，想象这样的手指戴上戒指会多好看。

被这样摆弄，林靓自然清醒过来。

她反抓住江宏的手腕，露出一个外人从未见过的笑容："不用难过，我没事。"

怎么可能没事呢？这句话是林靓从小到大用来安慰他的，只要他因为她难过，林靓必定会说她没事。

江宏摸着林靓的头，轻声道："我已经不是五岁的小孩了，你少骗我。"

看着江宏已经红了眼眶，林靓心中叹气，伸手捏住江宏的脸颊向外扯："不要哭丧着脸嘛，笑一笑。"

被这样捏着脸怎么可能笑出来，可江宏硬是露出一个扭曲的笑容："嘻嘻。"

"噗！"

没忍住，林靓一下笑出声来，才想到刘旭还在一旁，忙收敛了笑容，但心中还是高兴的，像揉包子一样揉着江宏的脸。

在江宏眼中，现在的林靓才有了一点小时候的样子，不像之前，冷冰冰的，一点情绪都没有。

又捏了几下，林靓想起什么，问道："之前我在被俘人员中没看到你，你去了哪里？"

江宏想起那时自己的狼狈，不愿和林靓多说："被关在寝室，他们的意思是只要和你联系不上就好。"

怪不得，如果有人看管的话，自己当时一定会避开，自然就找不到江宏了。

怕林靓继续追问，江宏忙把话题引向她："那你呢？怎么会有子弹擦伤？头又是怎么回事？"

想起当时的凶险，林靓还是心有余悸。受伤的部分全部省略，剩下的拣一些重点和江宏说了。

饶是如此，江宏也能想到当时林靓的遭遇，眼圈又红了："你也真是，干吗要自己做饵，就这么不惜命吗？！"

看到江宏生气了，林靓拇指划过他眼睛下方："这是当时我能想到最好的方法，如果不是军事演习呢？这样能用我换来更多人生还，这样算，我还赚了。"

"你赚个屁！"

江宏难得地爆粗口，林靓一怔，觉得好笑又感动，这样的江宏还蛮可爱的。

两人又腻歪了半晌，江宏才被护士以妨碍病人休息为由弄走，留下林靓。她迅速调整好表情，准备睡觉。

她猜，刘旭肯定要过来八卦。

果然，江宏离开五分钟后，刘旭终于按捺不住八卦之心，撩开帘子探头过来问："林靓，你人前人后好不一样啊！"

本不想理会刘旭的，可奈何她像个苍蝇一样嗡嗡个不停，还时不时用手去戳林靓的肩膀。

林靓睁眼起身，看着一下跳远的刘旭道："你想做什么？"

刘旭拍拍被吓到的小心脏，笑嘻嘻地说道："哎呀发脾气了，就因为是我，不是你的宏宏。"

林靓懒得再理她，盖上被子准备休息。这次任凭刘旭怎么挑逗她都无动于衷，还是护士进来把刘旭按在床上，勒令她再动就用绑带把她绑起来，刘旭才安静地卧床休息。

等到两人休息好已经是一星期之后了，这段时间陈丽媛不断和 E 国空军进行交流，但让刘旭惊讶的是她并没有藏私，反而将自己学到的知识毫无保留地传授给她和林靓。

这倒显得之前一直针对她的自己小气了。

林靓没有刘旭那么纠结，陈丽媛拿出自己的诚意后，她也将自己在巴洛夫那里得到的技巧传授给她，两人关系又拉近不少。

在 S-27 战斗机上训练几次都没问题后，林靓她们终于接到上级下发的通知。

第二天在会议室集合，巴洛夫和林靓都在对方眼中看到疑惑。

可等两方领导同时到场后，两边飞行员都知道又有任务了。

看到下方士兵们的表情，我方领导咳嗽一声，把目光锁定在 E 方领导身上。

对方感到一阵压力，不由自主地站出来说道："各位学员，你们之前的表现，我们都看在眼里。这次两方交流会举办得非常成功，恭喜你们！"

虽然没觉得有什么可恭喜的，林靓他们还是鼓掌捧场。

领导接着道："从明天开始，你们要好好休息，准备下一场演习！"

还有演习？有完没完了！

刘旭就差嚷出来了，被林靓死死拽着才没出声。

看出士兵们的不满，E 方领导有些心虚地说道："这也不算演习，你们也能理解成一次考核，只不过要和海军一起考核罢了。"

见士兵们情绪平静了些，领导才继续说道："巴洛夫，你应该记得之前你们考核的内容吧。现在我们在这个基础上做一些改变，除了必要的一些空中项目，额外增加积分制，最后哪方积分多就是获胜方！"

听他说这么轻松，实际上所有人都知道这种考核关系到国家荣誉，甚至要上电视和网络进行报道的。

一瞬间，士兵们之中愉快的朋友气息一扫而空，取而代之的是剑拔弩张。

52.夺命来电

以前休息时，林靓还能和叶莲娜有所交谈。

现在可好，考核的事一出来，叶莲娜和巴洛夫见到林靓都要躲着走，生怕她上前和他们说话。

林靓疑惑，自己有这么可怕吗？

实际上，林靓操纵民用机躲导弹的事早就在 E 方飞行员中传遍了，之前没有竞争关系时巴洛夫还以有这么个朋友为荣，现在成为对手之后他才头疼，对手中有林靓这么一个不算人的，他们该如何获胜。

谁知道她是个什么托生的，那么高难度的事也能做出来。

如果巴洛夫愿意问一下林靓，他就能知道这只是下意识的反应，让林靓刻意去做是做不出来的。

林靓现在还记得当时她身体因此遭受的创伤，全身肌肉紧绷，直到和巴洛夫一起登机时也没缓过来。

但巴洛夫不知道啊，他只觉得林靓是怪物。

这个传闻最终还是进入林靓耳中，还是陈丽媛用飞行技巧换来的。

就连林靓都不得不佩服陈丽媛，她是怎么从一个高傲的飞行员变成平易近人的邻家大姐姐的？

国内将 J-10 战斗机运过来几架，双方人马换着开。巴洛夫是最高兴的，天天开着飞机在天上不愿下来。

林靓则开着 S-27 和江宏组编队，以此安慰江宏脆弱的内心。

只剩刘旭和陈丽媛两个"无情杀手"，天天在模拟舱中对练，练得刘旭都要吐了，对陈丽媛的邀请连连摆手。

陈丽媛是那么容易放弃的人？每天准时在刘旭寝室门口堵她，吓得刘旭每天从二楼翻窗下去。就这样，还会被追上来的陈丽媛逮到。

众人打打闹闹的场景上级都看在眼里，并表示两国之间士兵们的友情非常让人羡慕，然后就增加了考核难度，修改了很多内容。

刘旭看到新内容的时候郑重其事地拍了拍林靓："自从我和你一寝室，每次考核都改规则，你是不是有什么霉运在身啊？"

林靓没回答，直接给了她一拳。

原本的积分制为十分制，现在直接改为百分制。内容从以前的迫降、协作、空中编队，改为投送物资、投送伞兵、定点打击、空中加油、海上救援等高难度任务。给予两个小时执行任务，根据任务完成情况进行打分，最后哪方的总分数高哪方获胜。

刘旭瘫在椅子上，思维已经不在地球上了。她想不到这次考核居然这么难，而且还要配合海军。

忽然，刘旭精神起来。这又不是031，张雨也不在，就算她把伞兵投送到海里又如何呢？反正还有林靓他们能把积分追回来。

说白了，在上次军演被骗后，刘旭就有些不在状态，只想尽快回国找心理医生看看是不是脑子出了问题。

林靓对所有安排都没有意见，只觉得对这些项目还不熟练，逮着江宏和陈丽媛就一起在模拟舱里找感觉。

练习到空中加油时，林靓看出刘旭不对劲，不仅配合度没有以前高，看样子还有消极怠工的意味。

晚间，林靓洗完澡后敲响刘旭的房门。

一开门，刘旭就看到肩膀上搭着毛巾，头发还沾着水汽的林靓。她呆了一下，急忙把门关上。

林靓也愣了，手抵住门道："刘旭你做什么？我有事和你说！"

刘旭用后背使劲儿抵着，喊道："有什么明天说，你现在这个样子不怕江宏误会吗？"

林靓都要被刘旭气笑了，还想说些什么，睡衣兜里的手机忽然响了，手放松。

刘旭成功把门关上，便听到门外林靓接电话的声音。

"嗯，是的，她在，好。"

这几个词说完，敲门声再次响起，伴随着一句恶魔低语："刘旭，是张教官，她让我们一起听电话。"

本不想面对这一切的刘旭还是开了门，她用眼神示意林靓，想要问出张雨电话里说了什么。

林靓摇摇头，表示什么也没有。

两人坐在沙发上，林靓将手机放在桌上，打开免提键。

顿时，张雨熟悉的声音充满整个房间，里面还夹杂了一丝不易察觉的关心："林靓、刘旭，你们的事我已经知道了，难为你们了。"

这关心的声音刘旭很久没听到了，她神情有些激动地问道："张教官，你最近还好吗？"

而张雨下面的话却让她的激动一扫而空："我？我好得很。不过说你们又要考核了？"

刘旭脸垮了下来，回答道："是的，这新一轮的考核还要和海军配合。"

能听见电话另一边张雨坐下的声音，随后略带兴奋的话语传来："好啊！海空配合是飞行中的难点，你们这次可要好好表现！"

听出张雨声音不对，林靓立刻道："是！张教官，我们会努力的！"

"砰"的一声，电话中张雨的声音忽然变大："会努力？你们必须给我赢！若是让我知道你们输了这场考核……"

话语中的留白让林靓和刘旭起了一身鸡皮疙瘩，果然，无论在哪里张教官的威力都这么大。

说完这番话，张雨便挂断了电话，留下林靓和刘旭面面相觑。

此时，林靓也没有心情问刘旭的近况，她只想回去好好休息，明天加紧训练。如果在考核中输了，她不敢想象回到飞行大队后会遭遇什么样的魔鬼训练。

刘旭也不敢再颓废，第二天一早便和林靓进入模拟舱中训练，还惊到了晚来的陈丽媛。

林靓他们努力训练的身影和肃穆的神情吓到了巴洛夫，让他不禁反省最近是不是太偷懒了。

训练时间太过紧张，等考核开始时林靓都觉得训练不够，有些东西她还没完全掌握。

被运输机运送到考核现场，林靓才看到这个沿海的训练场地。

湿咸的海风扑面而来，林靓深吸一口气，眼神锁定在不远处的航母身上。

她看见很多士兵在甲板上忙忙碌碌，而舰载机则以惊人的速度弹射出去，几秒便不见踪影。

刘旭激动地看向航母，手兴奋地握起来："你说，我们能不能上航母参观一下。"

林靓则无情地打破了她的幻想："不可能的，就算考核中有舰载机起飞，你也只能在甲板上转悠。这种航母都是国家机密，你能看见它都证明 E 方对我们很信任了。"

刚想再夸赞航母几句，刘旭猛地回头看向林靓："什么？你练舰载机起飞了？"

林靓喷了一声，这种随时有人看透她的感觉真的不好，把头扭向一边不说话。

刘旭还想追问，便发现巴洛夫他们也到了，立即不再纠缠，转去和他们打招呼："叶莲娜，好久不见了。"

叶莲娜笑着点了点头："是啊，我还听巴洛夫说你们训练很久了呢。"

刘旭避而不谈，反问道："你们已经很厉害了，自然不用这么训练喽。"

在一旁的江宏用手扇了扇，怎么这么浓的火药味儿？

听到舰载机起飞后，陈丽媛若有所思地看着林靓。她们都是一起训练的，林靓是什么时候学的这些呢？

众人步行来到沙滩上，便看到一块巨大的电子屏幕，上面详细列出他们可以选择的任务。

看台上，两方领导正在交谈。

看过林靓的操作后，E 方领导对这次考核心里也没底，但气势却没输："实际操作的话，巴洛夫还是要厉害一些的。"

我方领导似笑非笑地看了一眼，道："说起执行任务，江宏也不差。"

一提起江宏，E方领导更没底了，也只能死鸭子嘴硬："执行任务也要看配合的，巴洛夫和叶莲娜已经配合好多年了，从未出现差错。"

我方领导笑而不语，没再反驳对方的话，反而目光在刘旭和江宏之间扫来扫去，最终还是定在刘旭身上。

想起之前听到的消息，领导相信刘旭和江宏与林靓的配合都不会差。

刘旭莫名地打了个喷嚏，指着空中加油对林靓说："我们选这个吧。"

空中加油是10分，林靓看向巴洛夫，发现他们选择的也是10分的任务。

最终四人敲定，由林靓和江宏完成空中加油，而刘旭和陈丽媛则选了另外两个任务。

53. 海上角逐

空中，江宏驾驶着加油机成功与林靓对接，显示加油完毕后，两人在机场平稳着陆。

陈丽媛和刘旭的任务也同时完成，30分到手，而巴洛夫那边也拿到了30分。

看着两方分数，江宏有些担忧地说道："比分咬得很紧，我们应该选一些高难动作甩掉对方。"

陈丽媛同意了江宏的说法，毫不犹豫选择了困难的定点轰炸。刘旭也不甘示弱，选择了同样15分的投放物资。

见林靓他们拿的都是15分的任务，巴洛夫便安排手下人接了同样的任务。看到刘旭的表情，林靓便知道她又要搞幺蛾子了。

J-10和S-27同时飞向天空，不一会儿，看台上的人便发现J-10逐渐靠近S-27，并绕着它飞行，阻挠它进行投放。

E国领导皱眉，道："这不符合规定吧。"

眼看S-27被逼得走投无路开始反击，E方领导松了口气的同时看向我方领导，却发现他一脸运筹帷幄的样子。

见对方看向自己，我方领导笑着说道："规定中也没有说不可以阻挠对方吧。"

知道我方领导护犊子，没想到严重到这种程度。E方领导无话可说，只能希望己方飞行员比刘旭厉害了。

可惜事与愿违，刘旭在天空中是出了名的难缠，一般飞行员又怎能抵挡她的攻势？

整整十五分钟，看台上只能看着刘旭在空中各种纠缠 S-27，自己不投放也不让对方投放。最终 S-27 驾驶员气急败坏地加速冲出刘旭的包围圈，硬将物资投放下去。

刘旭见她的目的达到，立即驾机向着自己投放物资的位置飞去。

物资投放完成，刘旭那边完美完成任务，而 S-27 的驾驶员却因为情绪波动而投放失败，距离指定地点差了一大截。

刘旭下了飞机，看到积分板上自己名字后面高亮的 25 分，和对方的 18 分形成鲜明对比。

她继续在任务面板挑挑拣拣，再次选了一个 15 分的渗透刺杀任务。

这是一个海上侦察刺杀任务，在海中放了一艘快要报废的渔船作为目标。此任务的难点是用机枪击毁目标，且会有身经百战的空军来阻挠任务执行。

刘旭兴奋地舔舔嘴角，想看看自己和一个执行任务多年的空军相差多远。

如果林靓在场的话，绝对不会让刘旭选择这样的任务，因为一旦执行失败，丢失的分数会很多。

可她正和江宏在天上执行任务，与巴洛夫、叶莲娜在空中斗得不可开交。

本来林靓选择的是定点打击，叶莲娜看到后也要选这个。巴洛夫护爱心切，便要跟上，江宏见此自然不会落下。

结果好好的定点打击愣是变成了空中拦截，林靓和叶莲娜几乎同时在心中嫌弃起两个幼稚的男人来。

江宏跟在巴洛夫驾驶的 S-27 身后追得不亦乐乎，林靓和叶莲娜靠近，两人透过玻璃看到对方表情，立刻抛下这两个男人转头前往打击目标方向。

等江宏和巴洛夫发现不对时，林靓和叶莲娜已经完成任务，叶莲娜以 1 分之差落后。不过叶莲娜也不气馁，立即选择下一个任务准备出发了。

那边的刘旭却不顺利，她在空中被 E 方飞行员拦截，争强好胜的脾气又上来了，和对方在空中斗了起来。

林靓还没选好，便看到刘旭驾驶飞机回来，之后垂头丧气地坐在她身边，积分板上显示她只得了 7 分。

还没安慰，江宏和巴洛夫也回来了，两人比分相同。

此时，E 国比她们落后 8 分，而陈丽媛还没有回来。

刘旭已经自闭了，坐在椅子上疯狂喝水，不理会任何人。

林靓挪到刘旭身边问道："怎么，输一次就这样？"

刘旭用后背对着林靓，闷闷地说："输给你我都习惯了。"

林靓对这个回答哭笑不得，递给她一瓶水："各国比我优秀的飞行员千千万，那你岂不是每天都要在郁闷中度过。"

刘旭转头，对着林靓假笑，一排整齐的牙齿晃瞎了林靓的眼睛："你可得了吧，我就不信你能输给刚刚那个飞行员。"

林靓给了刘旭一拳，拒绝这种虚假的恭维："你少给我戴高帽。"

安慰完刘旭，陈丽媛终于回来，完美拿下 15 分。对方的安德森几乎同时归来，也拿下 15 分。

距离两个小时结束还有三十分钟，一看比分差了这么多，巴洛夫坐不住了，将视线锁定在分数更高的 20 分任务上。

这些任务，即使对于巴洛夫这样的专业飞行员来说都很困难，比如舰载机起降和投送伞兵，这些都需要高度集中精神和完美的操控才能实现。

巴洛夫深吸一口气，选择了 20 分的一个任务——空中救援。

巴洛夫走向直升机，刚想登机就被叶莲娜拦下："这个任务太危险了，一不小心就……"

巴洛夫笑了笑："这怕什么，我之前执行的哪个任务不危险？你要相信我。"

看到巴洛夫选的任务，陈丽媛直道不好，如果执行成功，那对方比分就要反超了！

果然，在巴洛夫选择空中救援后，叶莲娜也选择了分数很高的舰载机起降。

陈丽媛这边发着急，却发现林靓对此没有太大的反应，反而盯着已经登上航母的叶莲娜看个不停。

陈丽媛刚想上前找林靓，就被刘旭拦住。

刘旭做了一个噤声的手势，拽走陈丽媛，留下林靓自己观察叶莲娜舰载机起飞。

一个人选择一个任务，陈丽媛转头看向如松般站立的林靓，疑惑地问：

"她什么时候练习舰载机起飞的？她又怎么知道会有这个项目的？"

两人向战斗机走去，刘旭小声回答："猜的呗，我们是海空考核，怎么可能没有航母，最差也要有护卫舰配合吧。林靓就这样，会把自己能想到的预想全部演练一遍。"

忽然，陈丽媛就明白为什么林靓一直能赢了，她付出了百分之两百的努力，自然会有回报。

三人领了任务离开，独留林靓看着准备起飞的叶莲娜出神。

航母缓缓驶出港口，巨大的电子屏锁定在叶莲娜驾驶的 S-27 上，能看出叶莲娜非常紧张，在不断地深呼吸。

她做出准备好的手势，镜头逐渐拉远，S-27 如箭般飞出，在升空过程中一个摇晃后才平稳向上飞去。

这一下林靓就知道，叶莲娜的分数要低了。

果然，叶莲娜不仅起飞时摇晃，降落时也没有停在指定地点。最后结算时，她的分数只有 10 分。

叶莲娜有些沮丧地回到自己的阵营中，便发现林靓一直注意着她，心中一阵警惕。

"难不成林靓要选择同样的任务吗？"

叶莲娜心中想着，咽了口唾沫。她知道林靓比她厉害，如果选择同样的任务，就算不是满分，分数也比她高。

但林靓最终没选择舰载机起降，反而选择了较为简单的投送任务。

没想到会这样，叶莲娜有些蒙。按理说，积分要被反超的时候不应该选一些难度大的任务吗？

这倒是叶莲娜想错了，难度大的任务耗时长，对林靓这边反而不利。投送类任务耗时短，只要飞过去投放就可以了，按照林靓的速度，十分钟就能搞定。

八分钟过去了，林靓回来后选择了一个 15 分的任务，马不停蹄地登机离开。

这种速度看得叶莲娜和安德森啧啧称奇，这跟工具人一样，怪不得巴洛夫说林靓不是人！

　　江宏和刘旭也陆续归来，休息时看了眼分数。己方已经100多分了，E方才90多分，时间还有三十分钟，刘旭放下心来，这下不用被张雨骂了。

　　看到分数比，叶莲娜一阵焦急，巴洛夫在身后抱住她，选择了运输伞兵的任务。

　　截至现在，巴洛夫都是满分，江宏心中一惊，想也不想就选择了同样的任务。

　　刘旭一点都不担心江宏，对他竖起大拇指："加油啊！我和林靓就靠你了！"

54. 黑暗森林

待到林靓归来，巴洛夫和江宏已经离开了。

听到江宏选择投送伞兵，林靓只是点了一下头。这种任务江宏之前也做过，而且难度不高，是不会出什么问题的。

对于林靓来说，剩下的叶莲娜和安德森不算什么，最难缠的是那个一直默默无闻的普利斯特夫。

这个之前一直默默无闻的人在这次考核中爆发出惊人的实力，每次任务都是满分，让她大吃一惊！

提示器声音骤然想起，林靓低头去看，发现海军已经登陆，任务面板也有了更新。

看着新出现的配合登陆任务，林靓深吸一口气，精心挑选一个就驾驶战斗机飞了出去。

同时，驾驶运输机的江宏和巴洛夫已经飞行了一半距离。

时间紧迫，巴洛夫不想和江宏一样飞得那么慢，便加快了速度。

看到本来同一水平线的机头被超出一截，江宏皱眉，将对讲机连接到S-27飞机上："巴洛夫，加快速度对稳定性不好，飞机上不止你一个人。还有你两个战友呢！"

巴洛夫喷了一声，回答："你怎么婆婆妈妈的？和叶莲娜好像。"

被林靓说无所谓，但别人这么说就不行了，江宏冷冷道："我只是提醒你，不要拿自己队员的生命开玩笑！"

和林靓在一起出生入死，巴洛夫对她是高度认可。可江宏一开始就被擒，表现得比林靓差远了，巴洛夫总觉得他配不上林靓："我们 E 国士兵和你们可不一样，少做无谓的担心了！"

江宏冷冷一笑，既然巴洛夫自己都不关心战友的安危，他一个外人插什么嘴。

飞机又向前飞行一段距离，下方高耸的乔木让江宏头皮发麻。这种地形下，伞兵跳下去不会遇险吗？

正想着，后方忽然传来破空声，江宏下意识低头一躲，一把撬棍径直插在操控台上。顿时，刺耳的警报声响起，江宏瞬间反应过来。

他被人攻击了！

"这到底是怎么回事？！"

江宏心中惊疑不定，可反应却是一流的，他快速转身，同时看清身后的两名 E 国士兵正不屑地看着他。

"难不成是因为自己教训巴洛夫，他们要为他出头？可这只是演习，他们打伤自己谁来开飞机呢？"

正想着，一个人一棍朝他头打过来，江宏迅速躲开，眼角余光看到另一名士兵代替他坐在驾驶位上操控快要坠落的飞机。

对讲机里传来巴洛夫略带嘲笑的声音："怎么，飞机失事了？"

江宏哪有时间回答，正不断躲避对方的攻击。对方攻势太过猛烈，江宏有心想要反击都找不到切入点。

那名操纵着飞机远离航线的士兵对巴洛夫说了什么，对讲机里传来巴洛夫愤怒的回答。

对当地语言不精通的江宏只能听出他的名字和一些简单的威胁词语，随后就被对方一棍打到脑袋不省人事。

同时，巴洛夫这边哪还有心情执行任务，操纵运输机便追上去。后方伞兵也听出另一架飞机上出现的事故，对视一眼，其中一名伞兵忽然暴起，用匕首捅向旁边的士兵。

这名士兵做梦都没想到，与自己朝夕相处的同寝兄弟会伤害自己，捂着伤口倒在地上，挣扎着想要起身拉住他，又被踢了一脚。

"对不起了，兄弟。"

这名士兵说着抱歉的话，一脚踩在他头上，那名士兵双眼一黑便晕了过去。

解决了一个人，士兵便向巴洛夫冲去。但在他解决别人的时候，巴洛夫已经做好准备了。

一拳打在这名士兵脸上，巴洛夫借助体型优势迅速夺过匕首，反制住对方。

将对方压倒在地，看着运输机航线，巴洛夫根本没时间询问，只能将其打晕然后再驾驶飞机去追江宏。

可惜，江宏那架飞机已经飞远了，巴洛夫愤怒地拍打着操作台，一咬牙就继续追上去。

在江宏出事的瞬间，正在天上飞行的林靓忽然感到心脏不适，导致和海军配合失利，最后只得到9分。

回到地面，林靓皱眉看着巴洛夫和江宏离去的方向，心里隐隐担忧。

刘旭看出林靓神情不对，安慰道："你担心什么，以他们两个的技术不会有任何问题的。"

担忧挥之不去，可这只是一种感觉而已，林靓不想影响到自己发挥，只能把它抛诸脑后，去看积分。

距离考核结束还有十分钟，而普利斯特夫已经把比分反超了，这着实吓到了刘旭和陈丽媛。

看向对方比自己高出的7分，林靓思前想后，还是准备用自己压箱底的手段——舰载机起降。

在这之前，只有叶莲娜选择了这个任务，结局惨淡。在她之后，就连普利斯特夫都没有选择它，可见它的难度之高。

能当航母战斗机飞行员的都是精锐中的精锐，之前把刘旭搞自闭的就是其中之一，厉害程度可见一斑。

这艘航母上只有四名飞行员，每一个都是最宝贵的财富，当他们看到林靓选择舰载机起落后，其中一人嘲笑道："总有不怕死的来挑战。"

被给了一拳，另一个人反驳道："太双标了，之前叶莲娜上舰时你可不是这个态度！放弃吧，就算叶莲娜不和巴洛夫在一起也不会选择你的！"

此话一出，众人哄堂大笑。被笑的飞行员也不生气，靠在战斗机上斜眼看着登上航母的林靓，不屑之意溢于言表。

林靓感觉到航母上有非常明显的敌意，她也不在意，按照规定登上 S-27 战斗机，准备起飞。

这艘航母和模拟舱不一样的是，它使用了更为先进的电磁弹射。虽然看上去只是名字不同，但要比普通的蒸汽弹射快一倍有余，对战斗机起飞也会有一定影响。

林靓闭上眼，回想在模拟舱内的感觉，再睁开时，浑身气质骤变！

一直观察着林靓的飞行员发现这种不同，眉头皱起，想到叶莲娜，忍不住走上前道："你放弃吧，这种飞行模式不适合你们女性！"

连眼神都欠揍，林靓专注调节飞机上的数值，做好一切后准备起飞。

做出起飞手势，舰载机指挥员上前赶走飞行员，开始对林靓做引导。

驾驶飞机来到指定位置，林靓狂跳的心忽然变得平静下来，感觉似乎又回到第一次飞行的时候。

眼睛盯着海天相接的地方，林靓耳中似乎响起海水的声音。

"嘀！"

电子音响起，巨大的力量将飞机向前推去，林靓操纵飞机加大推进器力度，S-27 像游鱼般飞向天空。

没有震动！没有摇晃！

看着屏幕中起飞成功的林靓，叶莲娜捂住了嘴，差点喊出声来。

安德森一拍大腿，抓住普利斯特夫的手来回摇晃，嘴里喊道："天哪！这是什么！"

普利斯特夫看了眼屏幕，继续闭目休息。现在比分已经不重要了，巴洛夫还没回来，飞行员的第六感告诉他可能出了大事！

确实出了大事，还是了不得的大事！

巴洛夫越追越远，现在完全联系不上塔台，只能孤注一掷继续深入，还抽空唤醒了晕倒的士兵，让他自己简单包扎。

他扶住腹部的伤口靠在舱壁上，喘着气。巴洛夫问道："为什么？是什么让你背弃了你的祖国！你的兄弟！"

士兵没有说话，只是低低地笑出声来。

　　巴洛夫听在耳中，急在心里。虽然他追上了江宏的飞机，可对面关闭了对讲机，他无法联系对方。

　　想到江宏可能遇害，巴洛夫感到心脏骤停了。

　　"林靓如果知道了这个消息，她会多么难过啊！"

55. 血色天际

林靓当然不知道江宏现在的遭遇，在天空中飞行一圈儿的她正准备在航母上降落。

看台上，我方领导死死盯着林靓的操作。他清楚地知道，如果林靓降落成功的话，对于国家来说意味着什么。

叶莲娜也屏住呼吸看着屏幕，安德森则死死抓住普利斯特夫的大腿，这下他想不关注也不行了。

而在不远处，刘旭和陈丽媛勾肩搭背说着话。

陈丽媛紧张地看着时间，倒计时让她更加焦虑。刚刚普利斯特夫又为他们争取到 15 分，现在两方差距是 19 分，也就是说林靓不能有一丝一毫的失误，不然就是平局，还要加时。

刘旭完全不紧张，一脸无所谓地看着陈丽媛："你担心什么，林靓一定会拿下 20 分的。"

陈丽媛感觉到热，一把推开刘旭："你就这么相信她？这可是舰载机起降，你以为在陆地吗？"

想起之前在坑坑洼洼的跑道上起飞，刘旭毫无形象地瘫坐在椅子上，把水全部喝光："这算什么，之前更难的我们都飞过。"

陈丽媛不知道更难的是什么，在她眼中，这就已经很难了。

普利斯特夫观察到刘旭的表现，忍不住皱眉："这人怎么一点都不在意她的队员，不是说她们国家的人很注重团结吗？"

此时，叶莲娜才注意到陈丽媛和刘旭的反应。她知道刘旭和林靓相处时间最长，忍不住说道："或许，是她认为林靓能够降落成功，拿到全部分数吧。"

普利斯特夫笑了一下，不屑地说："不可能的，我知道她们之前没接触过航母，更不用说练习起降。就算这个林靓是天才，模拟舱和真正的航母还是有区别的，她不可能降落成功！"

如此斩钉截铁的话让叶莲娜稍稍放心，眼睛斜看向陈丽媛，她在心中不停安慰自己。

"看，对面不是还有一样紧张的人吗？"

可刘旭放松的神情出现在脑海中，叶莲娜忍不住闭眼祷告。

"啊！完了！"

安德森的话像炮弹一样炸响，普利斯特夫一下子站起来，吓得叶莲娜更不敢睁眼。

就算她闭上眼睛，耳朵里还是听到了电子音："考核时间到，林靓最后取得 20 分，中方获胜！"

这个声音在叶莲娜耳中宛如地狱恶音，她睁大眼睛看着屏幕上的分数，忍不住叹气道："不愧是林靓啊！"

下了飞机，林靓摘掉头盔，看到 E 方舰载机上那四名飞行员后面无表情地在他们身边走过。

这时，那名飞行员才想起之前发生的事，又回想起之前自己特意去挑衅的样子，只想跳到海里一了百了，完全不敢回头去看自己的队友。

嘻嘻哈哈的声音从背后传来，林靓心里有些好笑，感觉这些飞行员只是些没长大的熊孩子而已。

下了航母，面对刘旭的熊抱，林靓回以温暖的拥抱。

陈丽媛傻乐着给了林靓一拳，想着自己这次收获良多，回去也能给孙小曼和徐静怡进行指导，更开心了一些。

一声惊呼打断这边的欢乐，叶莲娜以非常快的速度冲来，一把抓起林靓的手惊讶地说："林靓，你好厉害！我要拜你为师！"

这都什么跟什么啊。

林靓哭笑不得，抽出自己的手道："你可以在模拟舱上多练习，我就是这么学来的。"

来了，又来了。

刘旭翻个白眼，对林靓这种不经意的"凡尔赛"表示习惯。

可普利斯特夫和安德森不习惯，刚刚靠近就听到林靓这番话，差点一口气没上来。什么叫在模拟舱多练习就可以，这种事这么简单的吗？

看台上，E方对已经确定的输赢没有意见，毕竟技不如人。

这时，他们才发现少了两个人，我方领导眉头皱起："江宏和巴洛夫呢？"

此时，塔台发出报警信号："江宏的飞机坠毁了！"

我方领导一下站起身，深吸一口气，看了一眼还在欢乐中的林靓，决定隐瞒。

毕竟这丫头像极了她父亲，如果这时知道江宏失事，不知道她会不会做出出格的事来。

而在江宏飞机坠毁的一瞬间，林靓如遭雷击，整个人僵住不动，随即视线茫然地在人群中寻找，在找不到江宏的瞬间声音变得冷漠起来："江宏呢？"

叶莲娜不懂为什么林靓变换了声调，随意地回答道："他和巴洛夫领取了伞兵的任务，可能是距离太远了，还没回来呢。"

林靓转头看向叶莲娜，道："那么，巴洛夫呢？"

叶莲娜浑身变得冰凉，呆呆地看着林靓，眼泪顺着眼角滑下。她看到了什么？是来自地狱的恶鬼吗？

巴洛夫根本不知道叶莲娜被林靓吓哭了，他现在表情却和叶莲娜一样，呆呆的。

本来在塔台的指引下，他已经追上了江宏的飞机，透过玻璃看到驾驶飞机的人。可无论巴洛夫怎么调节对讲机，都无法和对方取得联系。

此时，他忽然发现雷达失去了作用。

惊讶之余，以巴洛夫的聪慧，一下便猜出此事有古怪，便想要超速阻挡对方。

谁知对方同时加速，用更快的速度向下坠去，逼得巴洛夫不得不跟着加速。

可对方速度更快，而且巴洛夫已经看不到有人驾驶飞机了。

巴洛夫慌了起来，手没跟上操作，眼睁睁看着飞机向下坠去，在树林中拖出长长的痕迹，摧毁无数树木后停下来。

看着正在冒出黑烟的飞机，巴洛夫心中大慌，急忙调节飞机向上飞去。

没过一分钟，就听到下方传来剧烈的爆炸声。

幸好巴洛夫反应快，不然按照飞机的速度，根本躲不开这场爆炸。

回过神来后，巴洛夫手哆嗦着驾驶飞机向考核场地飞去。

在雷达恢复作用的瞬间，塔台联系上巴洛夫，急切的声音从对讲机里传来："巴洛夫，到底发生什么事了！我看到江宏的飞机坠毁了！"

巴洛夫抹了把脸，沉痛地回答："我们发生意外，江宏的飞机被劫持，江宏他……他……"

他不敢再说下去，但这种话语已经让对方明白江宏发生什么事了。

领导们急忙派出战斗机，三架 S-27 背着林靓从考核场地飞出，快速来到飞机坠毁的地方。果然，在一片着火的残骸里找到了一具尸体，破碎的衣服兜里还夹杂着融化的糖果。

巴洛夫此时已经回到考核场地，这种场景让所有人的心都提了起来。

医务人员急忙上前救治伤员。

巴洛夫无法面对林靓，踌躇着不敢上前。

可林靓完全没有理他，径直走到俘虏面前问道："你背后是谁？"

俘虏不说话，不过他不知道林靓并不是巴洛夫。

林靓一脚踩在俘虏头上，压低身体，夺过作为凶器被收起来的匕首抵在俘虏脸上问道："舌头不想要了？"

俘虏倒也硬气，一声不吭，而众人才反应过来，急忙上前拉开林靓。

这时的林靓终于爆发出来，一脚踢向赶来的陈丽媛，同时拔出匕首刺向前方的安德森，吓得众人赶快闪开。

匕首再次挥舞，在俘虏手臂上划出一道深深的伤口，顿时血液喷在林靓脸上。她丝毫不在意，依旧用平静到可怕的声音问道："反正是俘虏，手臂也用不上了吧，不如只留骨头怎样？"

此时，拉着遇难者尸体的战斗机回来了，在飞机上用担架抬下的尸体上盖着白布。

时间仿佛静止了，林靓眼中只有那个担架，这种诡异的气氛让所有人感到害怕。

忽然，林靓动了，速度飞快地向担架冲去。幸好旁边的普利斯特夫和安德森反应快，把她摁在地上。

血混合地上的沙粒粘了林靓满脸，她努力抬头看向逐渐远离的担架，双眼血红，牙齿咬住下唇，血顺着嘴角滴落在地。

"林靓！"

"医生！医生！"

众人惊呼的声音仿佛来自遥远的天际，林靓的世界停在那个担架上。

"一眼，就一眼，让我看他最后一眼，求求你们了……"林靓无助地呼喊着。

刘旭蹲在一旁努力呼喊着理智尽失的林靓："林靓，你冷静一些！那不一定是江宏！在没有发现江宏遗体之前，我们必须保持冷静！"

此言给了林靓一丝希望，她问："那江宏会在哪里？"

刘旭一咬牙："虽然他下落不明，但我相信上面一定会尽全力查清此事的，目前也只能按照失踪待查来处理！"

话音未落，林靓眼前一黑，再无知觉。

与此同时，E国境内某处密林，一个浑身伤痕的飞行员缓缓睁开眼睛，此人正是江宏。他用尽全力踹开了身上的安全座椅，回忆渐渐涌现心头。刚刚飞机即将坠地的那一刻，他打开了安全弹射装置。可这虽然保住了他的性命，却也令他再度深陷险地。他拖着早已失去知觉的腿慢慢往前爬，脑海中一个倩影闪过，干枯的嘴角缓缓念出一个名字："林靓……"

欲知后事如何，敬请关注《空天女将2：长风破阵》。